李錫奇
的藝術和人生
色焰的盛宴

劉登翰 著

目錄

〔序〕

色焰的燭心

——劉登翰的詩學史筆

蕭瓊瑞

發軔於一九五〇年代末期、在一九六〇年代中期達於高峰的台灣現代藝術運動，是一場由「現代詩」與「現代繪畫」交響合奏的美麗樂章；作為這場運動最重要參與者之一，且迄今仍保持生猛活力的「畫壇變調鳥」李錫奇，他的傳記，由曾經撰著《台灣文學史》與《彼岸的繆斯——台灣詩歌論》等專書，本身也是詩人、書畫家的劉登翰教授執筆，可說是再恰當不過的人選。

劉登翰教授早年畢業於北京大學中文系，曾因「海外關係」，而分配至閩西北山區二十年，後在福建社會科學研究院文學研究所擔任研究員並兼任所長；而李錫奇則是福建金門人，福建人來寫福建人，即使曾經分屬不同政權，但改革開放後的兩岸交流，尤其是屬於小三通的金、廈航線，促使這兩位同屬藝術國度的文化人，有著較之一般人更為深切、親密的相知情誼。李錫奇的故事，尤其是金門故鄉的少年記憶與文風民情，在劉登翰的筆下，更讓人有親切、真情的感受。

劉教授對李錫奇作品的詮釋，早有〈向時間的歷史深度延伸——序李錫奇九一系列《遠古的記憶》〉（一九九一）、〈藝術創新的「通」與「變」——序李錫奇九二新作《記憶的傳說》〉（一九九二），及〈傳統本位的現代變奏——兼論金門的歷史文化對李錫奇現代繪畫創作的影響〉（二〇〇一）等鴻文，今再以他閩台文化研究專家的背景，加上史詩般的筆法，將李錫奇這樣一位生長在戰火洗練下的藝術家，剖析、條理出藝術生命成型的內外理路及因緣，是一部兼具個人傳記與時代歷史的傑出偉構。

在劉教授條理出的每一篇章之前，都有詩人古月的一首小詩：「自槍管的煙硝裏／飛撲著一隻折翼的斑斕蝴蝶」（第一章）、「在只有線條的風景裏／窺視你粗獷的步履」（第二章）、「花開的時候也是這樣吧／像趕赴一場色焰的盛宴」（第三章）……。古月正是畫家的妻子，李錫奇和古月的結褵，也正是一九六〇年代台灣詩畫結合最圓滿的一顆果實。畫家八十年的生命，有詩人的陪伴，益顯粗獷中的美麗與細緻。

「他的傳記是歷史的一部分」，是羅曼羅蘭對貝多芬的至高讚美，同樣的讚美似乎也可以用來讚美李錫奇，他的生命，已然成為台灣現代藝術發展重要的一部分，劉登翰教授的大作正為我們揭示了這個事實，也為這個時代作了忠實的見證。

第一章

自槍管的煙硝裏飛撲著一隻折翼的斑爛蝴蝶

——古月：蝴蝶的記憶

一

雙鯉湖靜靜地閃著光，如一位飽經世變的老人，積蓄了太多的心事，沉甸甸地再沒有什麼能在它心底掀起波瀾。

雙鯉湖在金門島的西北角。金門島像一隻張開雙翼的翩翩蝴蝶，雙鯉湖就是綴在她左邊翼尖上的一道藍色的花紋。

很多年以前，雙鯉湖不是湖，是從廈金海上深入到金門島西北角的一道海灣，宛如一條藍色的項鍊，彎彎地勾在古寧頭北山村的胸前。這個叫做羅星港的海上水道，把古寧頭南山村和北山村一水分隔。漲潮的時候，從南山到北山，要靠擺渡；退潮時，人過橋，騾馬則走港底的石板路，可直達商家聚集的下店。下店是古寧頭北山村新興的貿易港口，羅星港是下店的出入門戶。古寧頭北指著廈門港，東北面和西北面則對著泉州和漳州；從漳州再往西，可抵汕頭。近捷的航道，使羅星港成為古寧頭與內地往來最為熱鬧的一片海域。

羅星港後來淤塞，潮退時在廢棄的曾家埭田隆起一段埭路，村民為抄捷徑常涉水經湖下到後埔。一九七〇年乾脆從南山的東鰭尾到湖下築堤，圈起了今天的慈湖。而慈湖伸向北山關帝廟前的那一片水域，也築堤修路，成了今天的雙鯉湖。曾經從大海彎入古寧頭項鍊一樣的羅星港，變成了飾在古寧頭胸前的一枚水盈盈閃光的胸墜。

古寧頭人懷念那個海通時代。那時候，這片海曾經是那麼熱鬧。從廈門、漳州、泉州那邊的來船，三桅帆可以泊在雙鯉湖畔的關帝廟後面，二桅帆側可直抵大橋頭。滿載的南北雜貨，就停在古寧頭北山村下店最有名的商號金源遠商行前面的碼頭，在那裏卸貨、裝貨，再把古寧頭的特產——蚵潤啊，殼灰啊，生油啊運回大陸。

金源遠的當家人叫李增丙，因為金源遠在當地聲名遠揚，村人不叫李增丙本名而親暱地叫他「下店丙」。那時候一間出名的店仔，就是一座村莊（甚至周圍幾座村莊）幾百上千號人的「經濟中心」，店仔的主人自然就成為遠近聞名的人物。李增丙的祖上本是讀書人，他的祖父李森遠是前清秀才，店門兩邊還留下李森遠當年書寫的嵌著「源」、「遠」二字的一付藏頭聯，只是風雨剝蝕，全聯已認不清了。到了李增丙父親這一輩才轉文從商，或許因為有這樣的文化資質、背景和在地的人望，生意做得風生水起。除了買賣南北雜貨，供應村人日常生活所需，還做「蚵潤」和殼灰生意，也收購花生榨油，輸往內地。

蚵潤是古寧頭的特產。古寧頭臨海，相傳在很早以前——明朝萬曆年間吧，有個塾師（後來發跡當了禮部給事中）叫李獻可，有次從澳頭到古寧頭來，恰遇退潮，見到大片灘塗，十分適合養殖海產，便建議村人購石種蚵。李獻可與古寧頭的李姓同出銀浦李，又是塾師，村人自古敬重先生，自然信他。據說古寧頭養殖海蚵的歷史，便從這時開始。幾百年下來，種蚵成了古寧頭人的祖業，也是金門的特產。那時，從後北山到南山的烏沙頭，綿延數公里，密密麻麻盡是蚵田。古寧頭地瘠風大，農產艱澀，卻擁有大片的灘塗海域，淺海養殖便成為古寧頭獨有的優勢。每年農曆九、十月間，秋風一響，家家便開始割蚵、剖蚵，直到翌年二、三月，滿村還飄著海蚵的鮮腥味。石蚵又肥又鮮，是難得的海味。每年種的量多，村民們自然消費不了，便把剝開的鮮蚵，用重鹽煮沸，然後瀝乾，將蚵粒與蚵湯分開，做成蚵潤。年冬好時，每家都可曬得數十上百斤。這樣加工過的蚵潤，可以保藏經年。蚵潤主要銷往內地，是漳泉一帶山區農民長年的配飯佳餚，滋補珍品，特別是坐月子的產婦，拿它滋養身子。海蚵煮下來的蚵湯，隨村人們自取。常常，金源遠門前，都擠滿了捧鉢提罐來取蚵湯的村民；而海蚵剝下來的蚵殼，更是堆得像山，滿村都是，也是一宗財利。蚵殼也大量銷往內地，特別是潮汕一帶，燒成石灰當建材。當時內地來購蚵潤和蚵殼的船隻，如過江之鯽，可以直入羅星港。蚵殼價雖不高，每擔只一兩角錢，但每家都有數百上千擔，一戶農家一天只消賣個幾擔，就夠生活開銷。當時古寧頭李氏家族成立自治會，統籌蚵殼生意。內地買家先向自治會繳錢買籌，每擔收十二枚銅錢，稱為大銀，村民賣殼只得十枚銅錢，稱為小銀。自治會每擔抽成兩枚銅錢，作為私立古寧頭小學的經費。這樣的殼籌，在後埔一帶商家還可當作硬通貨使用。儘管種蚵辛苦，春天海水浸紅了雙腿，冬天剖蚵割爛了十指，但畢竟是古寧頭的一大財源，村民們還是十分樂意。

李增丙的金源遠號是古寧頭種蚵、收蚵的大戶，每年數以百、千擔的蚵潤、殼灰生意，使整個冬天金遠源號周近都瀰漫著剖蚵的鏗鏘聲和煮蚵的鮮腥味，幾個月不散。加上別的生意，李增丙的家境自然殷實。在北山村，不數第一第二，也名列前茅。

生意做得順風順水的李增丙，最大的心願是讓這樣的家業延續下去。他把希望寄託在長子李錫奇身上。中國人的古訓：詩書傳家，棄文從商的李增丙不忘祖訓，對子女的教育也就特別上心。第二次大戰日本佔領金門時，李增丙不願孩子在日本人統治的小學接受殖民教育，便讓李錫奇進入私塾讀四書五經。時雖不長，卻在李錫奇心中播下中國傳統文化的種子。抗戰勝利後，李增丙即重拾戰前的生意，帶著不到十歲的兒子到廈門和石碼進貨。李錫奇還記得，憑著父親多年經營的人脈和信譽，走了一趟廈門、漳州，第二天，幾船滿載的貨物就直駛到金源遠門前的碼頭。生意開了個好頭，接下來也就順遂了。李增丙相信，如果沒有意外，深負自己希望的長子李錫奇，一定能繼他的家業，在不久的將來接過金源遠的生意，成為古寧頭新的商界人物。

然而，歷史沒有「如果」！海上風聲鶴唳，又一場戰爭正向金門逼近……。

二

一九四九年十月二十五日，凌晨。戰火終於在金門燃起，主要戰場就在古寧頭。

這一仗打得極其慘烈。提前到達金門增援的胡璉兵團，會同從廈門移師金門布防的李良榮部，在海空戰艦和飛機的配合下，阻擊了分左、中、右三路搶灘登島的共軍三個加強團。中路戰場就在古寧頭的北山到林厝之間，戰況最為膠著。激戰三天三夜，登島的共軍在船隻盡毀、後援斷絕的情況下，全軍覆沒。事後資料表明，此一戰役，共軍連同船工共傷亡九萬零八十六人，另有數千被俘，為國共內戰以來最大的一次慘敗。守島的國軍為此也付出巨大代價。激戰最後階段，在古寧頭的南山、北山，轉入逐屋對峙的巷戰，每幢房子，每垛土牆，都經過了激烈的攻防、爭奪，血濺牆頭，屍遺道旁，古寧頭的每幢房子，沒有不經過槍彈炮火洗禮的。戰爭的殘酷，無論誰勝誰負，受到傷害最大的總是士兵和百姓。

還在戰前幾天，古寧頭已經人心惶惶。軍隊強拉民伕挖溝築壕，徵繳門板，拆卸空屋取磚，日夜趕修工事。頭上戰雲密佈，耳畔槍聲時聞，村民們紛紛收拾細軟、挑著棉被逃難到親戚朋友家。李增丙也帶著全家，扶老攜幼，逃到妻子的娘家吳厝。每天聽著隔村傳來的激烈槍炮聲，心都懸在嗓子眼。

激戰的三天過去了，硝煙雖未散盡，槍聲已漸靜寂。李增丙讓兒子李錫奇和店裏兩個夥計一起回到北山老家和店裏看看。從吳厝到下店，初冬的風從海上吹來，帶著一股焦土味和血腥氣。大戰剛剛結束，還來不及清理戰場，一路上不時有屍體橫陳在田間道旁，還有些殘肢斷臂就掛在燒焦的樹叢和頹塌的矮牆上。這條從吳厝到北山的路，李錫奇不知走過多少回，這次卻變得這麼陌生、這麼漫長、這麼恐怖。一路上彷彿有著無數的鬼魂，沉住自己的腳步。越到自己的家，這種恐怖的慘象就越揪住自己的心。戰役後期在這裏逐屋展開的巷戰，連大坦克都開進來了，那種慘烈的狀況可以想見。李錫奇在老家的牆上，看見篩子似的射滿了彈孔，模糊的血肉濺上窗欞，浸入門前土路的血色，正在變得焦黑。家是已經毀了，店裏也已經牆倒樑折，滿滿的貨架東倒西歪，能吃能用的都已大部被拿走了，剩下的也都灑落滿地。這個曾經是古寧頭繁榮標誌的家，這個從小帶給自己許多溫馨和希望的家，剎時間消失了。

從北山回來，李錫奇連著幾夜都作噩夢。

遭此世變，本正當年的李增丙，頓然蒼老了許多。

戰爭把家毀了。那年李錫奇十一歲，這是他第一次親身感受到的戰爭，第一次目睹了戰爭的殘酷和血腥。

這一份記憶，永遠永遠地留在李錫奇的心中！

三

老屋已不可住，李增丙把家搬到妻子的娘家吳厝。

好事很難成雙，災難卻往往接踵而至。

一九五三年八月十六日，一場更大的不幸落在李家頭上。

這天正是農曆七月初七，金門的風俗叫七娘媽生。家家都要祭拜七娘媽，尤其是女孩子，要向七娘媽討個巧，讓自己巧手伶俐，尋個好婆家；家有小孩的還要煮一大碗「油飯」，上面綴著瘦肉、香菇、生仁和蔥花，供在床上，叫「敬床母」，保佑孩子夜不啼哭平安長大。下午三點多鐘，李錫奇的母親外出準備晚上拜拜的東西，父親也出門了，只阿嬤（祖母）和年長李錫奇兩歲的姊姊在家。姊姊李金珍，那年十七歲，正值妙齡，剛初中畢業，報考了簡師班，正等著發榜。她把李錫奇和兩個弟弟打發到山上去採胭脂花，胭脂花泡水可以染紅指甲，這是愛美的女孩子在七夕都必須打扮的。阿嬤在門外忙乎，她把屋裏收拾清楚，撿起弟弟們的幾件髒衣服，就坐到門口去洗。

七月的太陽高高地懸在沒有一絲浮雲的天空，這是尋常的一天，明亮的一天。誰能料到，一個晴天霹靂，就在這個時候砸向一個妙齡少女，一株等待開花的樹。

一個頭戴軍帽，手端步槍，腰間纏滿子彈的士兵，衝進了李宅，兇神惡煞地撲向正在門前洗衣的李金珍，用槍抵著她的胸前，把她逼向屋裏，卡嚓一聲把門反鎖起來。

就在這時，上山採胭脂花的李錫奇領著兩個弟弟回來了。慌恐之中正被槍頂住的李金珍，瞥見三個欲進門的弟弟，掙扎著大喊：「快跑！」

剛踏進院子的李錫奇猛然一驚，撒下滿捧的胭脂花，一手拉住一個弟弟，嘴裏喊著「姊姊！」「姊姊！」向門外逃去。

事後查明，這是一名有案底的勞役兵，外放金門，就在吳厝村對面的欒井村輜重營當兵。因與指導員發生衝突，便攜槍出逃，闖進了對過吳厝村的李宅，劫持李金珍當作人質。

幾分鐘之後，幾百名全付武裝的軍人追趕來，團團圍住了李宅。慌亂中可以聽見這樣的喊聲：「逃兵錢金山就躲在屋內，大家小心！」

圍觀的人越來越多，第一線密密全是子彈上膛的軍人。僵持了幾秒鐘，突然，一個身穿黑衣的老婦人扒開軍隊的警戒線，衝進院裏，一邊猛擂著房門，一邊大喊：「金珍！金珍……」

人們這才看清，是李錫奇的祖母陳好。疼孫心切的老人，竟不顧一切地要去搶救被劫持的心愛的孫女。

1

3

星期六　第四版

《星期人物》

古寧頭北山人　國際知名畫家李錫奇之姊

李金珍　留下戰爭悲情檔案

2

1. 李錫奇與母親吳玉瑤合影。
2. 李錫奇台灣藝術館個展開幕與父親於會場外合影。
3. 李錫奇姊姊李金珍被逃兵挾持射殺。

呼！呼！從屋裏射出的兩聲槍響，在人們還來不及反應過來的剎那間，六十多歲的陳好老人——李錫奇的祖母就躺在血泊中了。

李錫奇的全家，父親、母親、自己和弟弟都呼的擁向前去：「快救我阿嬤！快救我阿嬤……」然而，圍捕的士兵無動於衷，死死攔住他們。

親人呼天嗆地的聲音，挽不回老人的生命。李錫奇眼睜睜地看著，那麼疼愛自己的祖母，就這樣在血泊中慢慢咽了氣。

一輛裝甲車駛進了圍捕的現場。強大的壓力使躲進李宅的逃兵感到生還無望，流氓成性的他索性破罐破摔。呼！呼！……突然又響起幾聲槍聲，然後一串火焰騰起，亡命的逃兵下了最後的殺手：殺人焚屋！

如花似玉的李金珍十七歲的生命，消失了；古寧頭毀家之後勉強在吳厝棲身的李增丙新居，剎那間又變成了一攤灰燼！

從下午三時許逃兵闖入李宅，到四時正逃兵錢金山殺人焚屋，半個多小時裏，圍捕的軍隊在逃兵劫持人質的危機處理中，沒有絲毫緩解矛盾的勸說工作，而是一味強壓致使矛盾更加激化，明顯的處理不當最終釀成了殺人毀屋的慘重後果。

直到下午五時許，圍捕的部隊和趕來滅火的縣消防大隊的消防車撤走，李錫奇一家才得以走近餘火尚未燃盡的現場。乍見到躺在院裏和屋內血泊中的兩個親人，李錫奇的母親吳玉瑤便昏厥過去……。

這是人世間怎樣的慘劇！古寧頭第一次炮火毀家，吳厝村第二次逃兵焚屋，再加上兩條活生生的生命，一個吃齋念佛六十多歲的慈祥老人，一個如花初放十七歲的妙齡少女，被這一場接一場無關於他們的戰禍奪去！戰爭，戰爭，你這人類生靈最大的傷害者！

人亡！家毀！曾經家境殷實的李增丙，如今被一把火燒得兩手空空，連給慈母和愛女收斂的棺木也無著落，只得向親朋去支借；受到極度驚嚇的母親，終日以淚洗臉，整夜整夜不能合眼；倖存的一家五口，連個遮風擋雨的棲身之處也沒有了。

就在收斂愛女的第二天，一份寫著「李金珍收」的簡師班錄取通知書，寄到了已焚成灰燼的李家。

案發之後，為了防止事態擴大，軍方要求地方淡化事件，盡速處理。第二天，軍方一個參謀長帶著金門縣長來到李家調訪，那個參謀長問了些話，做了一些記錄就匆匆走了；留下的縣長拿出一千元台幣，給李家做「慰問金」。

那麼大的一個案件，兩條人命，一幢房屋，連個調查結論也沒有，道歉也不說，如何善後、怎樣賠償更不談，拿這區區的一千元，就想堵住受害者的嘴，搪塞了事。

這世間還有天理嗎？

李增丙自然拒不接受。

此事僵持了一個多月，軍方仍然沒有一點表示。李增丙帶著兒子，四處申訴，都無結果。挨到十月二日，金門防衛司令胡璉將軍在金門中學的運動場舉行一項紀念活動，李增丙聞訊，帶著三個兒子在胡璉的吉普車前攔路跪地陳情，遞上了事前準備的一份陳情狀。此事總算引起金門最高司令長官的注意，交代金門縣長妥善處理。但是，「處理」的結果也只是把金門縣府

1

1. 李錫奇策劃，賢志文教基金會主辦，兩岸三地文學藝術家金門之旅（背景為李錫奇古寧頭老家）。
2. 李錫奇（左一）北師就讀時期。
3. 李錫奇就讀金門中學時期（四四級）。

2

3

的一個車庫，修整一下，使他們一家五口勉強有一個棲身之地。

除此而外，迄今六十年，李錫奇祖母陳好、姊姊李金珍祖孫兩人的命案，依然寃沉海底，無論他們怎樣申訴，社會如何呼籲，軍方就是不予理會。

突來的世變，使十五歲的李錫奇彷彿一下子長大了。他永遠記得疼惜他的阿嬷倒在血泊中的樣子，永遠記得常常鼓勵自己好好畫畫的姊姊最後那一聲「快跑」……經此劫難，父親李增丙變得整天神情恍惚，像被雷擊了一樣，再也振作不起精神；而母親吳玉瑤更是整夜整夜的頭痛、失眠，足有三、四年，不敢走出房門一步；就連正該無憂無慮享受快樂童年的十五歲的李錫奇，睡夢裏也常會被突來的槍聲驚醒，那是古寧頭毀家的槍聲，吳厝奪走親人生命的槍聲……。一個巨大的陰影，戰爭的陰影，沉沉壓在李增丙一家的頭上，壓在十五歲少年李錫奇成長的路上。

四

金門是李錫奇生命的出發點，是李錫奇少年記憶的傷心之地。

六十年後的今天，當李錫奇成為著名的藝術家，當他行走在海峽兩岸和世界各地舉辦了一百多場現代藝術展覽，當他以自己廣獲聲譽的成就獲得了台灣藝術界最高的「國家文藝獎」，當他成為「馬英九總統國策顧問」的匾額，被高懸在金門李氏祠堂的門楣上……我們重新回到金門，回到他生命出發的地方，我們想探詢的是：這個面積只有一百四十九平方公里的小島，這個靠大陸最近、離台灣稍遠，卻作為台灣的一個觸角，一根戰爭與和平的敏感的神經，在半個多世紀的兩岸對峙中，一直處於前沿地位的小島，這個曾經帶給少年李錫奇歡樂和希望、也凝聚著他最初的恐懼與傷心的小島，在李錫奇生命的成長過程和後來藝術的創造中，究竟有著怎樣的影響？

這是一個常被人們詢及的問題。

一個藝術家的生命經歷，深刻地影響著他的創作，這是中外藝術史上屢見不鮮的事。儘管這種影響有時是潛在的，不直接呈現為他創作的外在主題或題材，而是作為一種內在的、精神的因素，內化在他對世界的觀察、體驗、認知的情感結構和藝術語言（符號）的選擇、藝術方式的傳達之中。恰是這種由人生經歷轉化而來的精神的潛在因素，對藝術家的創作產生深刻的，有時甚至是決定性的作用。在這意義上，探索藝術家的經歷和心靈，和解讀藝術家的文本一樣，是進入藝術家創作精神底蘊的重要管道。

由是，我們對李錫奇的解讀，還必須從金門開始。

曾經生於斯、初長於斯、傷心於斯，最後也榮耀於斯的金門，對於李錫奇的意義是不言而喻的。

金門是李錫奇的故鄉，是他生命植根的地方。猶如朋友可以尋找，父母不能選擇一樣，故鄉也是天定的。無論這塊土地是貧瘠是富裕，是災禍是福慶，它都一輩子如影子一般地跟定你，深深地浸入在你的生命之中。

1

1. 李錫奇於畫室創作一景。
2. 戰火，1978年，24.8×25.5cm，木刻版畫。
3. 小徑（又名金門戰地），1962年，27.5×20.3cm，木刻版畫。

2

3

在李錫奇的生命裏，故鄉金門的記憶是戰爭的記憶。這是李錫奇個人的特殊經驗，也是所有金門人普遍的感受。金門與廈門，歷來被視為大陸的東南門戶，其地理位置和險要形勢，向為兵家必爭之地。自宋元以來，倭亂不斷，海寇紛起，至明，最為猖獗；明末，鄭成功驅荷復台，建立抗清政權，以金門為根據地；清初，施琅降清平台，一統江山，就從金門的料羅灣出發；鴉片戰爭中，英艦直入金廈海域；抗戰風煙裏，日寇佔領金門長達八年之久；乃至此後數十年的兩岸炮火相向……無論是外來的倭患，還是海上的征逐，也無論是異族的入侵，還是政權的對峙，金門被迫都處在戰爭的渦漩之中。

少年李錫奇的家庭悲劇，便緣於這一歷史背景。

長年炮火下的生活，帶給金門災難，也磨礪了金門人堅韌的性格。對於李錫奇而言，這是一份不幸，也是一份財富。

在金門付出過家破人亡慘重代價的李錫奇，形成了他對人生沉重的悲劇意識；但在長年炮火下堅韌生活的金門人面對災難敢於擔當的樂觀性格，又賦予了李錫奇性格的寬厚和開朗。對人生沉重的悲劇意識，和超越戰爭悲劇的對世界的樂觀擔承，構成了李錫奇精神性格對立統一的兩面。而只有這種充分意識到人生悲劇的樂觀擔承，才是真正深刻的、有意味的擔承。這使李錫奇能夠走出戰爭的陰影和個人的不幸，將內心的糾結轉化為藝術的寄託和宣洩。在對李錫奇的生命成長和藝術發展的觀察中，這種印象越到後來便越強烈。

儘管李錫奇很少以自己家庭悲劇或金門戰事作為創作的題材，但這種來自切身人生遭遇的精神創傷，對他藝術創作的影響卻是深刻的、隱密而微妙的。我們閱讀李錫奇的作品，常常會感到有一種無言的悲劇感充溢其間。無論是早期具象或半具象的木刻——從《金門海印寺》到《失落的阿房宮》、《落寞的秦淮河》等作品所蘊藉那種世變頹落的滄桑感，還是後期抽象的「拓印系列」、「時光行系列」、「大書法系列」、「寂墨系列」、「漆畫系列」，特別是其中的「鬱黑之旅」，那種在黑色基調的背景上，以大悲大喜的強烈色彩所構成的情感衝突，隱祕著畫家在那個不堪年代人生遭遇和堅韌掙扎的一段心靈密碼。在這一系列作品中，李錫奇對「黑」有一種特殊的敏感和執著，這不能不讓我們想起他生命曾經的一段「黑暗」。這是李錫奇發揮得最為淋漓盡致的色彩語言。「黑」在李錫奇，既是色彩的，也是精神的。沉鬱在李錫奇作品底層的這個「黑」，是作者無以言說、卻又攔阻不住要宣洩出來的一種情感。即使作者選取的色彩是民間喜慶的大紅大綠，但正是作為作品底蘊的這個「黑」，才在色彩的強烈衝撞中，奏響出喜慶的紅和綠來。

李錫奇對自己生命悲情的超越，成為一種精神狀態和生活態度，同時也賦予了他創作的一種超越意識。在後來的創作中，舉凡藝術的種種，從流派、題材、形式、符號到材質，到了李錫奇手裏，都被改造成屬於李錫奇自己的另一種形態而超越了它們自身。這是李錫奇從生命到藝術的一個普遍的精神特徵。如果說，李錫奇生命的意義，是他對悲情的超越，那麼，他藝術的意義，則是對傳統、對一切外來藝術的超越。生命的超越，是李錫奇藝術的內蘊，而藝術的超越，則是李錫奇生命的外現。

對於李錫奇而言，金門還是他文化的根。金門雖小，但歷史悠久。其源起於晉，歷唐宋而入教化；南宋朱熹，過化金門，浯江文風，因之鼎盛。自宋以降，累出進士四十，舉人百餘，文治武功，冠勝東南，素有「海濱鄒魯」之譽。其地舊屬同安，隸泉州府，方言、習俗、信仰，均與閩南同，是中原文化南傳的一翼，屬於閩南文化圈的核心區之一部。近半個多世紀，由於地處兩岸對峙前沿，與外界交往受到扼制，現代化建設發展遲緩，反倒使其傳統民居建築和民俗文化，得到較好保存。出身金門望族的李錫奇，因日本佔領而不願就讀侵略者控制的國民小學，入私塾以四書五經啟蒙。這個生命的開始，使他從小就在傳統文化與民俗文化氛圍中長大。那典型的閩南風格的寺廟與民居建築，廳堂、門楣和廊柱上懸掛、雕刻的色彩熱烈而凝重的匾額和對聯，那金門特有的風獅爺信仰古拙而端肅的造形，那無處不在的宮廟、祠堂，日日都見的拜拜之風，白天氤氳的煙火，夜間閃爍的線香，這一切耳濡目染的文化氣息，無言地深深印入少年李錫奇的腦海裏。後來我們從李錫奇的創作中，常常可以看到這些文化記憶的某種藝術呈現。他作品的文人化和民俗化傾向，他對於某些符號、色彩和構圖的偏愛，都可以從他童年生活和故鄉記憶中找到某種文化淵源。

若沒有金門歷史和文化的型塑，我們認識的將不是今天的「這一個」李錫奇！

作為自己家族的傷心之地，金門給予李錫奇的傷害，也是無法抹去的。所以，當一九五六年李錫奇考入台北師範離開金門之後，有十多年時間，他一直未曾再回金門——不是不想回，而是害怕回，害怕那個結痂的傷口再淌血。然而，無論他走得多遠，離得多久，金門都在他的心中，在他的夢中；也無論他的身分怎樣改變，教師、畫家、策展人、巨匠、奔走兩岸的和平使者……金門永遠是最李錫奇的金門，李錫奇永遠是那個從金門來的李錫奇，這是無法改變的。

金門是解讀李錫奇生命和藝術的密碼，認識李錫奇的藝術和人生，唯有從金門開始。

第二章

在只有線條的風景裏窺視你粗獷的步履

——古月：睡在記憶之上

一

李錫奇常常感慨，他書讀得太少了。

這是戰亂年代的一種無奈。

李錫奇六歲入私塾，以四書五經開蒙；很快抗戰勝利，古書沒讀幾篇，就轉入新加坡華僑創辦的實行新式教育的古寧頭小學就讀。此時，戰火已經延及金門，人心惶亂，學校正常教學常受干擾。一九四九年歲末，兩岸在金門的一場大戰爆發。家在古寧頭的李錫奇，首當其衝。在炮火中毀家的李錫奇無奈隨著父母從古寧頭搬到母親的娘家吳厝。在這裏一時找不到學校入讀，只好休學在家。直到第二年，才在金城示範中心小學插班讀四年級，勉勉強強讀到一九五二年小學畢業，吊在尾巴考入金門中學。然而，一九五三年農曆七月，又一場劫難降臨。一個勞役兵闖入李家殺人焚屋，這場無辜奪走兩條人命、焚毀一幢房子的真正「家破」「人亡」且無處申訴的飛來橫禍，使李家幾乎崩潰。十五歲的李錫奇常常要陪著神情恍惚的父親四處申冤告狀。也恰在這一年，「九三」炮戰中，一顆炮彈擊中李錫奇就讀的金門中學，奪走了三位老師的生命。學校在慌亂中從後埔遷到陳坑。隆隆的炮聲依然不時響在頭頂硝煙凝聚的天空，死人的惶恐和驚嚇，讓老師和同學要時時防著不長眼睛的炮彈，學校裏連一張安靜的書桌也擺不下了。

試想在這樣的環境中，念念停停的李錫奇怎麼能夠安下心來讀多少書呢！

書沒能好好地讀，卻養成了李錫奇好玩的秉性。不過那時也沒什麼可玩的，上樹掏鳥蛋、黏鳴蟬，還玩一種用橡皮筋賭輸贏的遊戲，玩倦了就回家東掏西翻。李家畢竟出身書香，雖經幾度戰火洗劫，還殘遺著祖上留下的一些詩書畫冊，什麼繪本《千家詩》啦，什麼《芥子園畫譜》啦，等等，雜亂地堆在牆旮旯。沒想這些殘破舊書，卻籠住了少年李錫奇一顆野馬般不羈的心。他本來悟性就高，興趣又廣，閒極無聊就照著畫冊上的圖像依葫蘆畫瓢，畫著畫著果然畫出一點樣子。這樣無師自通地畫了一陣子，對繪畫的興趣也就越來越濃了。

那時候照像術才剛進入像金門這樣的邊僻小城，更沒有什麼放大設備。逢有紅白大事，需要大幅的人像，就拿著一張一寸大小的照片，去找街邊的畫師。畫師會在小照片上密密麻麻地打滿小格子，然後在大張的圖畫紙上也打上相應的格子，對看照片用碳筆一格一格細細的臨，果然能夠維妙維肖地把照片放大了。李錫奇常常站在街邊看畫師畫像，心裏覺得神奇得不得了，回家也依樣地學起來。

後來有一次，學校的禮堂要懸掛國父孫中山的遺像，正想找人畫，李錫奇便自告奮勇地說：我來試試。他按照街邊畫師的方法，先打好格子，再一格格對照著填上線條和色彩，果然一幅國父的巨幅畫像就畫成了。老師、同學一看，沒想到李錫奇有這本事，全都譁然，對這個頑皮的學生也就刮目相看。自此，李錫奇畫畫的名聲傳開了。此後，學校所有的國父像、總統像，都成了李錫奇初展才藝的天地。

正經的書不愛讀，卻把興趣放在學校組織的唱歌、演戲和畫畫上。每次文娛演出，總讓李錫奇把風頭賺足了。老師看重他，同學也都圍著他轉，他做不完的作業，總有女同學爭相幫他做完。

一九五五年秋，李錫奇初中畢業。一位國文老師打聽到台北師範的藝術科在招生，便推薦喜歡畫畫的李錫奇前去報考。李錫奇聽說讀藝術師範可以不必上數學、英語課，自然十分樂意。此時，李錫奇的家道中落，境遇已十分困窘。讀師範可免交學費，這也是家長支持的原因之一。在校長的舉薦下，李錫奇以他初現的藝術長才，被保送進入台北師範學校的藝術科。

人生常有許多偶然，冥冥中卻決定著未來的命運。

這是李錫奇生命轉折的關鍵第一步：走出金門！

二

一九五〇年代的台北，隨著國府東遷，從大陸湧入的人口數以百萬計，雖剛頒佈「戡亂」條例，依然是一片繁華景象。除了日據時代留下的一些建築，像充滿了東洋風情的西門町，依然還是各類文人最喜歡流連駐足的地方；國民政府和新來的大陸富商，也大量覓地建設，貿然

1

2

1. 李錫奇 1959 年初踏入畫壇。
2. 1958 年李錫奇攝於板橋畫室，背景是其早期版畫作品。

間就冒出一批現代化的高樓大廈。街面上百貨公司、餐廳、酒樓、商家、咖啡館跳舞廳，櫛鄰比次，車馬人流，穿梭擁擠，讓剛從封閉、落後的戰地金門到來的李錫奇，有如鄉巴佬進城，走在街上四顧不暇，生怕把自己弄丟了。

那時候，一股現代主義的藝術風潮正在台北興起。最先從詩歌發端，一九五三年，在成功中學教書的紀弦創辦《現代詩》雜誌，延續著上世紀三十年代上海大都會的那脈「現代」餘緒；繼而又有「藍星」和「創世紀」以及其他一些詩歌社團成立、創刊，三個新詩刊牴角鼎立，各呈特色，也互相呼應。一九五六年元旦，被尊為現代詩「祭酒」的紀弦，登高一呼，在台北召開現代派詩人大會，揭櫫一面鼓吹「橫的移植」的現代主義大旗。在當時台灣一片反共八股的特殊時空環境下，這股散發出另類聲音的藝術思潮，帶有一種潛在的規避、抵制意味，由文學而延及美術、戲劇、音樂等，形成了中國藝術史上一次完整的現代主義運動。

最先與現代詩直接呼應的是美術，其標誌是一九五七年「五月」和「東方」兩個畫會的誕生。

五月畫會的成立，最初是先後畢業於台灣師大藝術系的四個同學：郭於倫、李芳枝、劉國松和郭東榮，於一九五六年回母校舉辦一次「四人聯展」，作品多為對當時西方不同風格的新潮藝術的模仿。因此當時有評論認為這實際上是師大藝術系的畢業生，為研習西方繪畫，對外公開的一次相互激勵、互相觀摩的作品發表會。展後他們在師大老師廖繼春教授的「雲和畫室」檢省這次畫展。廖繼春是日據時代新美術運動的知名畫家，自上世紀三十年代就曾多次在各種展覽中獲獎。此時正處於他創作旺盛的又一個高潮期，對學生們突破性的創作，極為鼓勵。有了老師的支持，他們四人便萌生了籌組畫會的念頭。他們仿照法國「五月沙龍」的模式，亦以「五月」命名，決定每年舉辦一次展覽。第一屆畫展於一九五七年五月在中山堂舉辦，畫會便也以此作為創立的時間。首屆畫展雖無宣言，亦無章程，風格也並不一致，但傳遞出一股不甘固守傳統舊規、追蹤西方現代風潮、反對商業宣傳、尊重純粹藝術的新風。此後歷屆畫展，成員多有擴大，但基本都出身師大，帶有濃厚的學院派色彩。

值得注意的是作為五月畫會核心人物的劉國松，在繪畫之外，一開始就表現出強烈的理論興趣和思辯能力。還在大學期間，他就對省展中將日本畫列入國畫中展出提出質疑，在咄咄逼人的論辯中，從畫種區分延及所謂「正統國畫」的討論，深入到中國畫的精神、品格、風韻以及筆墨、色彩、構圖和創新等等問題。這場論爭展示了青年劉國松豐厚的傳統文化底蘊和前衛的現代觀念。稍後幾年，在與徐復觀關於現代藝術的論戰中，再次表現出劉國松豐厚的理論準備、激進的論辯風格和新銳的藝術觀念。此後劉國松繪畫風格幾經丕變，從對印象主義的模仿走向抽象主義的中國風格，在西方的藝術觀念中融入中國哲學的精神內涵和傳統繪畫的寫意風格，應用特殊媒材、工具和技法，創造了具有經天行地、視野浩大的獨特藝術風格。

其次是東方畫會的誕生，這是一個以台北師範藝術科畢業的學生為主體，聯合約在李仲生門下的年青畫家形成的一個群體。

從歷史上看，台北師範一直是台灣新美術運動的「聖地」。根據台灣美術史家蕭瓊瑞先生的研究，早在日據時期，日籍畫家石川欽一郎曾兩度來北師任教，台灣第一批西畫家，泰半出於他的門下。因此石川欽一郎被尊為「台灣新美術運動的導師」。戰後這個傳統有所中輟，但一九四七年北師設立藝術科後很快得到重續。不過，這時設立藝術科的目的，主要還是推動台灣初等學校（小學）的藝術教育，並不重在創作。最初考入藝術科的學生，大都來自本省，他們畢業後，也大都回到各自所在的地區，從事學校的美術教育。蕭瓊瑞說：「台灣早期推動兒童美勞教育、貢獻頗巨的第一代美育家，如：劉振源、呂桂生、劉修吉、丁占熬、張錦樹、鄭明進、劉興欽、吳隆榮、張志銘……等，都是該科前三、四屆的學生。」[1] 其實，直到上世紀五、六十年代李錫奇前後這批學生，乃未改這一傳統。他們畢業後大多先在小學找到一份謀生的職業，然後不滿足於兒童美育，同時向現代藝術拓展。早李錫奇幾屆畢業的霍剛（原名霍學剛），畢業後就在台北縣教育輔導團的美勞科擔任輔導員，李錫奇畢業後也在新莊小學任教，在成為現代版畫會的創會成員同時，還主辦了一九五六年台灣的第一屆世界兒童畫展。

不過，一九五〇年代以後的北師，其學生成份有了一些變化，一批來自大陸的外省籍青年，成了北師最活躍的力量。他們或他們家庭渡海來台親歷的社會變故和人生動盪，使他們相對於本省青年擁有一份更為坎坷而豐富的人生經驗；他們初臨寶島空茫無依的生存狀態和精神追求，也使他們有著不肯安於一域而神往外面世界的更廣闊心態和視野。這一切都使他們難以滿足師範校園較為狹小的教學格局和保守的藝術氛圍，而尋求能夠自由表現自己心靈的一片更為廣闊的天地。

恰是在這樣背景下，歷史有幸，一位對台灣現代藝術貢獻至偉的人物：李仲生，彷佛老天特意的安排，適時地出現了！

一九一二年出生於廣東韶關的李仲生，曾先後就讀於廣州藝專和上海藝專；一九三二年，

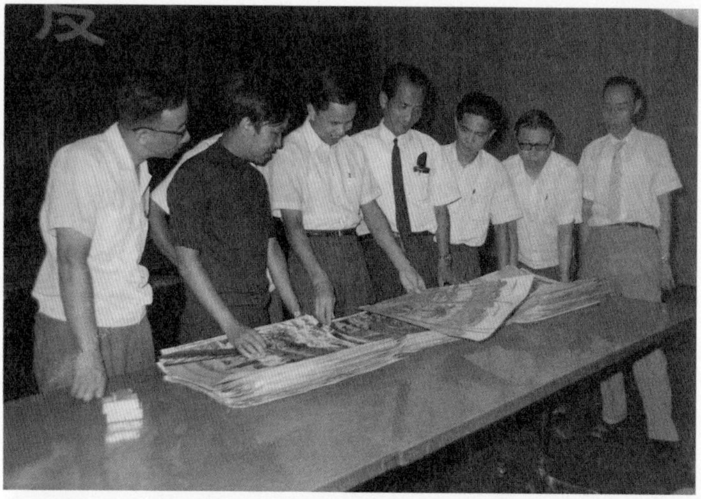

1

2

1. 李錫奇參與第一屆世界兒童畫展審查。
2. 李錫奇教導小朋友寫生。

他的作品就出現在留法歸來的龐薰琴、倪貽德等領銜的「決瀾社」畫展中，成為中國這個最早按照法國模式組建的現代藝術社團的年青成員。翌年，李仲生由上海赴日留學，在東京參與了留日同學創建的「中國獨立美術學會」的活動，推崇超現實主義和野獸主義，與龐薰琴等的「決瀾社」成為當時中國最具前衛色彩的兩個藝術團體。一九三七年，李仲生回國，在國防部新聞局服務，亦在國立藝專和杭州藝專任教。一九四九年，李仲生以教師身分來台，先後在北二女中和彰化女中等校任教，但他付出心血最多的是一九五一年自辦的畫室。李仲生推崇現代主義，但他認為二十世紀的現代藝術，在本質上已經揚棄了西方繪畫的傳統，提出西方和東方互相激盪交融、相容並蓄的新的藝術觀念，追求現代藝術在最高境界上融入中國哲學和中國藝術的文化精神。他不同於學院派的教學，只重於技法的傳授，而是強調藝術的個人性和原創性，要求學生「想別人沒有想過的，畫別人沒有畫過的」，充分表現個性化的自由心靈和感受。對於慕名而來的學生，他從不為學生改畫，也不讓學生看自己的畫，只在畫室或咖啡館，採取一對一的交流方式，啟發學生感知世界的藝術風潮，發展自己的藝術個性。

李仲生的到來，帶來了一股嶄新的藝術風氣。

這樣的藝術觀念和教學方式，博得當時渴望衝決守舊藩籬的年青畫家的歡迎和尊崇。二十世紀後期活躍於台灣現代畫壇的藝術家，許多都曾出入於李仲生畫室，拜在李仲生的門下。除了來自北師的學生，還有來自軍中的年青畫家，如來自空軍的歐陽文苑、夏陽、吳昊……等。李仲生實際上成為這一時期台灣現代藝術的精神「教父」。

一九五六年李錫奇考入北師時，沒來得及趕上這一波浪潮。早他幾屆的學長，像一九五一年入學的霍剛，一九五二年入學的蕭勤、陳道明、李元佳，一九五四年入學的劉芙美、蕭明賢等，都已相續畢業離校，進入李仲生的畫室，與歐陽文苑、夏陽、吳昊正醞釀成立後來深遠影響台灣現代藝術發展的東方畫會。李錫奇只是在幾年以後，才成為東方畫會的後期成員。而此時李仲生也已離開台北，到彰化女中任教了。錯過李仲生的這一遺憾，要到十年後才稍得彌補。一九六七年李錫奇在台北舉辦第一個個展，李仲生北上來看展覽，當面讚揚李錫奇的藝術表現，李錫奇便要求執弟子禮事之，得到李仲生的應允。自此，李錫奇的名字便出現在李仲生的弟子群中。

儘管李錫奇入學時，這些稍後馳騁台灣畫壇的學長，都已畢業離校。但北師仍然以濃厚的藝術氛圍感染著他。這時北師的同學，也是群英薈萃。後來獲得「國家文藝獎」的著名小說家七等生，就跟他同班，與他同桌的是後來台灣最重要的藝術雜誌《藝術家》的創辦人何政廣，還有著名電視製作人雷驤；而著名女詩人席慕容低他一屆；獲得「國家文藝獎」的著名小說家黃春明，當時讀的是普通師範科，也與他同一時期在校。這麼多優秀的青年學子聚集一起，形成一種氣場，讓親歷其中的人不能不受到感染、推動。

不過，初來乍到的李錫奇，對於台北都市的現代氣氛和洶湧而來的新潮藝術，還有些陌生和不適應。入學的第一個學期，他還像個懵懂的少年，未能完全走出戰爭的陰影和離島的偏狹。他在給學校的〈自傳〉中寫道：「……天不佑人，反遭横禍，家中遭逢二次悲慘浩劫，如此之慘，其誰能堪。」老師對這個本性頑野、卻又有點心怯的學生最初的印象是：「胸襟豁達」，但「童稚心重」。他對於藝術，也只是少年時塗鴉的一點興趣，既無師承，也缺乏深刻

1970 年代，李錫奇（左）拜訪李仲生（中），李仲生為當時台灣現代繪畫的精神「導師」。

的瞭解和根基。相比於來自大城市從小見多識廣的同學，多少有點自卑。他只是隨著上課，老師讓畫素描就畫素描，老師讓做手工就做手工……這是一個循規蹈矩的師範生學成後回去當美術老師必備的技能。

直到第二年春假，同班一位女生林美霞邀李錫奇到淡水寫生，他帶著簡單的畫具應邀去了，此後隔三差五便常常一起去寫生。蕭瓊瑞在述及這件事時說：「李錫奇或許是抱著約會的心情前往，但畫下來的作品，卻頗有一些自己的味道。」[2]其實，當時同行的還有高他一年級的一位男生。但或許正是一絲情感的觸動，讓李錫奇萌發了藝術的表現欲。當寫生回來，他把幾張作品擺在一起，突然發覺，自己的畫和別人不大一樣，看著像是亂塗，但線條靈動，透著感情，像雲彩一般自由自在。別人作畫，無論寫生還是素描，幾個小時才畫一張，而他作畫，全憑感覺，一堂素描課，可以畫兩三張。無論構圖還是色彩，那種率性，或許就是他從小養成的那點不安份的藝術天性的自然流露吧！老師給的分數雖不高，但同學們都喜歡。一學期下來，學校一沒有課，幾個人就相約外出寫生，他對藝術的感覺和自信就慢慢地被喚醒了。

一年級下學期，開始上木刻課，二年級上學期，又學畫水彩。老師按照傳統的程式教，這些給了李錫奇很好的基本訓練；但一進入創作，他卻全不按規矩來，隨自己情緒「胡塗亂抹」，完全脫了形，卻有著強烈的主觀情感色彩。有些老師不喜歡，有的卻很肯定。教他們木刻的老師叫周瑛，是抗戰時期十分活躍的木刻家，技法純熟，風格寫實，但對於李錫奇的破格脫形，卻很包容，給了他極大的馳騁空間，使李錫奇從拿起木刻刀開始就能在不受拘束的創作風氣中自在悠遊。

說起李錫奇和木刻的緣分，還有點偶然：當時與李錫奇同桌的是今天著名的《藝術家》雜誌的創辦人何政廣，那時他也十分熱衷木刻。李錫奇看他每天都捧著一塊小小的木板，畫呀刻呀；畫完刻完後拓印出來，寄到香港亞洲基金會創辦的《祖國》雜誌投稿，不時有刊載他木刻的刊物寄回學校來，還時有一筆不菲的稿費。這讓李錫奇心生羨慕。當時李錫奇對藝術尚無定向，什麼都想試試。刻木刻作品能發表，還有稿費，對他是極大的誘惑。那時候，一種專供木刻用的「烏心石」木，並不難找，不像現在這麼金貴。李錫奇便跟著操刀在小小的「烏心石」上馳騁起來。他也學著把作品寄到香港，很快他的作品登上了《祖國》雜誌的封面，差不多每期或隔期都有作品在上面發表。對於一個尚在藝師就讀的學生，這是對他藝術自信心的極大鼓勵。李錫奇與香港《祖國》雜誌的供稿關係一直持續到他畢業以後，至一九六二年他到部隊服役，學校把稿費轉到部隊，生性多疑的「有關單位」對「祖國」這兩個字感到很可疑，便約談了李錫奇，嚇出一身冷汗的李錫奇才趕快停止與這個其實是香港美國新聞處主導的刊物的聯繫。

就這樣，李錫奇漸漸地真正愛迷上了繪畫。金門的那些創傷記憶，也慢慢被他對藝術的專注和表達所釋放了。在校期間，他的一幅作品入選當時教育廳主辦的「學生美展」，一幅木刻入選倡導新派繪畫的前輩藝術家何鐵華等主辦的「自由中國美展」。也在這一年，進入三年級上學期，李錫奇突發奇想要在學校舉辦一次個人畫展。一個在讀的師範生舉辦個展，這在北師創校的歷史上還沒有過。究竟李錫奇為什麼焦急地想舉辦這個個展呢？原因可能很多，例如他積累了一些作品，他希望檢視一下自己，等等；但潛隱在他心底的還有一個祕密是，他心儀一個女生，希望親手交給她一份自己個展的請柬。這是一個情竇初開的男生第一次青澀的暗戀，一次想像中帶點稚氣的浪漫。讓他有點遺憾的是，當他真正把一份精心製作的精美請柬親手送到這位女生手中時，她並沒有特別的感動或興奮。不過，這畢竟是李錫奇平生的第一次個展，是他此後上百次展覽的最初出發。也許這次展覽讓後來成名的李錫奇感到幼稚，沒有一件作品能夠保留下來，但具有歷史感的美術史家蕭瓊瑞卻認為：「今天，我們回顧這段歷史，與其讚誇畫家當時的藝術天份或成就，不如讚賞藝術家自始就展現出來的強烈的藝術行動力。而這種即知即行、敢於嘗試、勇於實踐的行為模式，也正是成就畫家四十餘年的藝術風格的最主要力量。」[3]

真正讓李錫奇藝術心靈受到震撼的，是一九五七年十一月在台北新生報新聞大樓舉辦的第一屆東方畫展。

當時參加展出的霍剛、蕭勤、陳道明、李元佳、蕭明賢等北師學長以及同在李仲生門下學畫的歐陽文苑、夏陽、吳昊八人，都還是二十出頭的年青人。這是他們以東方畫會名義揭竿而起的第一次集體亮相，也是這群無所顧忌的年青畫家向傳統畫壇的一次充滿反叛精神的強力出擊。抽象的畫風，荒誕的手法，沒有主題的主題，不講形式的形式，看似不講理一切又都在理中。這種既強調藝術理性又強烈表現個人風格的藝術衝擊力，對傳統畫壇猶如丟下一顆震撼彈。一時間，新聞大樓展廳的腳步雜遝，在一張張抽象的畫作前，說什麼的都有。反對的罵他們亂搞，讚賞的稱他們前衛，整個畫壇被這群年青人的「胡作非為」攪得不平靜了。著名專欄作家何凡在《聯合報》的專欄「玻璃墊上」寫了一篇文章：〈「響馬」畫展〉，以「八大響馬」很形象地把這八位年青藝術家衝決傳統的反叛精神比做畫壇的綠林好漢。於是，「八大響馬」便成了後來歷史對他們反叛精神的肯定和對這一事件的一個標誌性的記述。

而這一切，對於當時正處於藝術起步的李錫奇，無疑是一次啟蒙和引導。展覽期間，李錫奇幾乎每天都到場，流連在這一幅幅畫作前面，他彷彿覓到了知音，找到了同道，聽到了自己內心強烈的呼喚；他彷彿看到了前面有一片光，影影綽綽照亮一條或許坎坷或許坦蕩的路：這正是他在四顧茫然的人生惶惑中，內心所神往的那條藝術之路。

北師三年，李錫奇終於完成了自己的藝術準備：一顆懵懂的心開始萌醒了。

三

木刻版畫是李錫奇走向現代藝術的第一級台階。

學校期間一次看似偶然的觸發，卻開啟了李錫奇此後大半生的藝術路向。

正當李錫奇鍾情於現代木刻的時候，一九五八年五月，又一場觸動李錫奇心靈的現代版畫展，趕在他畢業前夕給熱鬧的台北畫壇再次引起轟動。這是應「中美協進會」邀請，美國十位版畫家參與的「現代中美版畫展」；入圍的中國版畫家只有曾與霍剛在北師同班的秦松和江漢東兩人，都是比李錫奇大不了幾歲的學長。相對於當時島內還沉浸於主題性和宣傳性的木刻，國外藝術家那種摒棄主題性和敘述性，專注於形式自身的更加自由、開闊的創造，讓李錫奇看

1

2

3

1. 等待，1957 年，23.5×14.8cm，木刻版畫。
2. 《祖國週刊》封面圖為李錫奇《暮港》版畫作品。
3. 萊茵河之畔-2，1958年，44×43cm，木刻版畫。

到現代藝術觀念在版畫創作上的突破和發展；而中美版畫家的同場展出，更給了正傾心於木刻創作的李錫奇更大的信心。

一九五八年歲末，秦松和江漢東邀請了楊英風、陳庭詩、施驊和李錫奇，組建「現代版畫會」，成為台灣現代藝術史上繼「五月」和「東方」而來的又一個重要的現代美術團體。二十歲的李錫奇之所以受到邀請，與他的前輩和學長並列，成為現代版畫會六位創會者中最年青的一員，是因為在此前不久舉行的「自由中國美展」上，秦松注意到了李錫奇參展的一幅木刻作品，以其充滿朝氣的現代風格引為同道。此後，現代版畫會每年舉辦的畫展，成了李錫奇作品頻繁發表的一個重要的平台。

對於版畫，李錫奇有自己的見解。在〈現代版畫的本質〉和後來的〈再造「版」圖〉等文章中，他一再肯定中國有一千多年版畫藝術的優秀傳統，應當繼承弘揚；同時強調現代版畫必須從作為插圖和宣傳品的古典寫實作風及專事實用的枷鎖中蛻變出來，使之成為一門獨立的藝術，擁有和其他現代藝術一樣的精神內涵。他認為，現代版畫在接受西方現代觀念和技巧的影響時，應從中國固有傳統藝術的特殊風格中得到啟示，找到自己的藝術形式，創造深具民族精神又富於個性色彩的版畫風格，唯此才能迎來中國版畫藝術的全面復興。對於版畫的特性，他說：「版畫是一種可以複印的平面繪畫，在技法上除了一個畫家對於繪畫本身所應有的一切技法之外，更必須具有版畫製作的專門技法，才能自由的運用屬於版畫的任何材料與工具。」雖然版畫不能像爵士樂那樣，從音樂廳走向曠野，打入現代人的心靈深處，激起萬眾的狂歡。但「版畫是以版為媒介的間接繪畫。可將相同的作品，在同一時空內，作更廣遠的傳播。而且它小巧靈便，易於展示與收藏，價格又比較低廉，這種特點是其他繪畫所沒有的，也不是可以抗衡的。」因為是「屬於間接性繪畫，所以具有手繪作品所沒有的特性和優點，其製版和印刷過程，又可以充分利用發達的科學技術，因此，它的影響也隨著時代而擴大。」[4]

或許正是因為這一理念，李錫奇才特別鍾情於版畫，歷數十年而不懈。版畫品種的多樣性，表現手段的豐富性，從木刻、磚刻、石刻、紙刻到銅版蝕刻、玻璃蝕刻，從單色到套色，從拓印、浮水印到絹印，從平版、凹版、凸版到漏版，從單幅到多幅……滿足了李錫奇那顆年青、好奇和善變的心，為他展開了一個廣闊的、多元的、兼具實驗性和開創性的天地。

不過，李錫奇最初的出發，選擇了從最為單純的木刻開始。

李錫奇這一時期的木刻大多已經散失。但古月於一九八一年以《昨日．今日．明日》為總題在《聯合報副刊》上為之配詩的六幅早期木刻，讓我們窺見了畫家最初的創作風貌。二〇一二年，張耀煌在他的「耀紅名茶藝術空間」集中展出了李錫奇早期木刻二十餘幅，可謂是對李錫奇早期木刻在半個世紀以後最集中的一次重溫。這些作品題材多樣，他刻過山水，但他的山水不是傳統的山水，如古月配詩題為「固執的水聲」的那幅《小徑》（亦曾題名為《金門戰地》）：在大片沉沉的黑色塊面上，幾道簡潔的剛性線條，劃刻出對峙的兩座高峻的崇山，兩山之間的一道狹長留白，符號性的幾個小小的黑色方塊，造成山徑小道上人潮擁擠的氣勢；而前景略為變形的幾座套色民居，對比性地隱喻著人與自然的關係。畫面沒有一個人物，卻使人感到「人聲鼎沸」，極為簡約的藝術概括力，潛隱著李錫奇後來一系列版畫創作的最重要特

1

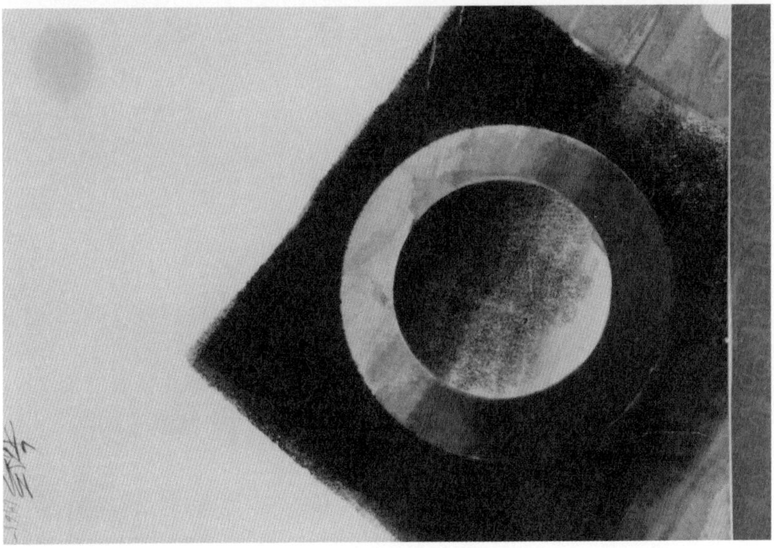
2

1. 金門海印寺，1959 年，25.5×36cm，木刻版畫。
2. 無題，1959 年，50×70cm，拓印作品。
3. 倩影，1961 年，46×39cm，木刻版畫。

徵。他也刻過人物，但他的人物不是古典的人物，如古月配詩題為〈刺青的薔薇〉的那幅題為《倩影》的少女：流暢的線條刻寫著一位東方少女含蓄的美麗，似隱若現的曼妙身材讓古月的配詩聯想到：「在妳白色的乳房／刺一朵青色的薔薇」，抒情的格調呈現出李錫奇陽剛的男性化創作的柔美另一面。畫家一開始進入版畫創作，就表現出的冷靜的藝術理性和高度的藝術概括力，為他後來的藝術發展奠立了良好的基礎。

不過，李錫奇表現得最多的題材是建築。無論東方的建築，還是西方的建築，這些看似靜止的造形，在李錫奇的刻刀下都沸騰著生命的氣息。那幅在古月配詩中題為〈小鎮故事〉的套色木刻《等待》是一種類型。臨海的小鎮擁擠小樓的紅色屋頂，屋頂下白色線條勾勒出的樓層和窗櫺，暖暖的色調主導整個畫面，傳遞著小鎮人家的一種溫馨；而畫面上方黑色天空下遠海的幾頁帆影，講述著小鎮另外一個漂泊與等待的故事。溫馨和冷峻，構成了小鎮人家生命複雜的兩面。李錫奇木刻中的這種複調主題，或許是他無意為之，但恰是這種無意，才是畫家生命意識的自然流露。黑白木刻《金門海印寺》是李錫奇木刻創作的另一種類型。沉寂在山石蒼茫的大片黑色之中的寧靜古寺，錯落層疊的寺廟一角，影影綽綽在不知是信眾香火還是戰爭硝煙（該作有時題為《劫後海印寺》）的白色繚繞之中，黑與白的強烈對比，襯托出這座自宋代咸淳年間始建的千年古寺生命的堅韌，也顯示著這座遺落山間的古寺亦難逃炮火洗劫的歷史滄桑。整個畫面的黑，主導著觀賞者面對這幅作品的情感，那是一種凝重，一種壓抑，一種欲吐而不得的鬱鬱感傷。李錫奇早期作品的這種情緒，不是一個二十歲年青人正常的情緒，我們只能從作為一個金門人曾經的生命劫難和歷史挫折，才能得到解釋。

《山城》是李錫奇精心創作的一套木刻組畫，凡六幅。這是和前此技法完全不同的另一種風格的嘗試。作品雖都以東方建築為題材，都共同地具有壓縮景深，把立體景物平面化的特徵，但六幅作品可分為兩類，表現手段和審美效果也完全不同。其一是借鑒建築繪圖的幾何形制，橫平豎直的線條和穿插其間的圓點、橢圓、方框，構成一種氣象恢宏的圖景，高低錯落、佈置有序的傳統民居上的歇山頂和燕尾脊，賦予這些建築富麗華美的東方氣質和宮殿神韻。這是和李錫奇此前作品完全不同的風格，畫面線條的寫實、細膩、明晰和亮麗，傳達出一種愉悅的審美感情。稍後李錫奇創作的另一組西方建築的木刻，如題為《萊茵河之畔》的組刻，循的也是這一路線。在同樣壓縮景深和將立體建築平面化的佈局中，畫面構圖有了更為豐富的變化，迥異於東方的城堡式的建築，其神祕華貴有如童話宮殿一般。創價學會出版的《越界創新——李錫奇的繪畫世界》在闡釋這幅作品（《萊茵河之畔》之一）時寫道：「在綺麗有序的景致中由右邊一道向內彎曲的弧形河道，逐步向中間開展了一棟棟如夢幻般的塔城，再向左延伸至拱橋，同時景致之遠處高掛一輪圓月，整體散發出異域濃厚典雅的氛圍。平口式刀筆的線條，工整有序，整件作品明朗而亮麗。又由線與線構成的長方圖形，使萊茵河畔城堡穩固而具恢宏之勢。同時，畫面裏透過如階梯狀之連續性，使作品結構由右下向左慢慢延伸上升，到了拱橋再折向中間塔城伸展，至此再慢慢遊動下來，直到萊茵河上之橋梁為止。整體動線於畫面裏，猶如作者於『現代』與『傳統』之間，四處遊動著。」[5] 創作這批作品時，李錫奇尚未離開過台灣，歐洲只是他的嚮往，對西方城堡式建築的描繪，憑的只是一種感覺，完全是對作者想像力的挑戰。這些瀰漫著浪漫主義氣息的作品，是走出戰爭陰影的青年李錫奇精神和心境的

1

2

1. 山城，1958 年，40×55cm，木刻版畫。
2. 山城之六，1959 年，59.8×63.5cm，木刻版畫。
3. 落寞的秦淮河，1958 年，57×97cm，木刻版畫。

3

某種反映。幾十年之後，李錫奇來到歐洲舉辦展覽，行走在萊茵河之畔，所獲的印象和感受，竟和當年完全相同，彷彿當年他就曾經親身來過這裏一樣。

組刻《山城》還有另一種風格，如第一、第二幅所表現的，有著濃厚的中國漢代磚刻的痕跡。物象立體的景深壓縮在平面的空間，轉化成為由粗黑線條著意分切的塊面，隱隱露出山城建築的形制：或一角屋頂，或一扇窗櫺，或一堵牆垣，或一孔橋洞，錯雜而擁擠，寓隱著「小城」的意象。建築物的造形由清晰轉向朦朧、半具象和符徵化；粗黑線條背後的敷色，或如夕陽的餘暉，或如月下的燈影，渲染著尋常人家山居的平民氣息，彷彿每個分割的塊面背後，都有一個人間故事在發生。刻刀留下的痕跡，仿如磚刻的崩裂，斑駁陸離，賦予了作品一種歷史滄桑感。畫面整體符號化了的暗示、隱喻和象徵，完全迥異於前一類作品的明晰、直接和具象。這種故作斑駁的畫面滄桑感，讓我想起了那一時期同為現代版畫會的另外幾位版畫家的作品，如秦松的《太陽節》，江漢東的《遊戲》等，都刻意在畫面留下斑駁的滄桑感，或許這是現代版畫會成員一種感應時代的共同畫風。如果說建築是凝固的音樂，那麼前一類物象明晰、具體的作品，有如清稚輕麗的江南絲竹，或如西方的室內弦樂四重奏，一聲聲輕言細語娓娓道來；後一類斑駁朦朧的作品，則如沉鬱恢宏的洪鐘大呂，或如西方銅管的交響，大開大闔粗獷而豪爽。前者輕撫你的情感，後者震撼你的心靈。

很少在同一組作品中看到這樣迥異的兩種風格，兩種完全不同的技巧和完全不同的審美表達。可以想見作者此時正處於藝術探索的階段，顯示了他多樣的實驗和不同方向的努力。在人生和藝術的十字路口，什麼皆有可能，就看你怎麼發展了。

值得注意的是在創作《山城》前後，他的兩幅手法相似的作品：《失落的阿房宮》和《落寞的秦淮河》，由民居走向宮殿，由當下伸向歷史，得到了畫壇內外普遍的讚賞。一九九〇年我初識李錫奇時，從他贈我的畫冊上讀到這兩幅作品，我即驚異於作品斑駁的畫面效果和他所欲表達的歷史滄桑感的驚人一致。一九九一年我在為他漆畫初作的展覽「遠古的記憶」所寫的序言〈向時間的歷史深度延伸〉中，表達了我的這種驚異和感慨：「隱藏在粗黑線條交錯而成的平面構圖背後，是恢宏然而斑駁的東方宮殿建築的輪廓。畫面整體的現代形式感，和在現代形式包容下的具有東方情調的歷史滄桑感，二者構成的衝突和張力，猶如畫題所點明的，恢宏的阿房宮的失落和喧赫的秦淮河的落寞，是兩種審美情感的衝突和對峙。我一直驚異作者怎麼會在這看似超然的現代形式中，一下子就抓住最能反映當時社會情態和溝通中國人心魂的那種歷史滄桑感和落寞心緒？須知此時作者才二十歲，剛從台北師範藝術專科畢業，在一所小學任教，我只能說這是生活在那個大動盪年代中一個中國人精神本位的自然投射。」[6]現在可以明白，這是李錫奇個人人生的創傷經歷和那個跌宕不安的時代相切合，是個人經驗誘發的時代印記，也是時代對個人經驗的啟動。這種互為因果的關係，正如我在該篇序言開頭就指出的：「李錫奇一走上創作道路，便表現出他對於現代藝術一以貫之的執著追求。這種追求是力圖將藝術的現代精神，融解在他從傳統蛻變出來的造形手段之中，以形成新的藝術語言和詮釋，從而反轉過來造成對傳統的巨大衝擊、瓦解和更新。」李錫奇後來的許多創作常以「本位」來標題，這就是李錫奇從一開始就確立的精神本位和藝術本位。

這是李錫奇最初邁出的藝術步履。這一時期他的木刻創作，在摒棄了古典寫實的作風和專事實用的宣傳與插圖之後，從具象出發，逐步走向半具象和抽象的探索。《山城》的一部分作品是具象的，另一部分作品——包括《失落的阿房宮》和《落寞的秦淮河》是半具象的，他的另一些作品如與中國現代版畫會一道赴美展出的《無題》，則完全是借助色彩所作的一種情緒宣洩的抽象的表達。具象作品的特指和抽象作品的泛指，難分（也無須分）伯仲地指向了藝術的兩端。具象或抽象，並無絕對的好或壞之分，二者只有表現的優或劣。同樣，李錫奇這一時期的作品，除少數外，大多都有標題。在藝術創作中，標題或無題，也無先驗的好壞之別。西方形式主義批評強調作品是一個自足的結構，形式即是一切，標題或不標題，甚至創作者和創作背景，都無關乎作品，是外在於作品的可以摒棄的因素；而東方的文化批評則認為，作品是作者和時代共同的產物，解讀作品不能不同時是在解讀作者、解讀作者所處的那個時代；唯有把作品的內在表現和外在因素聯繫起來，才可能是一種完整的、深入的解讀。標題（無題也是一種標題）也是作品的一部分，是作者闡發作品的一種創意，同樣屬於作者的創造。對一幅畫而言，泛泛的標題可有可無，但好的標題是深入作品的通幽之徑，引導讀者的審美認知和激發讀者的審美想像。李錫奇這一時期作品的標題並非幅幅精采，但有些則非有不可，否則便失去聯想的依憑。如《失落的阿房宮》和《落寞的秦淮河》，我們正是從標題上延伸了對畫面所表達的滄桑感的認識和感知畫家情懷的寄託。

木刻創作完成了李錫奇最初的藝術出發，但這只是開始，未來的大幕才徐徐拉開。在李錫奇漫長的藝術人生中，木刻這個簡短的序曲，預示著畫家後來更為輝煌的紛繁複雜的現代變奏。

註釋：

1. 蕭瓊瑞：〈眾神復活——深究李錫奇的藝術行動〉，蕭瓊瑞著《台灣近現藝術十一家》，藝術家出版社，二〇〇四年三月。
2. 同註1。
3. 同註1。
4. 李錫奇：〈現代版畫的本質〉，載《中國時報》，一九七七年九月二日第十二版。
5. 《越界創新——李錫奇的繪畫世界》，台灣創價學會藝文中心委員會印製，二〇一二年五月。
6. 劉登翰：〈向時間的歷史深度延伸〉，李錫奇畫展《遠古的記憶》畫冊序言，台北時代畫廊，一九九一年八月；另刊於《藝術家》雜誌一九五期，一九九一年八月，台北。

第三章

花開的時候也是這樣吧，像趕赴一場色焰的盛宴

——古月：想花

一

一九五八年暑假，李錫奇從台北師範畢業。

基隆碼頭，運輸船靠在岸邊不安地喘著粗氣，這是那種被老百姓叫做「開口笑」的登陸艇。兩岸對峙期間，從台北到金門的交通全部中斷，只靠軍隊的登陸艇兼作運輸，搭載少數持有特許通行證的乘客，金門人出入本島，也全靠它。航班沒有定期，大約每週一班，也可能七八天、十來天才有一班。

按照當時教育主管部門的規定，接受完三年免費師範教育的畢業生，都必須回戶籍所在地的教育部門服務。暑假一開始，李錫奇就一再延宕捨不得就回金門；拖到八月中，眼看新學期就要開學了，他才把完成和未完成的畫稿捆進行李，正好又有一班船要回金門，才不情不願拖著行李來到基隆碼頭。幾個同行的金門同學已經扛著行李小心地走過跳板，跨進了登陸艇的內艙，李錫奇卻還踟躕在岸上，挪不動腳步。

跨過跳板的同學在船艙裏揮手喚他。李錫奇回頭望了一眼身後的城市，他實在捨不得就這樣離開。上世紀五〇年代的台北，雖還說不上繁華，但遠不是戰火中的金門所能比擬。不過，李錫奇並不在乎這些，他在意的是台北的文化環境，特別是正在興起的一股現代的藝術浪潮。北師三年，他如魚得水地試泳在這股浪潮之中，剛剛感受到那種創作的愜意和自如，卻驟然就要離開，他怎麼能夠捨得呢？尤其是不久前，兩位早他幾屆畢業的北師學長，版畫家秦松和江漢東，看到李錫奇在「自由中國美展」上的一幅木刻，引為同道，便循跡找到這個剛要畢業的小學弟，邀他參加正在緊鑼密鼓籌備的「中國現代版畫會」。現在，這個風頭正勁的現代藝術組織，緊步「五月」和「東方」的後塵，就要瓜熟蒂落了，他怎麼捨得在這個時候離開呢？當然，在李錫奇內心還有一絲隱祕。在北師，他曾經心儀音樂科一位越南來的僑生，每次學校舉行升旗典禮時，她恰好和自己並肩站在第一排，他斜過眼就能看到她曼妙的身材。雖然他知道，這位女生有一個表哥正在等她，但對這分明知沒有結果的少年維特般的青澀感情，總還有一絲絲留戀，多想在離開台北之前再看她一眼……。

遠遠同學又在叫他，催他趕快登船。他扛起行李，遲疑地踏上跳板，才走到一半，突然停住了腳步，把行李扔進船艙，大聲地喊道：請交給我媽，告訴她，我下班船再回去！

這個突來的變卦，讓船上的同學都怔住了。

然而，已經沒有「下班船」了。一個星期以後，「八二三」炮戰爆發，四十多天裏四十幾萬顆炮彈傾倒在這個只有一百四十幾平方公里的彈丸小島上。金門與台北的交通，即使是登陸艇，也完全癱瘓了！

李錫奇就這樣滯留在台北。

是生命的一種偶然，還是歷史的有意挽留？幾十年後李錫奇重憶這段往事，感到冥冥之中彷彿有什麼神明在支使著自己。當時進金門不容易，出金門更不容易。是的，他已經踏上跳板，再一步就上船了；而上船，就意味著回到金門，意味著要在炮火中的這座閉塞小島開始一種因循的小教人生，意味著和他畢生摯愛的現代藝術的疏遠和淡漠……然而就在這時，一種莫名的衝動使他停住了腳步，毅然轉身往回走。而就在幾天以後，兩岸爆發的一場載入史冊的猛烈炮戰，徹底阻斷了他回鄉的路。這一切看起來都是那麼偶然、無意，但偶然和無意之中會不會有某種必然的命運在著意安排呢？儘管我們不能說，回到金門就沒有出息——當年回到金門的同學，許多同樣都有作為，但對於鍾情於藝術的李錫奇來說，在台北或在金門，則全然不同。造化弄人，造化也在成全人。我們不能想像，沒有了現代藝術環境的哺育和推動，今天的李錫奇會是怎樣一種模樣？

人的一生常常只是關鍵的幾步。當年沒有邁出的這一步，改變了李錫奇後來的整個人生。隻身回到台北的李錫奇，暫住在學校宿舍裏，偶爾也住到同學家裏。

劇烈的炮戰延續著，打了一個多月，眼看沒有終了。架不住每天炮彈雨點般地傾瀉，金門開始往台灣島內疏散居民。有錢、有親眷的人，最先向島內轉移。李錫奇的父母在台灣無親無眷，只有把希望寄託在還「漂」在台北尚無著落的兒子身上。

歸鄉無期，李錫奇被改派到宜蘭的小學任教。宜蘭雖在島內，但遠離台北，在上世紀五十年代，同樣閉塞，李錫奇還是捨不得離開台北。他必須趕緊在這裏找到一處任教的地方。

一天，李錫奇到板橋去找一個同學玩。歸來的路上，同學送他。路過一處正在收尾的工地，一幢新樓聳立在眼前。同學告訴他，這是一所新建的眷區小學，要趕在新學年到來之前把教學樓蓋好。說者無意，聽者卻有心，李錫奇想，新建的小學，說不定還需要教師呢！

第二天，李錫奇早早就來到板橋。他穿過工地，找到學校的辦公室。

辦公室裏一個衣著端莊的女士正在張羅著什麼，李錫奇猜想這可能就是校長，便鼓足勇氣推門進去急急地說：「報告校長，我可不可以來這裏教書……」本來靦腆的李錫奇，一著急就顯得更有些語無倫次。

辦公室裏的人都笑起來。

等大家弄清了這是一個剛從台北師範畢業的學生前來求職時，坐在那位端莊女士旁邊正翻著一疊報紙的一位壯實的男子，操一口北方口音問道：「學什麼的？」

「美術。」

「畫得好嗎？」

怎麼回答呢？這讓李錫奇有些為難。說畫得好，顯得不夠謙虛，說畫不好，人家怎麼會要你？急中生智，李錫奇答道：「我不敢說自己畫得很好，但學校的美術工作，我一定會讓大家滿意。」

這個得體的回答果真讓大家滿意。

後來李錫奇才知道，那位衣著端莊的女士正是校長陳德明，而旁邊向他問話的壯實男子是校長的先生、當時的立法委員姚庭芳。他們家的對門，恰好也住著一位北師畢業的學生、李錫奇的同班同學林美霞。當天晚上校長就向林美霞打聽李錫奇的情況，林美霞說：他是我們班的高材生，讀書的時候還辦過一次個展呢！校長聽了當即決定，讓林美霞轉告李錫奇：「叫他明天就來上班。」本來校長是要林美霞的，卻讓林美霞這個無私的回答，把這份工作轉給了李錫奇。後來李錫奇每提起這件事，就對這位同學感念不已。

終於在台北落下腳了。

學校分給他一間宿舍。一個多月後，經過父親和他兩邊不斷的奔走，困在金門的父母和兩個弟弟，都避難遷來台北。沒有住處，一家五口就擠在這間只有十坪左右的宿舍裏。晚上睡覺，宿舍中間要拉起一張床單，像戲台上臨時的佈景一樣。有一段時間，他的姨媽也從金門來，還沒找到住處，就在小廚房裏搭個鋪安身。

雖然擁擠，但全家總算平安地團聚在一起。那時父親還沒找到工作，媽媽幫人家做點女紅，兩個弟弟放學後也去派送報紙，生活的重擔主要落在二十歲的李錫奇身上。小學教師的那點微薄工資不夠用，他就去印染廠幫人家畫一種四方連的圖案，畫一套要花十幾個小時，但有一百多元的報酬，一個月畫幾套，再加上偶爾從香港《祖國週刊》拿到的稿費，總算把最初艱難的日子撐下來了。

劫難使人成熟，一向樂天的李錫奇開始要面對艱辛的人生了。

二

李錫奇是幸運的，他滯留台北的一九五〇年代後期，正趕上一場沸沸揚揚的現代藝術運動。

著名的台灣美術史家蕭瓊瑞在二〇一三年出版的《戰後台灣美術史》中，把戰後台灣近七十年的美術運動，劃分為九個時期，依次是：一、一九四五－一九四九「社會寫實風格的乍興」；二、一九四九－一九五七「戒嚴體制與新藝術運動」；三、一九五七－一九六五「畫會時代／現代藝術風潮」；四、一九六五－一九七〇「前衛探索的現實回歸」；五、一九七〇－一九八三「鄉土運動與現代藝術生活化」；六、一九八三－一九八七「低限風潮與美術館時代的來臨」；七、一九八七－一九九五「解嚴開放下的多元關懷」；八、一九九五－二〇〇四「雙年展熱潮下的裝置、行動與數位」；九、二〇〇四－二〇一二「帝國邊緣下的自我建構」。在這九章之後，第十章是跨越時潮之外的「海外藝術成就的拍岸與洄流」。[1]

李錫奇無緣前兩波藝術浪潮，戰後台灣最初的社會寫實和新繪畫運動，那是他師輩們的事；但他卻有幸地參與了一九五七年以後迄今台灣現代藝術發展的全過程，並且執著地成為它的中堅和弄潮兒。

戰後台灣美術的發展，首先來自歷史的變局及其所誘發的畫壇的重組。最初的變化是戰後台灣脫離日本的殖民統治重返祖國懷抱，曾經主導台灣畫壇的日籍畫家的退席和日本繪畫元素的淡出，以及本省籍畫家以主人的身分重新崛起——以時任台灣行政長官陳儀支持的一九四一年第一屆「台灣美術展覽」為標誌，成為畫壇重構的一個重要力量；與此同時，戰後台灣的新生，也吸引了許多內地文化人士渡台參與社會的文化重建。對台灣而言，這是一股全新的力量所形成的全新的文化氛圍。渡台的文化人中也不乏自抗戰以來就薄有聲名的美術家，如朱鳴崗、黃榮燦等。他們的到來，成為台灣畫壇重組的另一方面力量，同時也使帶有左翼傾向的關注社會民生的寫實主義畫風，成為這一時期繪畫的重要主題和風格的主導。

繼一九四五年之後，台灣又一次重大社會變局是一九四九年國民政府遷台，隨同而來的二百萬軍隊及其眷屬和其他人員湧入台灣，改變了台灣的社會結構和人口結構。台灣畫壇的第二次重組便以大陸來台的畫家為主體：一方面是一大批大陸藝壇精英如張大千、溥心畬、黃君璧等傳統畫家的到來，延續了中國繪畫傳統在台灣的堅守和發展；另一方面是在當局的「戒嚴」體制下，將藝術捆綁在政治的戰車上，推動了以「反共抗俄」為主題的「戰鬥文藝」在這一時期幾乎的一統天下。在這二者狹縫中崛然而起的，是另一群畫家以「新藝術」為標榜的藝術運動。他們既不滿於傳統水墨的守成，也不願因配合政策「戰鬥」而喪失藝術自由的品性，在他們揭櫫的「新藝術」旗幟上，是西方近代以來包括印象派、立體派、野獸派及其後的各種藝術流派的「新」和「現代」。相對於前兩者，這是在藝術理念上的一種另類的浪潮。不過，這個未及充分展開的「新藝術運動」，終因處在「戒嚴」的政治體制之下，飽受挫折而過早結束。但它為台灣畫壇傳播的現代藝術種子，對畫壇後來發展的影響，其意義不可低估。

錯過了前兩個時期的李錫奇，在一九五七年開始嘗試創作時，台灣的藝術環境出現了一些重要的變化。

從大的政治環境看，韓戰爆發，美國出於對亞洲戰略的考量，以一紙「中美協防條約」重新確立與台灣的政治聯盟，為台灣的生存發展提供了安全保障和經濟支援；而經過了遷台初期的動盪，國民政府在台灣站穩了腳跟，台灣社會無論在政治或經濟上，都進入了一個相對穩定的發展時期。

從具體的文化環境看，一方面，一九五〇年開始的「戒嚴」體制和隨後強力主導的「戰鬥文藝」，經過了若干年的推行，雖無成效，卻形成了對這一時期社會心理的威壓和控制；另一方面，美國軍事、政治和經濟的介入，必然也帶來西方文化對台灣社會的影響。西化文化的自由主義精神和對自我價值的尊重與肯定，在知識界中受到極大的歡迎。這個弔詭的文化悖逆，在客觀上使台灣緊繃的文化環境相對有了一些鬆動。最早做出敏感反映的是現代詩。一九五三年，當紀弦在他建國中學的宿舍裏，編輯他一個人既是主編、又是作者，還是出版者和發行人的小小三十二開本的《現代詩》時，人們或許未曾料到，這本薄薄的小冊子竟在幾年之間就掀起滔天大浪。一九五四年，覃子豪、余光中領銜的《藍星》和洛夫、瘂弦、張默「三駕馬車」從南部左營出發的《創世紀》，以及這一時期春筍爆土一般湧冒出來的各種現代詩社、詩刊，發出了一種與「戰鬥文藝」不甚同調的聲音。一九五六年元旦，紀弦以《現代詩》作號召，在台北召開第一屆現代派詩人大會，以「我們是有所揚棄並發揚光大地包容了自波特萊爾以降一切新興詩派之精神與要素的現代派之一群」，為自己定位和命名，加盟者超過百人。這不僅是紀弦個人的激情表演，而且是時代呼喚的一個文化信號，它形成了一種以「現代」為時尚的普遍的藝術風氣，並且很快感染到藝術的其他門類，尤是現代繪畫最為突出。而差不多在這同一個時段裏，一九五七年三月，《筆匯》半月刊創刊；六月，《聯合報》改版；十一月，《文星》雜誌創辦；而於一九五六年三月和一九五七年四月相續開館的國立歷史博物館和國立台灣藝術館，也為未來的藝術發展準備好了新的展示空間。舞台已經搭建，就等主角登場。這一切看似偶然地聚集在一九五七年前後發生的文化事件，預示著社會發展和文化轉變到來的某種必然。如美術史家蕭瓊瑞所形容的，讓「藝文工作者：畫家、詩人、音樂家，乃至所有文化工作者，都有一種迎接中國文藝復興時代來臨」的心情，對創作前景抱持極大的熱忱，也充滿了莫大的信心。[2]

台灣現代主義繪畫浪潮就是在這樣的文化背景下掀起的。一九五七年，以台灣師大美術系學生為主幹的「五月畫會」，和以北師藝術及李仲生安東街畫室的學生為主體的「東方畫會」相續成立並舉行首展，其所引起的藝術衝擊和轟動效應，使一九五七年前後盛吹的這股現代風，達致高潮。在藝術精神和藝術表達方式上與現代詩有許多相似之處的現代畫，一開始便結成同盟。現代詩運動有畫家的參與，現代畫的論爭有詩人的奧援；詩畫結伴，還聯合舉辦諸如「現代藝術季」那樣的展覽和活動，使現代詩與現代畫成為台灣現代主義運動崛起的兩座高峰。畫壇的重新組合，新人的強勁出擊，以及他們所帶來的現代藝術觀念對台灣美術發展的影響，隨著歲月的積累而越來越加突出。

這一時期台灣社會存在著一股相當普遍的西方化傾向。陳映真在後來一九七六年的鄉土文學論爭中曾經指出：西方是三十年來台灣精神生活的焦點和支柱，由政治、經濟對西方的依賴而使文化日益成為西方的附庸，便是很必然的了。在這樣的背景下，為了規避台灣社會嚴峻的政治文化，走向另一種相對尊重自由與個性發展的西方政治文化，便也成為知識界的重要選擇。當深受西方影響的台灣現代藝術運動，狂潮般席捲台灣，西方各種藝術思潮也紛紛湧入。蕭瓊瑞在描述這一時期台灣現代藝術的發展時說：當「現代藝術幾乎與抽象繪畫劃上等號的時刻，一種反動的力量也在悄悄形成。首先，抽象不是繪畫創作唯一且至高的典範；其次，繪畫也不是藝術唯一且不可取代的表現手法。一種來自達達主義的思維，奇妙地混合著存在主義的色彩，又蕩漾著普普藝術的趣味和偶發藝術的戲謔，也就將戰後台灣藝術帶入另一個新的階段，也就是一方面強調前衛探索，另一方面又強調回歸生活層面的時代，或可稱之為『前衛探索的現實回歸時期』。」[3] 西方歷時性的藝術思潮，幾乎共時性地在相差無幾的同一時段裏，都被介紹到台灣，形成一波又一波互相疊加的「共震」現象。

值得注意的是，在這股西化的藝術浪潮中，曾經被尊為台灣現代藝術精神導師的李仲生，卻清醒地意識到面臨的矛盾和危機，特別強調中國畫家現代藝術創造的「東方本位」。在他設於安東街的畫室中，反對學生純粹的模仿、臨摹或抄襲，即使是心儀的西方名家的畫作；也不讓學生觀看自己的作品，反對傳統所謂的「師承」。他只用心理啟發的方式，誘導學生從自己的心性感悟出發，畫別人和前人沒有的東西，去發現存在於自己個性生命體驗中的潛在的藝術特質。「東方本位」這一概念的提出，對始於「安東街畫室」的「東方畫會」諸成員，有著相當深遠的影響。後來也被李仲生視同弟子的李錫奇，把他赴日本展出並獲獎的一組版畫，命名

2

3

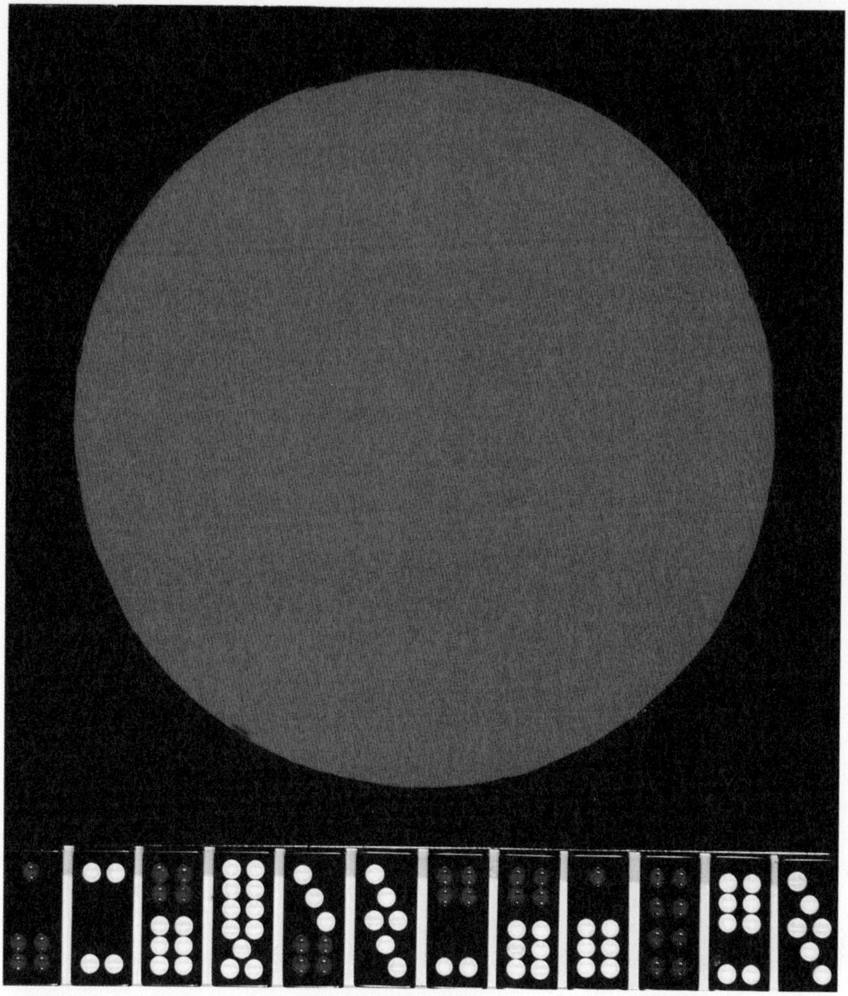

1

1. 本位之一，1966 年，46×40cm，複合媒材裝置。
2. 1986 年第十一屆東方畫會，後排右起李錫奇、李文漢、席德進、吳昊、鐘俊雄；前排右起：朱為白、秦松、黃潤色。
3. 60 年代李錫奇常於外籍友人家中舉辦聚會，也成為當時許多畫家聚會活動。

為「本位」，此後的一系列創作，一直以「東方本位」為目標，想必與李仲生的倡導有某種淵源。

在一九五〇年代後期開始的面向西方的藝術走向中，國立歷史博物館接受巴西聖保羅藝術雙年展的委託，遴選台灣現代畫家的作品越洋參展。蕭明賢、秦松以及稍後的李錫奇等，都有作品遠赴巴西展出並獲得獎勵；稍後還有日本的「亞洲現代藝術展」和菲律賓的「現代版畫展」，也吸引了台灣畫家的參與。一九五七年，當「東方畫會」首展時，蕭勤已經人在西班牙（稍後李元佳、霍剛等也到了歐洲），是他聯絡一批西班牙現代畫家，如達拉茲、法勃爾、阿爾各依等，把一個純粹的中國現代藝術展，變成中國與西班牙的聯合展出，為當時一般人還不大習慣的現代藝術壯大聲威。人在歐洲的蕭勤不斷以「歐洲通訊」為總題，在《聯合報》著文，向台灣介紹歐洲現代藝術的各種潮流，因而被稱為「台灣畫壇在歐洲的一隻眼睛」，從而在台灣與歐美之間搭起一座橋梁。循著這座橋梁，台灣的現代藝術開始走向海外：從參展、進修、觀光到定居。

一九六〇年代台灣的現代主義藝術運動，就其總的傾向看，是走向抽象表現主義。這自然有著外來的特別是美國和歐洲的抽象藝術思潮的影響，但同是台灣社會內部的一種普遍的精神趨向。「戒嚴」體制下的藝術開放，有一定的限度，並不可能全方位地、無所顧忌地表達個人的思想和感情。一九五九年旅美歸來的顧獻樑在著文介紹西方現代藝術的同時，倡導聯合各個畫會成立「中國現代藝術家聯盟」，當時決定加盟的現代藝術家已達一百四十多人。但這個尚未落地的民間藝術家聯盟，在那個忌諱組織小團體的時代，因受到「有關部門」的「關照」而不得在原定的歷史博物館舉辦，只好臨時改在館外的草坪聚會；而原計劃在三二九美術節展覽開幕典禮上表彰在巴西聖保羅藝術雙年展獲獎的畫家秦松，卻因一幅現代版畫被疑暗含「反蔣」字樣而被從展廳拆下，迫使擬議中的這個現代藝術聯盟在襁褓中流產，秦松也為此避走美國。更有甚者，在徐復觀關於現代藝術的一篇批評文章中，簡單地把現代藝術和共產主義聯結在一起，以西方某些畫家的政治傾向為由，指控超現實主義藝術家都是共產主義的支持者。還有諸多的文化事件，例如《自由中國》的被強制停刊，主編雷震因之繫獄，等等，在在都提醒藝術家：「莫忘這是戒嚴時期」。「戒嚴」的現實促使藝術家走向規避現實的抽象，而抽象的藝術卻無法完全規避「戒嚴」的現實。藝術與現實之間的糾纏和角力，是整個台灣藝文界普遍存在的困惑。

這讓我們想起台灣現代詩的處境和因應之策。曾被選入「台灣十大詩人詩選」的葉維廉，在移居美國後關於現代詩的一次答問中憶及當時的處境說：「古代已經離我們很遠了，而現實的世界已經是支離破碎——我們的希望要放在哪裏呢？」於是，「在離開母體的文化背景下，很容易就進入一個內心的世界，去肯定一個主觀的世界。」[4]在現代畫論爭中著文支持「五月」的詩人余光中也有更進一步的論述，他說，在這樣的歷史背景下，「以表現個人的內在的世界為能事的意識流小說和超現實詩，似乎為作家提供了一條出路，不，『入路』。從這條路進去，作家找到了一個現實與夢交織的世界，一切事物解脫了邏輯的因果，不同的時間壓縮在同一個平面上」，這也就是現代主義的文學世界。[5]這段話也適合於用來說明現代畫。現代詩的走向內心和現代畫的走向抽象，有著同「命」相憐的苦衷，是這一特定歷史背景的生發，卻

1

1. 1959 年第二屆現代版畫展，東方畫會的霍剛（中）前來加油打氣。
2. 1959 年 11 月 1 日於台北國立台灣藝術館舉行現代版畫展（左起楊英風、秦松、施驊、李錫奇、江漢東、陳庭詩）。
3. 李錫奇於衡陽路的新聞大樓，展出現代版畫展。

2

3

也造成了現代詩和現代畫惺惺相惜的台灣現代主義藝術的繁榮。

關於一九六〇年代台灣的抽象主義藝術風潮，蕭瓊瑞認為：「抽象的意境，一方面滿足了許多大陸渡台流亡學生對故國文化的回歸心情，一方面也激發了他們承接傳統的雄心大志。然而，更重要的是，這些玄思哲學及老莊禪學，正可和他們漂泊的靈魂的內在情思兩相契合，而『計白守黑』、『以虛當實』的美學思考，也正是這個『神龍見首不見尾』的大陸文化脫離了那塊古老的土地後，在海島台灣最忠實而貼切的表現。這樣的思想和作為，又恰恰顛覆了中國美術現代化潮流自民初以來落入『寫實』、『寫生』等主張的窠臼，進行了一次徹底的形象解放與思想解凍。」他認為：「一九六〇年代主導台灣現代藝術風潮的藝術家，係以大陸來台青年為主體，他們在戰亂中度過漂泊的少年時光，來台後，視藝術為一種生命意義的體現，也是價值信仰的寄託，結合了中國傳統美學的虛玄，進行純然心象的抽象表現。這股巨大的抽象狂潮，披靡整個台灣畫壇，包括資深與年輕的本省籍畫家，均或長期或短期地投入這一風格的嘗試與創作；然而基於不同的文化背景，本省籍畫家包括「五月畫會」創始人之一的郭東榮，和第二年加入畫會的陳景容等人，在一段嘗試之後，均仍回到現實世界的物象變形或時空重組的超現實主義風格。『心象表現』與『物象變形』可說正是台灣現代藝術運動期間，大陸來台青年與台籍畫家兩種最具代表性的風格。」[6]

李錫奇的身分有點尷尬。在一九四九年的政治驟變中，原本隸屬於福建省的金門，卻成為國民政府轄下福建省的一個象徵，作為台灣的離島，納入在遷台國民政府的政治管治之中。在一些人眼裏，來自金門的李錫奇當然是大陸籍的畫家，但在另一些人的眼裏，成長在台灣的李錫奇應當是台灣畫家。這種身分的不確定性，增加了李錫奇生命感受中弔詭的疏離感與漂泊感。然而在李錫奇的心中，他是屬於來自大陸而飄落在台灣的那一代年青藝術家的一群。他個人遭遇中那種家世驟變的失落感、漂泊無助的孤寂感和回望歷史的滄桑感，與來自大陸的年青藝術家是共同的。他的創作自然也很快融入他們之中，在規避寫實的心象宣洩中，走向抽象的畫風。

這就是一九五〇年代後期以來李錫奇所處的社會和文化環境。嚴厲的「戒嚴」體制和繽紛的藝術思潮，構成一種既互相牽制又互相激發的矛盾奇觀。政治空間雖然狹窄而藝術空間卻十分廣闊，仍然為創作者提供了藝術創造的無限可能。面對一波又一波迎面湧來的藝術新潮，李錫奇幾乎從不缺席，他充滿青春激情的藝術探索，就像古月那首題為〈想花〉的詩所形容的：

花開的時候也是這樣吧，像趕赴一場
色焰的盛宴

三

在台北安頓下來之後，李錫奇最初的興趣依然集中在版畫上。

緊鑼密鼓籌備了一年多的現代版畫會，終於在一九五九年十月二十八日於台北國立台灣藝

1

2

1. 1960 年 11 月第三屆現代版畫展（右起江漢東、秦松、李錫奇、陳庭詩）。
2. 1961 年李錫奇作品入選巴西聖保羅雙年展，於國立歷史博物館預展，右為巴西駐台大使。
3. 作品之三，1964 年，77×52cm，複合媒材（降落傘布拓印）。
4. 作品之二，1964 年，77×52cm，複合媒材（降落傘布拓印）。

3

4

術館第一次亮相展覽；十一月，作品移至衡陽路的新聞大樓繼續展出。此後，現代版畫會的歷屆展覽，成了這一時期李錫奇作品最重要的發表平台。

這是一群充滿藝術才華和獻身精神的年青藝術家，每個人都在尋求表現自己獨特的個性和風格。最早提出創建版畫會的秦松，既畫畫又寫詩，是紀弦早期《現代詩》的加盟者之一。他以深具現代趣味的抽象符號構成畫面，配以詩性的標題，如「太陽節」，如「樂道」，如「遨遊」等等，讓抽象畫面構成的形式感，融入在詩性的具象聯想之中，是最早在巴西聖保羅藝術雙年展中獲得認同和肯定的藝術家；與秦松同時應邀參加「中美現代版畫展」的江漢東，藝術趣味卻傾向於民間、民俗的人物造形，如「遊戲」，如「親情」，如「人之初」等等，年畫般地或豎或橫地羅列形象，童趣般地紅紅綠綠塗抹色彩，在略顯稚拙的質樸線條中，表達一種詩意的人文關懷；陳庭詩是版畫會中年紀最大的藝術家，時逾四十。早年失聰的他以耳氏為筆名創作抗戰版畫，戰後來台任職於台北圖書館；息「刀」十年後復出，擺脫傳統的寫實風格，走向抽象的現代。失聰的靜寂世界，使他摒絕五音雜陳的世俗紛擾，在靈視與靈聽中，感受山川大地、宇宙萬物的撞擊與運行，從傳統線條的交錯，走向碩大塊面的組合。在諸如《畫與夜》、《日與月》、《蟄》、《道》、《生》等作品中，以形而下的抽象符號，表現畫家空靜世界中形而上的沉思。甘蔗板的粗糙、撕裂和折斷，在油墨反覆滾印中呈現的斑駁蒼勁，傳遞出如宇宙洪荒的歷史滄桑感和原始野性，讓人有如於無聲處聽到一聲震悚的驚雷；另一位曾在《豐年》雜誌服務的畫家楊英風，時有木刻作品刊於他所編輯的雜誌封面而被引為同道。五十年代中期以後，楊氏的風格丕變，從自然意象的刻畫轉向純粹色彩的交疊變化，以抽象色塊的豐富、跳脫，來隱喻自然和生命的豐實與歡愉。其實楊英風的另一更重要的身分是雕塑家，此時已有抽象銅雕《如意》等廣獲好評，並在一九七〇年以一幅矗立於大阪博覽會貝聿銘設計的中國館前面的大型鐵雕《鳳凰來儀》，而揚名國際。他在現代版畫會首展後即宣佈退出，其後更重要的發展和成就都在雕塑。這些雖不是都從學院出身的藝術家，每人獨特藝術潛質的開發，堅持原創性和個人性，卻形成了與學院派相對峙的一股嶄新的力量。

處於這樣的創作群體之中，怎能不激起強烈的創造熱情和衝動？二十歲出頭的李錫奇是版畫會年齡最小的創會成員，他從這群如師如友的同道中獲取許多教益。這不是跟風模仿，而是一種藝術精神的互相感染，一種創造活力的彼此激發。

李錫奇本來就有一顆不安份的靈魂。他曾說自己初學版畫時就想要自由一點，線條也不是那麼規矩，且常常都用拓的，又喜套色，因此很顯特別。此時他除了在小學教美術，幾乎成了半個專業的版畫家，日夕所思便是怎樣使陳規重重的傳統版畫走出新路。他已較少用昂貴的烏心石木刻製版畫，改用價格低廉又易操刀的甘蔗板，在表面粗糙和故意的折裂、破損中尋找一種特殊的滄桑趣味；後來乾脆摒棄木板，改用紙板刻拓；在拓印技巧上也努力別尋異徑，他用油墨、油彩、油漆，或者加油（松節油或亞麻油）、加水，塗在甘蔗板上，利用水、油相斥的原理，用棉紙、水彩紙覆蓋其上拓印，最後再用熨斗燙壓，利用其高溫使油彩溶解，以獲得有如敦煌壁畫歷經歲月滄桑的斑駁效果，從而使整個拓印過程也成為一次再創作。這一時期他的一些代表性作品，如《落寞的秦淮河》、《失落的阿房宮》，如《山城》系列，如《萊茵河之畔》系列等，都是這樣創作出來。刻刀在木板或紙板上犀利的行走，使線條清晰如朗照在晨曦

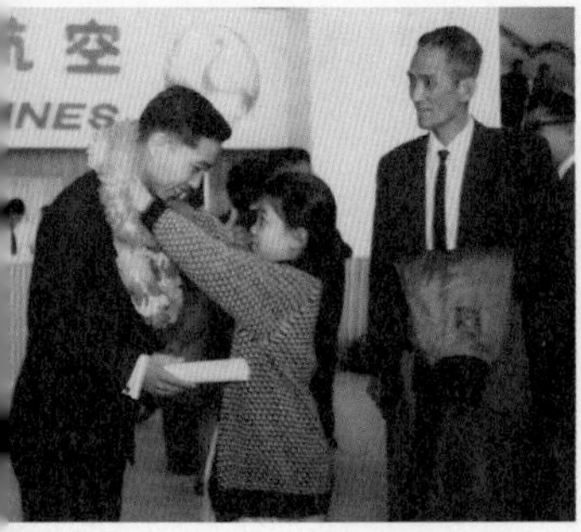

1

2

3

4

1.2.3. 赴日參加第四屆東京國際版畫展，家人送行。
4. 1964 年李錫奇應邀第四屆東京國際版畫展，與韓湘寧（右）代表國家參展。

之中；木板或紙板在滾筒和熨斗以及油、水、色相交混的拓印下，又使畫面朦朧如夜霧中遙遙燈影照出的一襲輪廓。

風格截然相反的兩類作品，如李錫奇的兩隻「眼睛」。一隻「眼睛」凝視著中國的古代和今天，尋找和感受那份歷史的滄桑；另一隻「眼睛」遙望著外面的世界，觸摸和體味那種讓心靈激蕩的現代。兩隻「眼睛」所合成的圖像，或許正是後來畫家畢生的追求。

當時台灣幾無設防的對外開放環境，使外面的藝術風潮，如八面來風，讓崇尚現代的藝術家時時激蕩在洶湧而來的藝術新潮之中。

一九六〇年，法國現代藝術家伊夫．克萊因（Yves Klcin）曾經在三個女模特兒的裸體身上，塗滿被命名為「國際克萊因藍」的獨創的色彩，然後在鋪於地面的畫布上翻滾拖拉，或在貼於牆上的畫布貼靠按壓，這幅被稱為「裹屍布」的以人體為「畫筆」的藝術品，和克萊因的其他作品一樣，引起社會的廣泛議論。李錫奇也很為這樣的創作所震撼；不過，李錫奇當然不可能像克萊因那樣以人體來作畫，這不僅為當時的台灣社會所不允許，也是李錫奇自幼承教的中華儒學傳統所無法接受的。但是作品那種爆發式的即興創作和畫面的抽象構成，卻引起李錫奇的極大興趣。受此啟發，他開始找來一些紗布，浸泡在稀釋的不同色彩的顏料中，然後將濕重的布條重重摔打在畫面上，扭拍擠壓，利用布條織紋折疊變化留下的色層重疊和自然留白，讓畫面構成產生一種充滿力道的色彩效果。後來因為紗布過於柔軟，容易「暈彩」，恰好學校有一位女教師的先生在航空兵部隊服役，家中堆在牆角有幾頂破降落傘，他便討來剪成一個個長條，紐結在一起。這些降落傘布粗礪堅韌，握在手中特有勁道，經得起甩、拍、紐、壓，看似不易吸留顏料，拍打在畫面上卻能留下特殊的紋理。這種既是有意、又是即興的創作，每次的效果都不一樣，卻都能帶來一種新創的喜悅。雖然最初的作品並不成熟，但美術史家蕭瓊瑞卻敏銳地指出：「這是他第一次巨變。他開始放棄以往先行『構圖』、『刻版』再『印刷』的傳統技法，而改採直接拓印的方式。」[7] 這個被李錫奇稱為「布拓」系列的創作，開啟了李錫奇版畫藝術的一個嶄新階段。

一九六二年，李錫奇按照當局規定到部隊服役，分配在駐紮台南的一個工兵連。除了出操、站崗，很多時間都被調到營部去幫忙寫字、佈置。台南離台北不遠，李錫奇依然能夠隨時與台北的朋友過從交往，也隨時能得到藝文界的一些消息。部隊每天下午出操以後及晚飯前後都有一段空餘時間，李錫奇便利用這段時間繼續創作，參加一些重要的展覽，如現代版畫會與東方畫會的聯展等。在部隊，他很容易從倉庫裏找到一些廢舊的降落傘，這些棄如敝屣的舊降落傘卻被李錫奇視如寶貝，彷彿是為他特意準備的，讓李錫奇的「布拓」版畫漸漸進入佳境。

此時，版畫在李錫奇的觀念裏已經有了很大的改變。他的版畫製作已不常再用刻刀和木版——即使是紙版，也離開了版畫創作過程「構圖」、「刻版」和「印刷」的傳統三步驟。他曾經闡明的現代版畫的「間接性」和「複數性」二原則，間接性還在：「布拓」就是利用降落傘布摔打在畫紙上的「間接」繪畫；而複數性已難再尋，每件作品帶有很大的即興性和偶發性，都只有唯一，而不可重複。這些看似不那麼符合版畫規矩的創作，並不妨礙它們仍然是「現代版畫」。現代藝術的精神是讓藝術家創造「規矩」，而不是讓「規矩」來限定藝術家的創作。

在部隊期間，還有一段小小的插曲。

一九六四年三月，歷史博物館受東京第四屆國際版畫展的委託，擬遴選兩位台灣版畫家作品參加展覽。通知送到李錫奇服役的部隊時，距李錫奇八月退役不足半年時間。在這短短幾個月裏要完成創作，送交評審，時間十分緊迫。李錫奇托人在台南二王廟租了個一間三、四坪大的祠堂，作為臨時畫室。每天下午出操結束，到吃晚飯還有一點時間，飯後到十點息燈也還有一段自由活動時間，李錫奇便抓緊這些時間泡在畫室裏創作。

部隊軍營周圍有不少理髮店，二王廟周邊，就有好幾間。阿兵哥們閒來無事就愛到理髮店去洗個頭，順便和洗頭妹聊聊天。二王廟旁邊的那個洗頭妹年紀最小，十六七歲光景，是個本地妹，活潑、可愛，說起話來輕聲細語，做起事來手腳伶俐，很得李錫奇連裏一個老兵的喜歡。老兵叫鄧光協，山東人，四十多歲了，心裏喜歡卻又不好意思，每次洗頭都得拉上李錫奇。李錫奇便也和小妹混得很熟，二王廟的那間臨時畫室，就是托小妹幫忙租來的。每次李錫奇在畫室作畫，只要得閒她就會來，也不說話，靜靜站在一旁觀看。畫完了，小小畫室狼藉不堪，各種顏料灑得滿地滿牆，都是她幫著收拾。時間久了，李錫奇有時畫得太晚，要趕回去應付息燈點名，就把畫室交給她。第二天再來，雜亂無章、垃圾滿地的畫室，又變得乾乾淨淨、井井有條，李錫奇對她便心存感激。

突然有一天，大約是李錫奇退伍前的一個多禮拜，鄧光協突然急急地跑來找他，把一個存摺塞到李錫奇手裏，口中慌亂地說道：「李錫奇，你要去救一個人！這個存摺給你，拿著這些錢馬上去和小妹結婚……」被弄得莫名其妙的李錫奇，問了好久才弄明白，原來這個小妹的父母早已離異，兩姊妹由父母各分養一個。父親是個角頭流氓，最近賭博輸了錢，要把小妹賣到妓院抵債。李錫奇這才想到，已經幾天沒看到小妹了。他瞥了一眼手中的存摺，有二、三十萬，是老兵流血流汗大半輩子的積蓄，這在當時，也是一筆不小的數目。李錫奇知道，老兵是很喜歡這個小妹的，但以他大出二十幾歲的年齡要和十六、七歲的小妹結婚，實不可能。救人心切，便來央求李錫奇了。

對於李錫奇，這當然也是不可能的。他只能勸鄧光協去找小妹的父親，看能不能用這些錢把小妹「贖」回來。

此時李錫奇的退伍手續正在辦理，再幾天就要離開部隊回台北，他最關切的是送到歷史博物館評審的幾幅作品能否通過，匆匆忙忙，對小妹的事雖掛在心，卻也無力過問。直到幾個月以後，他從日本參展歸來，偶到台南，想去看看老兵和小妹，一打聽，兩人都已經不在了。茫茫人海，不知小妹是被賣入煙花，還是讓老兵贖回？也不知老兵是帶著小妹遠走，還是遭了不測？世事無奈，禍福難料，只在心裏留著一絲苦澀的憶念和遙遙的祝福，伴隨著他這幾幅布拓作品，每每提及，便感慨不已。

一九六四年十一月十四日，日本第四屆國際版畫展在東京近代美術館揭幕。《聯合報》在一則提前的消息中寫道：「由教育部委請國立歷史博物館聘請七人評審小組，經過極謹慎的初、複、決選後，已選出了青年版畫家韓湘寧、李錫奇，為我國出席今年日本舉辦的第四屆國際版畫展的代表，並將於今（十一）日啟程飛赴東京。」

這是李錫奇的第一次出國。

日本的國際版畫展已有八年歷史，兩年一屆，每屆邀請各國著名的版畫家參展，堪稱是一次盛大的國際版畫嘉年華。此屆參展的規模擴大，共有四十五個國家和地區、一百八十七位版畫家的五百一十八件作品。展覽先於東京揭幕，一週後移至大阪市立美術館展出。主辦方除了邀請參展者出席揭幕式、座談交流之外，還提供機會參觀日本一些著名的美術館、博物館、畫廊和大學。台灣媒體將這個展覽喻為是「國際藝術界的一場外交」，認為參展的作品「成功與否，都將直接地影響到我國現階段的聲望與未來藝術界的前途。因此，如何用自己的作品去贏得各國代表的注目？如何讓自己的智慧在國際會議上，宣揚我國版畫藝術的成就？被視為此行最大的任務。」[8]

在日本一個多月，展覽和參觀，讓李錫奇暢遊在琳琅滿目的現代藝術世界之中，不僅大開眼界，深受啟發，更提升了對自己創作的自信。台灣參展的作品僅五件，在五百多件作品中占不到百分之一，但評價不錯。李錫奇參展的作品是他布拓系列的兩件作品，榮幸獲得「外務大臣獎」的提名獎。獎項雖不高，但各國藝術家對台灣的現代藝術都刮目相看。李錫奇在寄自東京的一篇通訊中說：當他把從台灣帶來的幻燈片及「五月畫集」、「東方畫集」、「現代版畫集」在展覽現場展示時，在場的國際人士對台灣藝術的成就，尤其是版畫作品的風格都十分驚訝。那些天在日本的電視和報紙，常常可以看到對台灣藝術成就高度評價的報導和文章。大會評審委員、日本版畫界元老中山正實在開幕酒會致詞中還特地提到台灣來的兩位版畫家，稱讚李錫奇的作品是「最真摯的情感與生命的表現，是這個時代年青人有力的發言者。」[9]在這篇通訊中，李錫奇還逐個介紹了法國、西德、英國、阿根廷、菲律賓、日本、墨西哥等版畫家的創作。從這些作品中，李錫奇深深感到，在異彩迭起的現代藝術浪潮中，無論寫實，無論抽象，也無論是向抽象蛻變的具象變形，還是具有普普傾向的物象重組，藝術家的獨創精神，只有緊緊地和時代性、民族性聯繫在一起，才能從琳琅滿目的藝術萬花筒中脫穎而出。他在日本歸來後接受訪談時說道：「今日的中國畫家，並非重複和抄襲古人的文化形式，來強調中國的民族性而已，而是承受中國的文化精神，去開拓與發現一個足以代表這個時代的『中國形式』的獨特表現。」[10]

民族的現代精神，或現代的民族形式，日本歸來的這一認識，成了李錫奇新的追求目標。

四

這是一個理性與荒誕、智慧與惡搞共存的藝術年代。

一九五六年，當英國藝術家、倫敦當代藝術學院獨立團體的漢密爾頓，在「這就是明天」的展覽中，把一幅用現代都市文化的各種象徵物：商品招貼、電影廣告、報刊圖片、通俗漫畫、鏡子、枱燈、金屬亮片以及廢棄電器等等拼貼組合而成的作品，讓畫面中心一個健碩的半裸男人手上握著一支網球拍般超大的棒棒糖上面，標有「ＰＯＰ」三個大寫字母。這個漢譯為「普普或波普」的Popular一詞的縮寫，成為當代流行藝術的象徵，在現代文明的刺激下，很快就發展成為一次國際性的藝術運動，並在一九六〇年代中期，在美國達到頂峰。作為繼承達達主義精神而被稱為「新達達主義」的普普，包含有流行的、時髦的、即時的、短暫的、浮華的、通俗的、諷喻的、諧趣的、惡搞的……等等多種寓義，反映了戰後成長起來的年青一代叛逆性的社會文化價值觀和追求表現自我、標新立異的文化心理。它讓藝術從高蹈的抽象表現主義回到日常瑣屑的生活之中，探討通俗文化與藝術之間的關係，企圖通過現代消費社會帶有象徵性的各種物象符號，顛覆抽象藝術的純粹性，轉向大眾的文化主題。這個同樣具有前衛探索精神的「現實」回歸，成為二十世紀六十年代現代藝術走向的一次重要轉折。

和以往不同，普普藝術幾乎是和它在歐美傳播的同時，同步進入台灣。

一九六五年是台灣現代藝術轉向的一個重要的時間點。這一年，席德進從巴黎回到台灣，帶進了一股強勁的「普普」風。還在巴黎時，席德進就不斷著文向台灣傳遞歐美現代藝術轉向的各種資訊，回台之後，更身體力行，積極舉辦各種學術演講，與秦松、劉國松就現代藝術觀念進行辯論，還在當年第九屆東方與現代版畫會的藝術聯展中，推出了在現成的民俗物件——燈籠上彩繪幾何圖案的「普普」作品，以深具台灣本土民俗風情的創作實踐，導入西方的普普和歐普作風，成為這一時期興起的台灣複合藝術運動的一個重要背景和組成部分。

一九六六年，台灣師大藝術系出身的黃華成舉辦他一個人的「大台北畫派一九六六秋展」，把具有強烈達達精神的普普實踐推到極致。正如作者所說：「這次展出沒有單獨存在的作品，它們擠在一起，亂堆在一起，好像剛剛搬家，尚未整理。」這些從畫冊上撕下來的世界名畫，和擦鞋板、板凳、枕頭、拖鞋、濕淋淋橫跨展室讓觀眾彎腰穿過的衣褲等等，還有頭上無力轉著的電扇，耳邊吱吱響著的破留聲機播放的低俗流行曲，一切雜亂無章，所要表達的就是宣佈「藝術已經死亡」，聲稱「過去，藝術教訓俗眾；今天，俗眾反過來教訓藝術家。」黃

3

4

1

2

1.2. 1967 年台灣藝術館李錫奇首次個展，展出裝置作品。
3. 1967 年李錫奇首次個展於國立台灣藝術館展出（左起張拓蕪、李錫奇、辛鬱、江漢東）。
4. 個展現場。

華成同時主持的《劇場》雜誌，結合姚一葦的一群藝專影劇科的學生和小說家許南村（陳映真）、劉大任等，把普普的實驗精神和人文批判從繪畫推向包括戲劇、影視、攝影等更廣泛的藝術領域。

台灣藝術從遠離現實的抽象主義走向具有普普精神的「現實」回歸，存在著一定的邏輯關連。抽象主義是在一九五〇年代台灣政治背景下藝術家的一種選擇，然而當它經歷了從五〇年代中期到六〇年代中期差不多十年的藝術發展後，其與現實的疏離和對純粹形式的一味追求，使它始終難以獲得更多觀眾的響應，而開始出現一種反思和改變的聲音。曾經是「五月」主將的莊喆，在一九六五年二月就著文尖銳指出，當抽象藝術「完成了個人形式的建立」，藝術家也就被「形式意義的囚籠罩住了」。他認為，抽象藝術應該從「困守於個人的內面」，「轉而注視外界的意義」。[11]然而，在當時台灣的政治環境下，藝術仍然無法真正參與現實。這一股包括「達達主義」和「超現實主義」精神的普普藝術風潮的所謂「現實」回歸，只是假借現成生活物件進行拼貼、組合和再生，使之在藝術與生活的關係上獲得某種突破，從而成為藝術回歸生活／現實的一種選擇。然而這種對抗抽象主義的現實物象的拼貼組合——所謂「複合藝術」，正如有「台灣現代藝術精神導師」之譽的李仲生在息筆多年後的一篇文章尖銳指出的，並非回到傳統美學的現實世界，而只是一種「反叛性的現實回歸的趨向」。[12]它既不是傳統意義上的現實回歸，也不同於一九七〇年代鄉土思潮興起後的「現實」回歸，而是希望貼近生活本體的一種「反前衛的前衛」的美學企圖。

普普藝術對於一路從抽象主義繪畫走來的李錫奇，產生了極大的刺激和誘惑。基於對一切新潮藝術的敏感和熱衷，使李錫奇成為台灣普普藝術最早的嘗試者之一。當法國歸來的席德進在一九六五年第九屆東方畫展發表他那件在民俗燈籠上彩繪圖案的普普作品時，李錫奇首次參加東方聯展，也以一件用民間賭具的現成物重新組構的普普作品，同場展出。

這件題為「無題」的作品，在漆成黑色的方形木板上，鑲嵌著三粒「一點」的骰子，而四周是如圍城一樣排列整齊而點數不一的牌九。這件作品的寓意在不同的觀者面前和不同的語境之中，可作不同的解讀；但它能被共同接受的，卻是一個日常生活物件的重新構成所呈現的純粹形式感和難以一言道盡的內在意涵，帶給讀者一種「陌生的熟悉」或「熟悉的陌生」——而這正是利用生活現成物進入創造空間的普普藝術所尋求的效果。

之後很長一段時間，李錫奇暢遊在普普和歐普的藝術風潮中，逐波趕浪，始終圍繞在民間、民俗的現成物上以普普的精神進行突破和創造。台灣這一時期融合著普普精神的複合藝術運動，每一過程，李錫奇幾乎都未曾缺席。從一九六五年的東方美展出發，一九六六年的「現代藝術季」，一九六七年在台灣藝術館的個展和「不定型藝術展」，一九六八年的現代版畫美國巡迴展，一九六九年的現代版畫展和日本「國際青年藝術家展」，一九七〇年在台北藝術家畫廊的個展和「七〇超級大展」，一九七一年的第二屆「現代藝術季」和「中日美術交換展」，一九七二年「七〇年代現代藝術大展」和「國際造形藝術家展」，一九七三年的「香港中國版畫家展」和「亞太民族藝術展」，等等，都有李錫奇的作品受到越來越多觀眾的歡迎。在這條看似狹窄的藝術道路上，李錫奇卻堅持不渝地越走越寬，直到一九七四年，他與新婚妻子、詩人古月合作推出感應人類因登月壯舉而喪失精神故鄉的「月之祭」系列，才進入了另一個以中國書法為素材的新的創作時期。

在這將近十年間，李錫奇為什麼看上民間賭具，而且持之不懈地在它上面不斷翻新、創造？這個祕密或許只有作者自己才最清楚。李錫奇曾說，無論骰子、牌九、還是四色牌或麻將，都是最中國、也最老百姓的一種民間娛樂工具，上至王公貴族，下至販漿者流，可謂無人不曉。它典型的中國性和民間性，是其他任何物件所難以替代的，這是李錫奇青睞的原因之一；然而，最初吸引李錫奇眼球的卻是這些民間賭具本身的形式感。儘管無論骰子或牌九，它們的牌面都十分簡單，只有從一到六或從一到十二的點數；但仔細觀察，骰面和牌面的圓點排列、構圖以及色彩——像骰子的白底黑點或紅點，牌九的黑底紅點、綠點或白點，其佈局和設色，每個「點數」的排列和構成，既十分妥貼、合理和講究，又充滿美感，給人一種變幻萬千的感覺。李錫奇就曾感慨，不知當年是哪位無名的民間藝術家，有此神奇的創造，或者是經歷無數民間藝術家的積累，才賦予了它這麼完美的形式。

然而賭具就是賭具，要從賭具昇華為藝術，其間必有一個嬗變的過程，而藝術家就是這個嬗變的昇華者。當賭具離開了它特定的「賭」的語境，作為藝術家眼中一個具有美感的物件出現，它的性質和命運都改變了。猶如一塊洗衣板，本來只是洗衣的工具，但當它進入陳庭詩題為《無題》的複合媒材作品裏，就已經失去「洗衣」的實用功能，洗衣板已不再是洗衣板，而是藝術家作品的一個美感元素。骰子、牌九和四色牌在李錫奇作品中，同樣擔負著與它實用功能相去萬里的美學使命。李錫奇通過重新拼組、置換、挪用、放大和重繪，不斷賦予骰子或牌九以新的形態。他把一付牌九排列得像一個等待檢閱的士兵方陣，或者像充滿韻律感的一組音符；也曾將一付四色牌從空中撒下，讓它在瞬間中凝定成自然散落的優雅狀態；他還把一付牌九放大成85×38公分的彩木浮雕，依2到12順序排列，唯獨沒有1點卻把作品叫做「一點」；而這個「一點」在另一件作品裏，被放大成53×53公分的單幅上彩浮雕，幾乎充滿整個畫面的黑底紅「麼」，威風凜凜地統率著四周排列有致卻時而留出空白的半副牌九，整幅作品的嚴謹構圖和強烈色彩刺激，給人以極大的視覺沖擊力和充滿旋律感的美學享受。曾經是賭具的骰子、牌九，從實用價值轉化為審美價值，以它純粹的形式感，融入在藝術家的創造中，成為一種美感元素和藝術符號，使原來冷若冰霜的骰子或牌九，彷彿變得有溫度、有感情、有生命了。

一九六七年，時適《文星》雜誌初辦，一個叫著「不定型藝術」的大型現代藝術展在台北最熱鬧的西門町「文星藝廊」舉行。承辦人雖為藝廊老闆，但實際作業卻是秦松、李錫奇、胡永在籌劃、奔走。這是複合藝術在台灣的一次具有里程碑意義的展出，「純粹平面的繪畫作品，顯然已被強調觀念、裝置，與複合媒材的藝術手法所挑戰。」[13]參展者除了秦松和李錫奇外，都是當時畫壇的一時之選，包括席德進、劉國松、莊喆，以及更年青的郭承豐、張照堂、黃永松等。作品風格多元，劉國松、莊喆仍然堅持平面性的抽象主義繪畫；而成為展覽主流的卻是對純粹繪畫性的突破，如席德進的普普，張照堂的攝影與實物並置，黃永松以典當的觀念來概括自己創作心境的拼組……作品充滿了反思和批判。

李錫奇為這次展覽提供了兩件作品，一是那件被稱為「一點」的從2到12順序排列的放大的「牌九」；二是四粒巨型的木製骰子，直立地堆疊起來，最上方的那粒骰子被削去一角，作者將其命名為「戒賭」。這是和李錫奇前此「賭具」系列作品不盡相同的一件新作。前此藝術家關注的是由賭具轉借而來的作品的形式美感，賭具已不是賭具，賭具的實用功能轉化為美學功能，作品也大多以「無題」編號。而這件作品從「無題」變成「有題」，從審美功能進入價值判斷。被削去一角的骰子冠以「戒賭」二字，意味著作者在對純粹美感形式關注的同時，還轉向對作品內容的道德評價：賭具又回到賭具，卻是對賭具的否定和批判。

李錫奇從不諱談西方藝術對自己創作的影響，正如他自己所說：「接受西方的影響有何可恥？問題在你是否能形成自己的面貌。」李錫奇的意義就在於他從不簡單地照抄西方的作品；西方的觀念和形式融入在他東方的現實人生和精神感悟之中，烙上深深的民族的、民間的或民俗的印記，無論在造形上、媒材上，還是藝術語彙和藝術符號上，都中國化、民間化和民俗化了。這樣重新創造的作品，往往跨越西方和東方、傳統和現代、生活和藝術，有著藝術家自己個人化的獨特面貌。當我們站在「賭具系列」面前，我們往往「忘卻」這些作品受啟於西方的普普藝術，卻記住了它脫穎而出的純粹的「中國性」和「民間性」。普普藝術只是作為一種觀念和形式，融入在李錫奇個人化和原創性的創作之中，他所追求的是普普藝術在精神向度上的民族本位，是普普的中國化。與「不定型藝術展」同年在國立台灣藝術館舉辦的李錫奇個展，作者在三維的「賭具系列」之外，還創作了另一批帶有歐普風格的平面作品。這些被命名為「圓心之外」、「盈與虧」、「有與無」等充滿哲學玄思的紙本版畫，大多以方圓為基本造形，畫家將西方歐普藝術的視覺錯視，與中國建築彩繪傳統的「岔口－面暈」技法結合起來，在類似幾何圖案的色譜變化中，通過典型的民間傳統色彩紅、藍與黑互為鋪陳的色層漸變，在靜與動、穩定與變化的審美平衡中，同樣，從內容到形式，都在尋求西方歐普藝術的中國表達方式：歐普的中國化。

類此把西方藝術觀念融入中國化創作實踐的例子，還可以舉出一九七〇年耕莘文教院的「七〇超級大展」。李錫奇在回憶這次展覽時說：「源於當時部分的藝術家在創作上的不滿足，又在邁入七〇年代體認到觀念上極需新的表現以表達新的精神，於是特別打破了藝術的團體界限，共同籌辦了這次展覽。」[14]這是以裝置作為主體企圖突破六〇年代複合藝術觀念的一次重磅出擊。作品的先鋒性使之在藝術圈內獲得高度讚賞卻在觀眾中曲高和寡。如蘇新田作品，將透明的塑膠管灌滿各種顏色的調色水，紮在風扇上任其隨風吹脹或置於地面讓色水隨意流動；又如李長俊的作品「存在的椅子」，將一張椅子由高高的不銹鋼梯架上垂懸下來停在半空，椅子的實用功能被轉換成為僅僅只是「存在」的概念，從而進入形而上的無限玄想……這是一場淋漓盡致的「觀念」的演出，也是「觀念」對作品勿庸置疑的完全主導。

李錫奇參與展出的是一件題為「火」的裝置性作品。他用一千支白色蠟燭在地上排成佛號「卍」字的造形，然後點燃它。當這排成「卍」字的千支蠟燭從燃燒到最後熄滅，呈現為一種莊嚴的過程。這一聖火點燃的神聖的莊嚴感和它最後終將寂滅的悲劇意味，是一個時間的過程。在這一過程中，藝術的欣賞由靜止的觀摩轉向動態的體驗，觀賞者也由被動的感受轉換為主動的參與。顯然李錫奇的這件作品有他童年在故鄉金門寺廟燭火的切身體驗，也喚醒廣大欣賞者曾經有過的人生記憶（有評論認為此件作品係來自少林寺燭火的啟發。竊以為，在一九七〇年的歷史背景下，似無可能；況且此時少林寺尚處於文革劫難中，也難有這樣盛大排場的燭

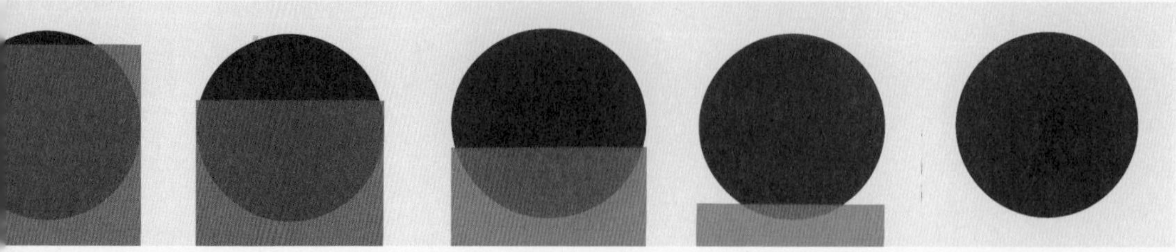
1

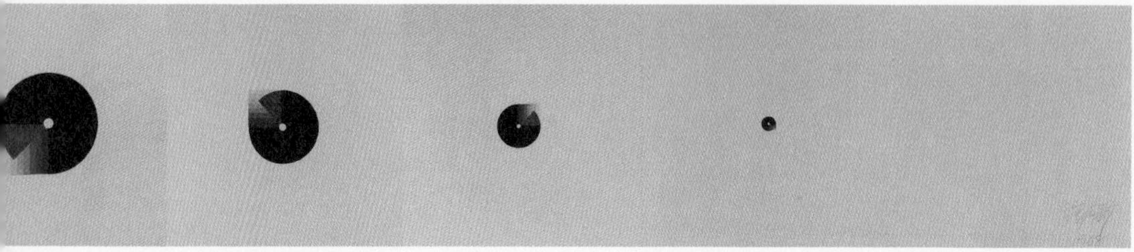
2

3

4

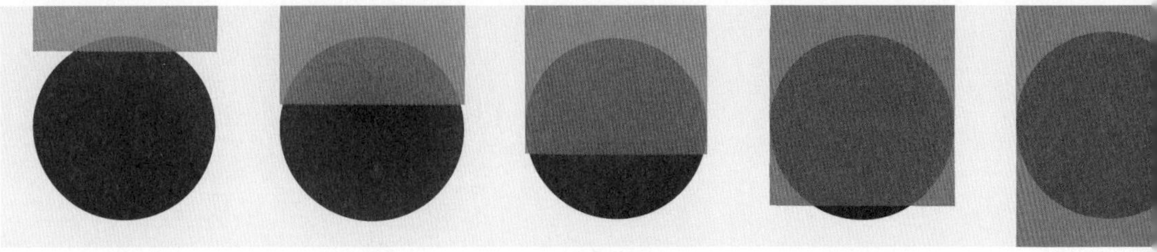

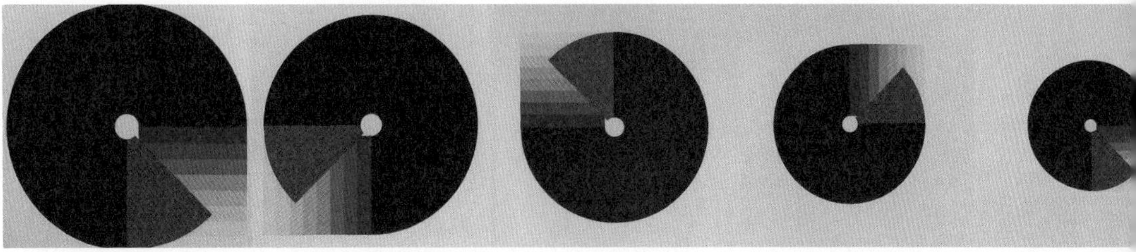

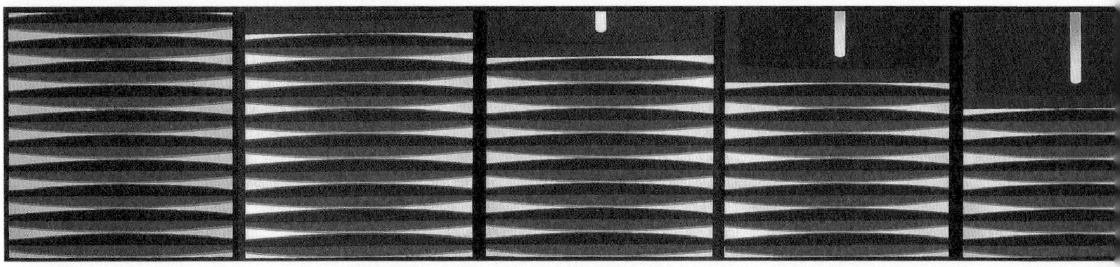

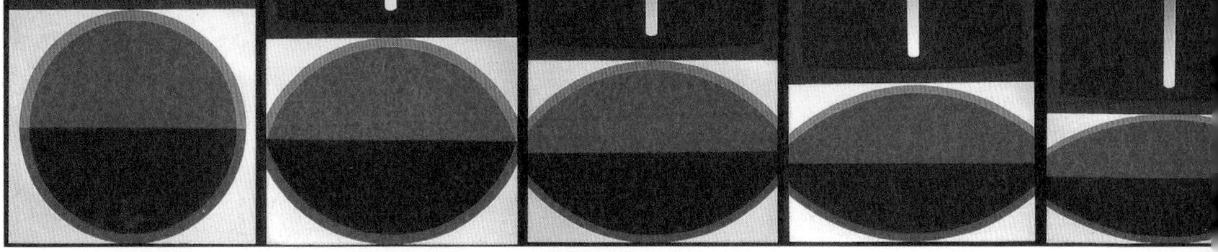

1. 本位之三，1969 年，45×450cm，複合媒材。
2. 本位之六，1969 年，45×450cm，複合媒材。
3. 本位之四，1969 年，45×450cm，複合媒材。
4. 本位之五，1969 年，45×450cm，複合媒材。

火。）這個「莊嚴的寂滅」的主題引人無限遐想。作品典型的民間性和民俗性，使它迥異於那些單純依靠形而上觀念的創作。楚戈在評介這件裝置作品時說：「燃燒著的卍字不但是造形結構的開始，也是解構的開始，即暗喻著『成住壞空』和『諸法本空』的旨趣在內。裝置藝術也可採用文化上的歷時性的形象語言，在共時性的現代情狀中演出。」因此他認為這是一件充滿後現代精神的作品，是在後現代主義尚未介紹到台灣之前就已存在的作品。[15]

蕭瓊瑞在評價李錫奇這一時期的創作時說：「李錫奇是台灣的現代藝術運動中，第一個以反傳統、反繪畫性及反格律化的行動，來完成一種既是傳統、又是繪畫性，也充滿格律化趣味作品的人。」[16]這個充滿弔詭的藝術結論，恰切地說明了李錫奇通過西方返回東方的藝術之路。不論普普、歐普，還是其他，對李錫奇而言，都是可資借鑒、吸取的一種觀念，一種方法，一種形式，像他曾經喜愛過的木刻、布拓一樣，都是通往藝術彼岸的那葉扁舟，而到達彼岸才是目的。這些年的實踐使他明白，你可以新潮，可以怪異，可以借鑒西方種種看似荒誕的東西，但你必須回到東方來，回到自己的民族本位，把所有怪異、荒誕的東西化為自己的血肉，再重新創造。唯有藝術精神上的民族性，才是藝術的生命，才是自己所追求的「彼岸」。

五

或許這只是一次無意的邂逅。

一九六八年，李錫奇到台北的故宮博物館參觀。這是一次歷代古畫的特展，他在北宋畫家張擇端的《清明上河圖》前，佇立良久。

這幅長達五百二十八公分，寬二十四．八公分，細緻描繪北宋京都汴梁（今河南開封）繁華景象的長篇風俗畫卷，歷經八百多年的歷史滄桑，幾度流出宮外，其真跡已經不知所終。相傳現今傳世的摹本、仿本，多達五十件。除了後來從贗品堆中被鑑定為真跡的珍本現存北京故宮博物院外，大部分都流散於世界各地，英國、美國、法國、日本均有藏本，僅台北故宮博物院就藏有九件。其中以明代著名畫家仇英的仿本（亦稱明本，是後來許多民間仿本的摹寫底本），和乾隆元年清宮畫院五位畫家參照不同仿本、集各家之長重新仿作的清院本（畫卷擴至長一千一百五十三公分，寬三十五．六公分，人物增至四千以上）最為珍貴，兩件現均存台灣故宮博物院。

面對這幅絕世巨作，李錫奇緩慢的腳步，隨著畫卷開篇那從邈邈煙樹中迤邐而來的一支駝隊和幾匹馱滿貨物的騾馬，沿著汴河向北宋首都汴梁走去，進入了當時堪稱世界最為繁華的城市——東京。畫家用寫實主義的手法，刻繪了八百一十四個栩栩如生的人物、六十多匹活蹦亂跳的牲畜、二十八艘正在河中筏行或停在岸邊卸貨的船隻，還有三十多幢掛著各種商號招牌正在商談交易或飲茶閒憩的樓宇，以及虹橋、車轎、樹木、街巷等等，在人、畜、樓、船、茶坊和酒肆之間，依次展開了各種充滿民俗風情的生活細節和諧趣故事。畫作遵循中國繪畫傳統的散點透視法，不受固定視域的限制，跟著畫家視點的移動，各個局部彼此相連，卻又各自成為視覺的中心。隨著作品的展開，是時間的延伸。洋溢在靜態作品之上的動態的時間感，帶給了流連不去的李錫奇極大的震撼。

是的，正是這個隨著時間展開的畫面動態感，觸發了李錫奇新的靈感。

從一九六五年「賭具系列」的創作開始，「圓」的造形和「圓點」的不同排列所形成的韻律感，一直是李錫奇熱衷描繪的對象；一九六七年以後帶有歐普趣味的平面作品，也在「圓」的造形基礎上，通過色層的漸變和視角的錯視，帶給觀者一種律動的審美享受。這些賦予作品外在形式美的具體描繪，內在潛隱的是不可捉摸卻又無處不在的「時間」的因素。李錫奇希望能像《清明上河圖》那樣，通過可見的畫面變化，表現不可見的「時間」的存在。

他開始了一個新的系列的創作，在熟悉的「圓」的基本造形上，發展成為「圓」與「方」互相轉換的連續性作品——大多為十幅連作。畫面上靜止的「圓」在持續的展現中活動起來，如月之由盈到虧，「圓」的逐漸壓縮轉位於「方」的逐步擴張，而「方」的無限擴張，如茫茫天宇一樣吞沒了「圓」的存在。從有到無，再從無到有，畫面隱喻的方圓轉換，構成了一種進行著的視覺事件。

這樣的作品，在畫家心儀的美感形式上，給人一種無盡玄思的哲學遐想。作品中「圓」與「方」二元對立的互相轉換和永無窮盡的周而復始，是中國古老哲學的傳統命題。或許這只是畫家的無意觸及，作者並不一定意識到如後來許多論者所作的那些帶有哲學思辨的詮釋。但意象大於思想，形象思維大於邏輯思維，畫家的無意觸及卻提供給了闡釋者廣闊的空間。作品發表之後就有評論者敏銳地指出：「畫面純粹而獨創的視覺組合」，「營造了東方哲學方圓時空轉位的神祕概念」。[17]難怪乎一九六九年，李錫奇攜帶這一系列的一件作品，參加日本「國際青年美術家展」，獲得的是大會的「評論家獎」，也就不讓人感到意外了。

李錫奇最初把許多無以名之的作品都稱為「無題」。「布拓系列」如此，「賭具系列」如此，方圓轉換的連作系列也是如此。後來他以「本位」來為這一時期的作品重新命名。「本位」這一概念最初來自於被李錫奇尊為老師的李仲生的「東方本位」說，對李錫奇應有深刻的影響。一九六四年李錫奇首次赴日參展歸來後，在答記者問時提出了「以中國文化精神去開拓與發現一個足以代表這個時代的『中國形式』」的觀念，就已經有了將民族文化視為自己創作本位的意圖。或許此時他對於「本位」的概念尚不能作出準確深入的回答，這要等他後來在「大書法系列」、「漆畫系列」等一連串從中國文化元素出發創作的實踐中，才有更深入的認知。不過，當他開始以「本位」來為自己的無題重新命名，就已經預示了李錫奇後來藝術發展的路向。

這一年是李錫奇藝術豐收的一年。他在獲得日本「第五屆國際青年美術家展」的「評論家獎」同時，還獲得中華民國畫協會的金爵獎；次年又獲菲律賓「第二屆亞洲版畫展」第二大獎，從而奠定了他在畫壇的地位。

這是李錫奇向自己藝術人生頂峰攀登的一個重要階段。他經歷了上世紀六十年代現代藝術發展豐富、多元等各種形態，從木刻到布拓，從普普到歐普，從裝置到連作；他嚴肅過也怪誕過，神聖過也通俗過。面對一波波不斷湧來的新潮，李錫奇從未輕易缺席，也從不盲目跟風。他不斷地改變自己，也不斷地堅守自己和豐富自己。像臨春待放的花苞，趕赴一場場色焰的盛宴，卻開放自己的花朵。楚戈曾經形容李錫奇是一隻「畫壇的變調鳥」！不過這隻不斷變換調門的鳥兒，唱的卻是自己的歌，去追尋一個更高的目標！

註釋：

1. 蕭瓊瑞：《戰後台灣美術史》，藝術家出版社，二〇一三年四月。
2. 同註1。
3. 同註1。
4. 杜南發：〈葉維廉答客問：關於現代主義〉，載《中外文學》第十卷第十二期。
5. 余光中：〈中國現代文學大系．總序〉，巨人出版社，一九七二年。
6. 同註1。
7. 蕭瓊瑞：〈眾神復活——深究李錫奇的藝術行動〉，見《台灣近現代藝術十一家》，藝術家出版社，二〇〇四年三月。
8. 《聯合報》一九六四年十一月十一日黃潮湖文章〈餞兩位年青的美術使節〉。
9. 李錫奇：〈我看第四屆國際版畫展〉，《聯合報》一九六二年十二月二日—三日。
10. 黃潮湖：〈畫家夜談〉，《中央日報》一九六五年三月九日。
11. 莊喆：〈從視覺出發看現實的再生〉，一九六五年二月，《文星雜誌》。
12. 李仲生：〈反傳統的現實回歸——戰後繪畫的新趨向〉，台灣《前衛》雜誌第一期，一九六六年三月。
13. 蕭瓊瑞：〈眾神復活——深究李錫奇的藝術行動〉，載《台灣近現代藝術十一家》，藝術家出版社，二

○○四三月。

14. 賴瑛瑛：〈跨越繪畫與非繪畫的鴻溝——訪李錫奇談複合美術在六○年代的源起及沉寂〉，載《回音之旅——李錫奇創作評論集》，賢志文教基金會，一九九六年三月。

15. 楚戈：〈符號語言的任意性基礎——李錫奇作品的後現代精神〉，載《回音之旅：李錫奇創作評論集》，賢志文教基金會。

16. 蕭瓊瑞：〈眾神復活——深究李錫奇的藝術行動〉，載《台灣近現代藝術十一家》，藝術家出版社，二○○四年三月。

17. 杜十三：〈生命的動感：論李錫奇的創作歷程〉，《聯合月刊》第三十五期，一九八四年六月。

第四章

彼端　朝陽在笑
且攜手　向恆愛的國度偕行

——古月：朝陽在笑

詩畫結緣，台灣現代藝術締結的一段美麗佳話。

一

一九六七年三月末，第二屆「現代藝術季」在耕莘文教院舉辦。這是較頭一年由中美文化協進會支持的首屆「現代藝術季」更大規模的一次文學與藝術的聯誼活動。當年留下的一張「請柬」，透露了這屆藝術季許多重要資訊：活動自三月三十一日至四月二日舉行，為期三天；主辦者多達十六家，有繪畫團體五月畫會、東方畫會、年代畫會、太陽畫會、現代版畫會，文學團體則有文學季刊社、現代文學社、幼獅文學社、新文藝月刊社、南北笛詩社、笠詩社、星座詩社、藍星詩社、創世紀詩社，還有一個姚明麗舞蹈社；耕莘文教院和青年寫作學會則作為贊助單位提供支援。請柬上開列的藝術家名單多達一百四十二人，幾乎囊括了當年在台的所有重要詩人、作家、現代藝術家，除此還有旅外返台和特邀來台的海外詩人、作家、藝術家，洋洋灑灑，名家大師雲集，堪稱是台灣現代藝術史上規模最大、參與者最多的一次嘉年華盛典。

一個剛剛出道的年青女詩人的名字——古月，也出現在請柬上。

活動連續三天，除了詩人、作家與畫家的對話，還有現代畫展、詩朗誦，林懷民的現代舞表演，戲劇《等待果陀》等。這是古月第一次參加這樣盛大的現代藝術聯誼活動，她靜靜地坐在會場一角，默默地觀察這些讓她心儀的熟悉或陌生的詩人和藝術家。會場上一個上下忙碌的年青人引起她的注意，他的風度，他的瀟灑，他的活躍，如古月在後來的一篇文章說的「有個人如一顆閃亮的星，深深地吸引了我。」[1]她悄悄問旁邊同來的詩人劉菲：這人是誰？劉菲說：畫家，叫李錫奇，曾經在日本和巴西的展覽得過獎，這次活動就是他策劃的。聽了這話，古月忍不住對這個年青畫家多看了兩眼：他身材並不高大，卻誠懇憨厚、倜儻瀟灑；一張孩子臉，發起言來侃侃而談，顯得深刻老到，心底裏便留下了好印象。

生性喜歡熱鬧的李錫奇籌辦過許多活動。藝術季結束之後，許多人還興猶未盡，他便和創世紀的詩人辛鬱等人商量，利用下一個週末，再邀一些詩人、畫家搞一次活動，地點就放在自己任教的新莊國小，還為這個後續的更為隨興的活動，起了一個很有詩意的名字：現代藝術季外一章。

辛鬱和古月熟悉，提出請古月一道參加。

其實還在耕辛文教院時，李錫奇便注意到這個剪著齊耳短髮的大眼睛女孩。那天她穿一件淡紫色的連衣裙，戴一副寬邊的太陽鏡，偶爾摘下來，便見兩隻明亮的大眼睛忽閃忽閃。李錫奇藉故和她有過幾次短短交談，留下很好印象。辛鬱提出邀請古月，他便從心底裏舉雙手贊成。

1965 年現代藝術季後，辛鬱與李錫奇發起，在新莊國小美術教室，舉辦現代藝術季外一章聚會。

活動安排在新莊國小，李錫奇便是當然的主人。他四處招呼，八方照應，安排得十分妥貼周全。詩人和畫家，本就十分感性，況且正當青春，到了這樣一個無所拘束的地方，談詩論畫，唱歌跳舞，愛怎麼鬧就怎麼鬧，更是隨興盡情。晚飯時候，李錫奇悄悄告訴古月：等會兒你說有事要回學校，別跟他們一起回台北，我去送你。當時古月在中原大學任職，校址在中壢，和台北是相反的方向。聰明的古月會心一笑，點點頭。

這是李錫奇和古月的第一次約會。新莊國小不遠的車站，古月等在樹影下。李錫奇托言學校有事，獨自留下，等客人走遠，便來車站尋古月，用他在日本參展時積攢下的生活費買回來的那部在當時台灣尚屬時髦的摩托車，把古月載到桃園的一家舞廳，繼續他們兩人的「外一章」。此後，這部摩托便成為李錫奇與古月銀河橫隔的那一道鵲橋，見證了這對詩畫結緣的金童玉女頻頻的約會和綿綿的私語……直到有一天，李錫奇突然向朋友們宣佈：我和古月要結婚了！

人們在吃驚之餘掐指一算，這距他們認識，還不滿三個月哪！

不止一見鍾情，而且是一見定終身！當時還有人擔心，這樣閃電式的相識、戀愛、結婚，不會是藝術家靈感襲來的一時衝動吧？四十多年以後，我和古月聊起她和李錫奇的婚姻，古月說，這就是緣！緣分未到，再長的相識也無用，緣分一來，即使瞬息相對也能白頭偕老。

冥冥中，古月彷彿等待的就是這個人。

古月生在戰亂之中。原籍湖北的父親在裝甲兵服役，軍人以部隊為家，仗打到哪裏家就在那裏，隨軍的母親便把女兒生在自己的家鄉湖南。從小聽慣了槍聲的小古月還在三歲時候，父親就永離了他們。那是一個風雪肆虐的冬天，吉普車拋錨在雪地裏，生病的父親領著他們一腳高一腳低地踩著泥濘的積雪，投宿在一戶農家，就在那兒父親永遠地走了。母親腆著大肚子領著小古月去投靠也在軍中的小叔，生下了遺腹子的弟弟。然而寄人籬下，受不了抽大煙的小嬸的冷言惡語，母親一手抱著剛滿月的弟弟，一手牽著三歲多的古月毅然出走。茫茫天涯，何處可以寄身？曾是父親部下的一個連長好心收留了他們。古月對這個後來成了自己繼父的連長，心存感激。是他給了三歲就失父的古月一個完整、溫暖的家，給了母親一個安定、幸福的晚年，讓自己和弟弟都受到很好的教育。信奉基督的繼父還把古月帶進教堂，讓成為唱詩班司琴的古月，有一份悲憫天下的善良和感恩的基督情懷。

不知當年古月和李錫奇談愛的時候，提沒提童年這段坎坷經歷？不管說或沒說，兩個都從戰爭中走來，同樣經歷戰爭災難的帥男靚女，心靈感應，是最容易惺惺相惜的。或許這正是他們閃電婚姻的基礎。

那個時候李錫奇還很窮。古月還記得，第二次約會時，李錫奇用摩托把古月從中壢載到台北，進了咖啡館，李錫奇突然問：吃飯了嗎？古月說：吃過了。李錫奇說：幸好！不然我錢就不夠了。

古月知道，畫家都窮。上世紀五、六十年代，現代藝術在台灣還沒有多少市場，搞現代畫的人成百上千，能有幾個賣得出幾張作品呢？而從買畫布、釘畫框、購顏料到辦展覽，樣樣都得自掏腰包。畫家覺得藝術很神聖，旁人看你只是窮開心。因此畫家沒有幾個是富有的，李錫奇也從不避諱自己窮。他和古月，花前月下，你儂我儂，但到進入談婚論嫁，就不能不明白地告訴古月三件事：一、我很窮；二、我來自金門，家庭環境比較複雜；三、我媽媽很囉嗦。

不過這些並沒有把古月嚇住。

從小生長在軍人家庭的古月，曾經想像自己未來的伴侶一定是個軍人。的確，待到她長成如花似玉的年歲，身後不少追慕者，許多都是背景很好軍人或軍人家庭出身的子弟，當然也有其他，像部長的闊少或大學校長的公子等等。一位遠在美國的追求者給她來信，讓她母親邊讀邊感動得流淚；但她讀了，雖然感動，卻不動心。此時古月已進入基督教協同會聖經書院讀書，善良而多感的心靈，喜歡的是詩和音樂。如她自己所說，少女時，沉溺在一個夢接扣著一個夢的幻想裏，傾倒在幻想式悲哀的濫情小說中。少女情懷別有詩，她神往的愛情，是像《浮生六記》裏窮畫家沈三白和愛妻陳芸那樣兩情相悅的故事，平淡無奇卻深情款款，雖然窮困仍浪漫溫馨；或者像《雙城記》裏的卡爾登，為愛犧牲生命勇上斷頭台那樣轟轟烈烈。[2]她覺得，這種境遇就是美，沒有經歷貧窮、痛苦的愛，是不被珍惜的。因此，當李錫奇告訴她自己很窮時，她心裏說道：窮怕什麼？這正是我要的！隨口卻應出一句毫不相關的話：你有沒有香港腳啊？——古月還記得，小時候她父親的一個朋友借住在家裏，喜歡坐在床上摳香港腳，那種味道讓任何一個算不上潔癖的女孩子也受不了。

幾十年後古月和我重提這段舊話，講起他們婚後確實窮困和怎樣走出窮困的故事，洋溢的卻是一種心甘情願的、滿足的神情。當年古月心中想說的這一句話，鏗鏘在他們迄今將近半個世紀的婚姻裏，見證了人們為這對詩畫情侶「白頭偕老」的祝福。

那是一場既浪漫又別致的婚禮。古月說，那時候，窮有窮的開心，在許多好朋友的籌劃下，婚禮辦成了台北詩壇和畫壇難得一遇的盛會。只須看看當年參與籌備這場婚禮的人員名單，就能感受到那種特殊的熱烈氛圍。婚禮前，李錫奇的好朋友、《創世紀》詩人辛鬱和韓國旅台詩人許世旭作為男方代表，登門向女方家長提親；考慮到女方全家信仰基督，婚禮先在教堂，由牧師舉行一個祝福儀式，而後才借用公賣局的大禮堂，舉辦隆重的中式婚典。婚禮現場佈置得像個畫廊，貼滿了朋友們祝賀的詩和畫。當年的司法部長、畫壇前輩馬壽華先生為他們證婚，詩壇的大老紀弦和余光中登台致詞祝福，詩人葉泥當總管，鄭愁予任司儀，而席德進、秦松、楚戈、梅新、沈甸等穿梭在熙攘的賓客中客串招待。婚禮的請柬是李錫奇親自設計和製作的，上面印有古月為自己步入婚姻殿堂寫的一首詩：

1

2

1. 60 年代李錫奇與詩壇來往密切，假日時常聚會。
2. 左起楚戈、梅新、羅行、古月、秦松、羅行夫人、商禽、王瑜、李錫奇、張拓蕪、辛鬱。

那蘊釀億年的故事
終於延綿著傳統抽芽
交睫時　孤寂不再

繫一慈繩愛索之環
你在其中
心與心的締結
我在其右

以相通的靈犀牽引
卸下茫然的疲憊
伐踱於紅氈彼端
彼端　朝陽在笑
且攜手　向恆愛的國度偕行

那年，李錫奇二十九歲，古月二十五歲。

二

二十五歲那年，古月出版了第一本詩集：《追隨太陽步伐的人》，封面是李錫奇的畫作。

古月早慧，從小就很得老師的疼愛。她住校，假節日都泡在圖書館，一到暑假，還能從圖書館借回一大堆書回家來。小學時讀童話、故事；上了初中，就讀《西遊記》，讀《紅樓夢》，讀蘇雪林的《棘心》、無名氏的《塔裏的女人》、徐訏的《太陽、星星、月亮》和王藍的《藍與黑》……這些本不是她這個年歲的讀物，教給她幻想，教給她感傷，也教會她認識艱難的人生，讓她想像自己就是那些小說裏悲劇的女主人公。幼小心靈裏過早就感受到的戰爭苦難和人世滄桑，經過藝術的發酵，把她引向了文學。

一九六四年，她一首詩發表在《葡萄園》詩刊上。那時候，台灣現代詩壇剛剛經歷了由一九五〇年代以來《現代詩》、《藍星》、《創世紀》等詩社互相推衍的現代藝術高峰，進入了一個以「反對背棄傳統和脫離現實」為中心的關注社會人生的調整時期。一九六二年，以提倡明朗和寫實的《葡萄園》詩社和詩刊誕生，兩年之後又有以本土詩人為主體的《笠》詩社和詩刊於一九六四年創刊，掀起一股鄉土寫實的藝術風潮。《現代詩》和《藍星》已經停刊，倡導超現實主義的《創世紀》也進行自我省思，詩潮的跌宕轉換，成了這一時期進入詩壇的古月創作的大背景。或許因為她較早認識《葡萄園》的兩位主編：詩人文曉村和古丁，受他們影響，也加入了葡萄園詩社。不過從藝術氣質上講，古月詩歌的古典意韻和抒情傾向，雖和葡萄園的藝術主張有某些相近或相通之處，但她那種超然物外的飄逸和空靈，以及浸透在詩質中的宗教情懷，似乎與宣導超現實主義的創世紀詩社更切近些。所以後來古月在李錫奇的影響下，結識了許多「創世紀」詩人，便疏離「葡萄園」，更多參與「創世紀」的活動。

《追隨太陽步伐的人》可以看作是古月從一九六四到一九六七年參與「葡萄園」活動時期三年間的創作結集，也是她步入婚姻的人生轉折時對前此藝術的一次回顧。較之古月後來的作品，這部少女之作並不成熟。這是一位從基督教聖經書院畢業的少女，在充滿美好人生嚮往的荳蔻年華，過早經受人世滄桑的磨難，而皈依於上帝尋求心靈拯救和普愛眾生的一種複雜的情感傾訴。瀰漫在古典氛圍中的少女的幻想、浪漫和情愛，基督女兒的博愛、善良和悲憫，以及人世的醜陋和不堪，交織在她的詩中，塑造了一個有著基督情懷的多愁善感的古典玉女的抒情形象。且引組詩〈追隨太陽步伐的人：之四〉為例：

黃昏收不了漏網的浮星
幻想囚我於泡沫
欲禪悟靈魂的憧憬
憔悴的情怯一如走離了路徑
一如燈籠照在身後

右：李錫奇夫婦與板橋中山國小陳德明校長合影。
左：李錫奇家庭生活照。

拖長的影子吶喊寂寞

終以第一線的曙光呼喚
驚蟄六個花季濃縮的思慕
你即是迷津的引渡
不再黑繭摸索
不再哭泣貧瘠
生命已轉注充沛熱力

裙裾在微風中飄舞
舞著愉悅的旗語
迎光芒　迎你的和煦
向恆愛的國度偕行

在這組詩裏，「太陽」的意象是指渡迷津的萬能的主，是使你不再囚困於黑繭哭泣，迎你向恆愛的國度偕行的第一線曙光。愛的憧憬因神的指引而充沛熱力、欣然起舞。這是少女古月的人生現實和精神信仰，深深融入在她的詩情裏。普世的苦難和她個我生命的體驗，使她這一時期的詩常懷感傷。如她在〈獨身紐〉中所寫的：

苦雨戀愛著你的孤芳
突然，忌脅的暴雨襲來
嬌柔纖弱的玉人哪，怎能撐擋！

這個帶有古典氣質的柔弱的玉人，她理想主義的樂觀和自信，都來自於讓她永遠感恩的主。她在〈當你憂鬱的時候〉寫道：

上帝賦給大自然的喜樂
是永不止息的愛情
雖然黑夜有哭泣淒淒
清晨，山風依然飄送導醒的鐘聲

然而精神上的舒解並不能完全擺脫現實的困擾——

信念帶來無窮的幻滅
徒拾一季的飄零
而欲展的羽解化
卻衝不出自縛的黑繭

——〈追尋〉

聯合報

中華民國八十三年九月十六日 星期五

古月出書 詩人畫友大集合

「滿月酒」高朋滿座 酬酢對語多機鋒

古月（上）出詩集，詩界朋友全員大集合（下）。記者趙琳／攝影

1

2

1. 古月出書，詩人畫友大集合。
2. 古月四十年詩選《採月》。

對於一個敏感的愛詩的少女，傷情乃至自傷，自是難免。

不必過苛要求一個二十出頭的年輕少女的初作。儘管《追隨太陽步伐的人》可能存在這樣那樣的不足（包括語言上的歐化），但它奠立了詩人古月悲憫人生的情感特徵和傾訴型的抒情風格，潛隱著她後來藝術發展的各種因素。從早期皈依上帝的宗教情懷，到後來獨悟人世的歷史感傷，都透過她獨特的女性視野與感悟方式，呈現出來。

古月詩歌的再次結集，是一九九四年九月出版的《我愛》[3]，時隔第一部詩集問世已二十七年（一九七四年四月舉辦的「月之祭：古月、李錫奇詩畫展」，曾將古月的十首詩印成一本小冊子，這些作品都收入《我愛》，本文將在下面專題討論）。又過了十四年，二〇〇八年六月，古月從自己新作和舊作中精選出九十一首詩，以李錫奇精美的插畫和裝幀，出版了自己四十年詩選《探月》（大陸版書名《浮生》）。[4]我在為這部詩集所寫的序〈星宇滄桑那輪古月〉中說：「在台灣的當代詩壇，女詩人占了半壁江山。不過細數下來，能夠堅持不逾一直寫作的，為數並不太多，許多都在過了中年以後，就輟筆了。古月不算當代台灣最早一輩的女詩人，她於上世紀六十年代初期踏入詩壇，卻一直堅持了將近半個世紀。每年發表的數量雖不太多，卻能引起人們的注意，而且越到晚近越受到人們的關注和重視，這就十分難得。」

循著古月詩歌的藝術之路，從《追隨太陽步伐的人》出發、經過《月之祭》、《我愛》到《探月》，我們看到古月的成熟和變化。不僅是藝術的成熟和變化，更重要的是人生歷練和看取人生的情感意識的成熟和變化。《月之祭》是古月詩歌生命的一次重大轉折，她以世俗的情感敘寫天外的變故，在飄逸超拔的背後是沉實的人間悲情。《我愛》從那首題寫在婚禮請柬上的〈朝陽在笑〉（改題為〈環〉）開篇，是她婚後人生轉折的情感抒寫。雖然，她仍然執著於對女性情感世界的關注，但已不是寫《追隨太陽步伐的人》時那個有著強烈宗教情懷的純情少女。她的靈感更多來自於對應著人世的時空變遷的無奈和感慨。她給讀者留下深刻印象的作品，如組詩〈異象〉（三首）、〈四季〉（四首）、〈望山〉（四首）以及〈月之祭〉（十首）等，無不是面對倏忽無常而又永恆存在的時間和空間及其背後所隱喻的人生的感慨。她從早期基督教的文化啟悟，更多轉向對中國傳統文化意象的吸取；從少女時代毫無來由的抽象的感傷，走向人生現實的悲憫與興嘆。除了她本人的原因之外，其中也一定程度有著她的夫婿李錫奇這一時期繪畫創作的影響。她常把李錫奇的繪畫主題轉化為自己吟詠的對象，她在與李錫奇繪畫同題的詩作〈時光行〉中，賦予了這一命題新的意象和生命：

似觸及億萬年未醒的夢
一聲輕喚
似山脈爆發

你的顏貌煥發似日
疏落著絲絲鄉愁
像浮在河裏的葉子
終會遠颺

走向你　走向無垠
火山熔漿般
傾來一片大寂寞
我的眼睛因望你而
炙傷
仍投以千萬遍瞻戀

你是隨時間變形的
沙漏嗎？
我張開雙臂
再也攬不住什麼

你的行役真是這麼匆促？
今夜　讓我挑亮一盞燈，
向來只寫感情的悲劇
這次　是心靈的悲劇

在李錫奇的畫「時光行」系列裏，五彩斑斕的線條旋舞在天宇般深邃的背景上，如倏忽而過的一簇流星；而在古月的詩中，時光的驟變飄落人間，化作一個情感故事。古月的詩中，總有一個擬想的對象，如果抒情的主體是「我」，那麼便有一個傾訴的受體「你」潛隱在詩中。儘管「時光」是一個真實卻無法把握的東西，但當它轉化成為人間故事，熱戀中少女的心靈傾訴，那種無畏地投向這如火山熔漿般熾熱卻什麼也攬不住的情感失落，更顯得真實而震撼。這是古月慣常的抒情方式，她以一種博大的情懷，將人世間細微的感悟，置於星宇時空浩大的背景之中。難於用題材大小來衡量她作品的輕重，小事件有大內涵，微情感有大背景，這就是古月。

《探月》所收的古月《我愛》以後的新作，改變了人們對古月以柔婉的感傷寫愛情和人生的傳統印象，呈現出更具現實爆發力的陽剛一面。特別二〇〇〇年前後的一些作品，如〈蝴蝶的記憶〉、〈他的臉是一條河〉、〈鬥牛士之悲歌〉等。〈蝴蝶的記憶〉寫於被稱為「戰爭之島」的金門，那是金門迎接千禧年的一次詩酒節盛會，與會的詩人、畫家都有作品留作紀念。古月的這首詩給人留下難忘印象：

自槍管的硝煙裏
飛撲著一隻折翼的斑斕蝴蝶
在祠下的社鼓聲中
仍昂然地舞著一則九歌

岸上有許多紛擾的身影
有霧　有飲泣聲
已分辨不出是鐵膽是柔情
只記得是逢單或逢雙日
卻找不到哭牆　只有戰慄的記憶
你的心已碎成滿天的彈片
在閃光中尋不到皈依

烽火過後　風雨千夜
浯島渾厚的紅土又綻新綠
那傷過、痛過、哭泣過的日子
已是身後凌亂的腳步
在陽光的歲月中
勿忘啊　毋忘在莒　且舉杯
唯有咽下這口濃烈的高粱
才能將先民血與淚的歷史
再次於胸膛燃燒起

這個在槍口硝煙下翩舞的蝴蝶的意象，既是寫實（金門地形如一隻蝴蝶），也是象徵。金門的悲劇在於自古以來就一直成為兵家必爭的戰爭之島。兩軍對壘，受害的是百姓。他們不知道為什麼戰爭，也不需要戰爭，但他們卻無可奈何要忍受戰爭，一代又一代。對於他們來說，「只有戰爭的記憶」，「卻找不到哭牆」，這種無名的傷痛是深沉和深刻的。在「傷過、痛過、哭泣過」以後，頑強的生命使烽火的紅土又綻新綠。於是，一向以古典玉女的抒情形象出現於詩中的古月，在痛陳歷史和不甘歷史的燒炙中以另一種亢烈悲慨的形象出現在讀者面前：這是一個將血和淚連同濃烈的高粱酒一起咽下的慷慨的男性形象。

人生的歷練和歷史的傷痛，悄悄改變了古月作品的抒情風格。〈他的臉是一條河〉使我想起余光中詩集《在冷戰的年代》中的一首詩〈讀臉的人〉。這是歷經當代中國歷史變故的這一代人特殊的人生經驗。古月身邊有太多這樣歷盡戰爭坎坷、顛沛流離的朋友，她的家世和她自身也歷經戰爭的波折。日夕相處，這種人生感遇使她寫出這樣的詩句：

他的臉是一條河
經歷了悲歡離合
涉過冰冷的河水
如越過逝去的歲月

這種由布滿艱辛的臉，聯想到人生艱辛歲月如一條漫長無垠的路卻不知通往哪裏的感慨，是許多詩人曾經寫過的，然而面對新的世紀，古月的難得在於她不能不懷想曾經擁有的青春與純真，如末段所寫的：

醒來　置身於更迭的世紀
我可否再乘著南瓜車
重赴一次午夜的邀宴
可以我行我素
可以狂放　可以知性
可以頹廢　可以疏離
做完全的自己

這不僅是在成熟之後渴望重返青春，更是重返人性的本質。然而歲月不居，人世已經改變，況且連自己都「心枯千古」，再也回不去了。哀莫大於心死，歷史的傷人，在於傷心且使人自傷。這是古月在歲月更迭的千禧年之際所誘發的感慨，其對於詩人情感歷練的表徵意義，使我們不知該贊許、還是該傷痛？

最使我感到驚異和獨特的，是古月寫於歐洲旅次觀馬德里鬥牛的〈鬥牛士之悲歌〉。這首篇幅不算太長但結構宏大的詩篇，採取鬥牛士剛烈的描述和熱戀中女性幽怨的自訴二重奏式地展開。情感的強烈衝擊在剛與柔的對比中波浪般起伏：

每一出場　鷹一般凝神斂翅　如臨大敵　沸騰
的人聲是林立的暗礁　他面對的不是匹蠻牛　而
是那種嗜血的同類　他的心在奔馳　卻以不假雕飾
而又優美之姿　掀起斗篷凌空一躍　如鷹之展
翅　閃過利刃般的牛角　讚嘆聲中　深知這就
是人生　務必在沙場上一決生死

這是鬥牛士的出場，第三人稱的視角，視死如歸的無可迴避的命運；而與之相映的是一個女性幽遠而哀怨的傾訴：

愛情沒有假期
吾愛　在你滿檔的感情裏
我將口銜玫瑰　擊著掌
踏著佛朗明哥激烈的舞步
划向你……可否
可否容我側身擠入

剛烈和綿柔，長句和短句，連綿的跨行和隔斷，使這首濺著歷史腥血的史詩，曲折有致地波浪般展開。死亡與愛情，茫然與清醒，赴死與挽留，把歷史複雜的層面細細地剝開，人性地揭示了這赴死般的慷慨、無奈和惋惜。

四十年的人生和藝術，讓我們刮目相看了另一個古月：這是當年那個純情的古典玉女嗎？是她，但又不是她。古月昇華了藝術，藝術也昇華了詩人古月。

三

現在我們可以來討論古月和李錫奇的詩畫「月之祭」了。

一九六九年七月十六日，美國宇航員阿姆斯壯（Neil Alden Armstrong）和他的助手奧爾德林（Buzz Aldrin），搭乘阿波羅十一號宇宙飛船經過四天多的太空航程，於二十一日下午四時十七分三十四秒降落在預定的月球靜海基地。當阿姆斯壯穿著的那雙九號半的靴子，第一腳踩在鬆軟的月球塵埃上時，他輕輕說了一句：「對一個人來說，這是小小的一步；但對人類來說，這是大大的一步！」

這天是星期日，全世界的電視和廣播都實況播放了人類登月這一壯舉，至少有五億人目睹阿姆斯壯邁出的這一步。

正在晚飯的李錫奇和古月，也被這條消息震驚了！

電視和廣播正同步介紹阿姆斯壯和奧爾德林在月球上行走的狀況。月球的引力只有地球的六分之一，即使他們穿上價值三十萬美元、重達幾十公斤的太空服，行走在月球上，也如夢遊一般處於半飄浮狀態，或者步履蹣跚，或者如袋鼠一樣一蹦一蹦。月球陽面的溫度高達華氏二百三十四度，而陰面卻只有華氏零下二百七十九度。上面布滿了粗石、細沙、高地、坑穴、斷崖和幽谷，乍一看千瘡百孔，滿目疤瘢，並不是人類適宜生存的地方。只有當你把目光轉向月球外層的天宇，那如永夜一樣的太空，星星碩大而亮麗，也不閃爍，讓奧爾德林也忍不住讚嘆一聲：好一個淒美的世界！

月亮是中國人創造的一個神祕而溫馨的神話，是中國人的精神寄託。早在三千多年前的商周，遠古先民就有了拜月、祭月的習俗；漢《淮南子》記載了太古時候嫦娥奔月的故事。當在人間得不到幸福的美麗女子嫦娥，吃下靈藥凌空騰飛，寄身於月亮，那晶瑩、皎潔、浮游於天宇的月亮，便誕生了無數傳說，所有美好的形象：桂樹、玉兔、廣寒宮，以及一個忠心耿耿的男子吳剛，都陪伴在寂寞的嫦娥身邊。遙在天邊的月亮，又時時貼在中國人心中。古人數以萬計的詠月詩句，豐滿了月亮的形象：月是故鄉，月是愛情，月是慈母，月是摯友，月是相思，月是團圓……月是所有美好情感傾訴的對象，也是所有美好事物純淨的化身。因此，當一個為現代科技所證實的真實的、而且有點醜陋的月亮，呈現在中國人面前，千百年累積下來的所有月亮的美好想像，便一下子如日融冰山一樣轟塌下來。可以想見，人類登月的科學壯舉，帶給中國人的，在歡呼之餘，還有一種怎樣的失落感！

幾乎整個晚上，李錫奇和古月都在談論這件事。藝術家與尋常人的不同就在這裏，他們會為某些人們視為尋常的事情激動萬分，往往，靈感便在這一瞬間襲來。

一九六九年七月二十一日凌晨——即在這個登月事件發生之後的第五天，一夜未眠的古月，懷著悲鬱的激情寫下一首詩：〈月之祭〉。古月寫詩歷來極少注明寫作時間，唯這首詩例外，在時間之後還特地添了一句，「——嫦娥已死」：

僅僅是一步
一小步或一大步
那致命的迫降

她逝去
披滿身桂瓣
撕碎自己
也撕不碎被定的罪

遙遙的相隔
不見青山　不見綠水
不聞鄉土的芬芳
夜夜無夢
而寂寞與苦澀

環成長垣

歲月沉默
數著雲朵
給一串愛意　一串想望
繪出　陰　晴　圓　缺
釀成愛的不朽

而秋意瀰漫
淒淒簫聲
把長夜拉得更長

她已死
嫦娥已死
星與星敲著鐘聲哭泣
所有的風都止步
呈亙古的靜

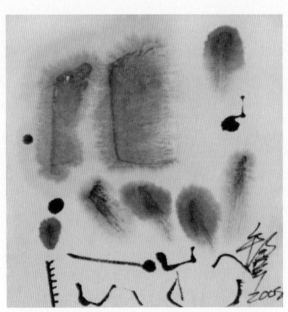

李錫奇詩畫系列，2008 年，34×34cm，水墨。

膜拜在哪裏
我歌　歌已斑剝
禮讚在哪裏
我詩　詩已凋零
酒　一杯祭酒
灑向青天

可以想見，當夜色深深，一燈如豆，古月望著窗外星閃的天空，一定是兩眼含淚。嫦娥已死，中國人充滿浪漫幻想的心靈故鄉，也瞬息消逝。偉大的科學事件，在古月心裏，轉換成了悲劇的人文事件。冷漠的自然，浸透著人世的悲情；千百年來詩人對月亮所有讚美的吟詠歌唱，瞬間「歌已斑剝」、「詩已凋零」，餘下的只有一樽清酒，灑向青天，為逝去的嫦娥招魂，也為人世所有悲亡的美好事物祭奠。古月和那敲著鐘聲哭泣的星星一樣，物我合一，人天同悲。這是古月詩歌的獨特的感悟和創造。

從這首詩開始，古月和李錫奇的整個「月之祭」系列，十首詩和十幅畫的創作，整整延續了四年。一九七四年四月，「月之祭：古月．李錫奇詩畫展」在台北的鴻霖畫廊正式展出。對於這次展覽，台灣著名前輩詩人羊令野寫道：「古月的現代詠月詩和李錫奇的現代月畫，是兩顆心的連鎖與運行，不知道是月亮環繞著他倆抑或是他倆環繞著月亮，總之，這是月亮之變奏，從其內心發出了神祕的訊號，給所有『心有靈犀一點通』的人。」[5]

對於李錫奇而言，這也是他藝術的一個新的開始。前此迷戀於牌九和骰子上面圓點排列組合變化的創作，已告一段落，轉向受啟於《清明上河圖》連續性的方圓變位系列。楚戈在分析這一系列作品時，強調它在內容上「所表現的是時間的推移」。[6] 然而如果我們再深入他日環蝕般的連續性圖象——「方圓變位系列」，那由盈而蝕再到由蝕而盈的過程性發展，便會看到時間背景上的空間存在。以浩瀚的宇宙時空作為對象或背景，是李錫奇方圓系列創作以來一以貫之的追求。「月之祭」系列創作，提供給了他這樣一個新的契機。

李錫奇選用一種新的拓印材料和方法：紙本絹印版畫。絹的細膩質地和拓印的精緻，使畫家的風格由粗獷走向精緻。呈現在畫面上的溫潤色調，表現月亮溫婉纖柔的氣質和自己心中的溫馨關愛。蒼穹是深邃的蒼穹，月亮是盈盈欲語的月亮。他第一次運用中國書法藝術——楷書的點、豎、撇、捺，構成深邃蒼穹與圓月相對的一個緊逼的格局。點、豎、撇、捺排列所象徵的山川大地，與溫瑩有淚的月亮形成形影相弔的或緊張、或舒緩、或熱烈、或冷峻的對比。月亮是畫幅中有生命的主體，在深邃蒼穹的運行中從誕生到死滅，經歷了感情的溫馨、熾熱、幽怨和悲憤，獲得了與構圖和色調相一致的深沉意蘊。這種細膩風格的變化，當年就有論者指出，是他新婚之後溫馨家庭生活的情感反映。抽象化了的楷書的筆劃部首，開啟了此後李錫奇以抽象中國書法筆劃——從楷書到草書做為創作素材的一系列新的探索。

這是李錫奇與古月共同創造的一個人性化的宇宙空間，一個比最初喚起他們創作激情的具體動因，蘊喻還更豐富的世界。

古月的詩和李錫奇的畫，它們有著各自獨立的生命，正如古月的詩不是李錫奇繪畫的注解那樣，李錫奇的繪畫也不是古月詩歌的插圖。它們是既互相聯繫又在各自的生命裏開創的一個世界。如果說李錫奇的畫，是讓月亮在深邃的蒼穹中隱喻大千世界，那麼古月的詩，則是讓月亮成為自己的投影走入芸芸眾生的情感深處。古月用她敏銳的女性視角和感受，透過自我來把握這個世界。讀月亮也可以說是在讀古月，或讀中國所有傳統女性的內心。〈月之芒〉那種水月之情、兩相溶悅的愛戀，〈月之隱〉那種離鄉浪子般的迷失，〈月之焚〉那種被「老太陽那個魯男子」「一次全蝕的佔有」後的掩泣，還有〈月之魂〉那「午夜醒來／醒於一片觸不著的寂寞」的淒冷……說的雖是天外故事，寫的卻全是人間悲情。「人類登月」是這組詩背後的「事件」，詩人的可貴是超越了這個「事件」，進入世俗的情感領域，卻又更深地在敘說這個「事件」。這組詩是古月詩歌藝術發展的「一小步或一大步」。她依然超拔，依然空靈，但超拔和空靈的背後，是真實的人生；超拔和空靈，進入世俗的人生和情感，就變得實在、深沉而悠遠。

四

古月還是一個優秀的散文家，儘管她的散文作品同樣不多，卻給人留下深刻印象。她的散文以寫人和記事為多，少見抒情，好像抒情完全留給了詩歌。一九九一年她選了二十八篇作品，以《誘惑者》為書名出版。該書有一個副題：「當代藝術家側寫」，分「畫家之誘」、

1

3

2

4

1. 李錫奇與古月。
2. 李錫奇夫婦與愛孫。
3. 李錫奇與二女兒恬寧。
4. 古月於福州《浮生探月》新書發表。

「文人之誘」和「生死兩茫」三輯，所寫都是與她夫婦傾心相交或日夕相處的藝文界朋友，如朱德群、陳庭詩、楚戈、洪救國、劉國松、秦松、吳昊、霍剛、張玲麟、蕭勤、李祖原、韓湘寧、黃志超、楊識宏、卓有瑞、司徒強、朱嘉樺、程文宗，以及卜少夫、許世旭、高信疆、杜十三、侯德健和已故的席德進、常玉等；當然也有寫他們自己的篇章：題為「古月圓夢」的〈朝陽在笑〉和寫李錫奇的〈奔忙於兩個家之間〉。有人說要瞭解台灣藝文界，讀這本書可知泰半，此話不謬。我這裏無意討論古月的散文藝術，只想借助古月寫李錫奇的這篇文章，知道經過二十多年相濡以沫的人世滄桑，當年那個充滿幻想的純真少女，怎樣來講述他們有過快樂也充滿艱辛的婚後人生，怎樣來評說當年她一眼相中的那個才華橫溢卻又少點溫柔體貼的白馬王子。感謝作者的允許，讓我全文引錄如下：

〈奔忙在兩個家之間——李錫奇〉

以藝術第一，女兒至上，太太次之的這麼一個人，將與我生活一輩子。

對於一切事物有充沛的好奇及熱愛。一張圓圓稍帶憨氣的臉孔，與他對藝術所持的嚴肅、固執的主觀形成兩個強烈的極端。

他樂觀豁達、外向好動。不善用語言表達自己，老是把文法說倒。有些場合往往又能滔滔地說出一套清晰流暢的理論。常為了藝術的某一出發點爭論得臉紅耳赤，激動是他的特點——後來發現這幾乎是他那群藝、文朋友共有的純真性格的一面。

他喜歡朋友，喜歡熱鬧。朋友是他生命中不可缺少的一環。最愛在三、五友朋粗茶濃酒之際，舒展他深以為傲的男高音，只可惜往往「小路」走到中途便會迷了方向，「上山」上到半腰就得有人提一把才行。

這個好藝術、疼女兒、重友情，心中所餘空隙已不多的男人，是我終身所托者，因此我得盡全力，才能獲得一個較為「顯眼」的席位。

婚前，在根深蒂固的思想裏，一個真正的藝術家必定是窮困落魄，不得志又多情瀟灑。他窮是真窮，但總是坦然地未曾隱瞞，於是在少女情懷詩一般的夢裏，窮反倒添繪了他無限浪漫的優點。

他不是個殷勤細膩的人，從未以甜言蜜語來打動我的心，也不會表達內心的感情，而是他隨遇而安的生活態度，從不刻意安排生活，卻總是那麼愜意。活著就是一種藝術，一種享受。他的生活簡單而多彩，在五顏六色之中，我遂迷失了自己。

是誰說過：「夢是一床太短的被，無論如何也蓋不完滿。」對一個一直生活在幻想夢境中的女孩來說，這句比喻更適用於婚姻生活上。婚姻給人兩種不同的生活感受，你將失去許多，也將獲得許多。也許這就是魚與熊掌不可兼得的說法。

有了家就有了責任，我開始學習，學習如何面對現實，如何成熟長大。這才慢慢體會他說的「做一個藝術家的妻子要徹底的覺悟。」

少女的夢從未將愛情與麵包串聯在一起；愛情是不食人間煙火的。婚姻生活除了面對開門七件事：柴、米、油、鹽、醬、醋、茶外，更有許多從未料到的問題。

婚後的頭三年，是我們經濟最蕭條拮据的時候，為了省下一筆顏料費，常以三、二個麵包解決中、早二餐。

他所從事的工作並非我熟悉瞭解的，不過他似乎很有信心地堅守他工作的原則，信念就是希望。我們不時也會面臨情緒低落的黑暗時期。只是在最窘困的時候從不屈服，總是活得很硬氣。

他對自己的作品要求很嚴，對我的詩作亦然。他希望我能走出風花雪月的範疇，從夢囈的桎梏解脫，寫些更深入的東西。但我是全然感性又懶散的人，缺少雄心大志的鞭策，沉默、閱讀的時間比寫作更長。因此當側面聽到：「她先生比她有名得多。」又有什麼不好？妻以夫為榮不是理所當然的嗎？

美國女詩人艾密莉．狄金遜說：「愛不只是——知識——而一個女人沒有它就會枯萎。」我，我只要愛。

寫詩於我是淺嘗細啜的沉浸，撥弄我生命的弦琴。我不知別人對它的感受，卻常能給自我生命的一種滿足，我深以這種幻夢式的悲哀溫情自樂。故此我喜歡李白的詩，是因為他的高曠豪放、脫塵遠俗、狷介浪漫的氣質。更喜歡沉緬在雪萊覆舟、拜倫灑血、悱惻絕望的氣氛裏。以致他常說我是個感情不成熟的女人。女子的想法總難免天真又矛盾，心中的他既要有劍俠唐璜般風流瀟灑，又得似羅密歐對愛的堅貞不渝。既不能市儈氣地以金錢為重，又得有成就、有事業心。既得兒女情長，又能拿得起放得下。我想他堪稱是匹良駒駿馬。

常有朋友開玩笑要我把他看緊一點，我總一笑置之。他有很深的家庭觀念，又視兩個女兒為至寶，套句廣告詞：疼愛兒女的父親不會變壞。

何況感情的事情很難下定義。他是個敏銳的藝術家，自古以來，哪個才子不風流。畢卡索之所以成為畢卡索，豈不與他的不斷戀愛有關。戀愛使人心境年輕，靈感如泉湧。藝術家偶爾風流一下可稱為風雅，但不可趨於下流。這是要他再三切記的一點。

他走上繪畫藝術這條路，似乎跟他生長的土地——金門有關聯。他的老家古寧頭是個古拙、剛烈又充滿悲劇的村落，他走出來，從戰後滿目瘡痍的廢墟走出來。單槍匹馬，他憑恃著一股金門高粱酒烈火般的勁道和冒險精神，比唐．吉訶德還要勇敢地站起來。

他確實是具有唐．吉訶德不氣餒、不回頭的脾氣，不過他的運氣要比唐．吉訶德好。俗語說：憨人有福，他是個大憨子。有時我會想：他到底是誰？是唐．吉訶德或是劍俠唐璜？我看見他舉樽豪語、意興遄飛之際，也經驗過他的蕭條落寞。不過他總將之視作一杯辛辣的高粱酒，一飲而盡。

他不是行事有計劃的人，常常迷迷糊糊地有些心不在焉，但是做起事來卻似胸有成竹，按部就班。

現代繪畫藝術是條艱難的路，他鍥而不捨的精神，廿幾年來，已為自己奠定了美麗的里程。正可享受成果，忽然心血來潮，興起開畫廊的念頭。

近年來，現代藝術在國內雖已漸蓬勃，但是一般人對它的認識瞭解仍不普遍。相形之下，與今日發展的工業、經濟更不能相提並論。他覺得這是他們的責任，現代藝術要本身從事者起來提倡。他找到一位志合的夥伴朱為白，二人隨即興趣盎然地籌劃起來。

終於，位居五樓、僅十多坪而麻雀雖小五臟俱全的「版畫家」畫廊開張大吉。處女檔是吳昊的版畫展，一時門庭若市，小小的畫廊擠得水洩不通，確有一番轟動。

哪知，席德進來前後瀏覽了一遍，以緩慢僵硬的川腔道：「這麼小的畫廊，我看撐不了三個月就要關門。」

張杰看了牆上釘畫的紅點亦說：「只要我的兩張畫，就能整個包下來了。」

這是兩個老友當時實際的看法，也許別人也這麼認為，只是沒有說出來罷了。李錫奇、朱為白這兩個創業夥伴既乏財力，又沒任何實業背景，條件比任何畫廊都差，他們只是兩個自不量力的笨鳥。

然而兩位大師的話，對凡事不肯認輸的他來說，無疑是最有力的鞭策與激勵。咬緊牙關也得撐下去，可是國內知名畫家一時都採觀望態度，不願接受邀展。不得已他走向一條獨特的路線——邀約離別國門十數載，旅居海外已揚名，幾乎已被國人淡忘的畫家回來。

於是一檔檔緊湊、精彩、聲勢浩大的畫展推出，在畫壇掀起串串震撼的迴響。一道橋梁連繫了海內外藝術家對現代藝術同心協力的努力。

由於種種因素，他先後經歷主持了「版畫家」、「一畫廊」、「環亞藝術中心」，到「三原色藝術中心」：可是卻做得真辛苦、真勞累。在這經濟掛帥的工業社會，缺少了最大的後盾——金錢，要支持一個純藝術畫廊龐大的開銷必定是很累的。因此我想誰若要折騰一個人，不妨勸他去開畫廊。

若不拿生意、盈利（往往是叫好不叫座）的眼光來看，畫廊是成功的為自己爭取了一份崇高的名望，並為現代藝術帶來新展望。

藉著畫廊，他認識了更多的朋友，無論是藝術、文學、新聞或其他各界，都有許多支持幫助他的朋友，他覺得這是最大的收穫，也是他埋首直往的信心力量。

可是我不喜歡他開畫廊，他放下艱辛二十幾年立下的畫家基礎來辦畫廊是不值得的。我喜歡他畫家生活的瀟灑自在。做一個藝術家的妻子，我感到一份清高的愉悦。我不喜歡被人冠上老闆娘的稱謂。一個畫家與廊主的稱呼也給人不同的感覺。

何況自從畫廊開辦迄今，顯著的效果是他鬢角添染的霜白及額上加深的皺紋。

做畫家多單純飄逸。開畫廊不但要面對許多瑣碎雜事，也有許多意想不到的煩惱。

我分享他的快樂，也經歷他陰暗受挫的一面。當他不被瞭解時的苦悶，被利用時的灰心失望，不經意地得罪人，被誤會等等事情一煩擾，他的情緒總會影響家人，他對家人無須再抑制，他煩躁不快的陰影籠罩著我，我卻不能給予他任何幫助。而我更是心裏存不了一絲芥蒂，他的困擾便深深紛擾了我。這是我反對他開畫廊最大的理由。然而數年下來，他投入的是這麼多，要他抽身真是談何容易了。

二十餘年來，他仍本著藝術第一，女兒至上的原則。於我來說，平心而論，他雖然缺少一分溫柔體貼外，尚可說是個稱職的丈夫；因此我仍以做他的妻子為榮，而他的快樂或憂愁，都包含著我的責任和關懷。

註釋：

1. 見古月：〈朝陽在笑——古月圓夢〉，載古月著《誘惑者——當代藝術家側寫》，大村文化出版事業有限公司，一九九一年十一月。
2. 同註1。
3. 古月詩集《我愛》，小報文化有限公司，一九九四年九月。
4. 古月詩集《探月》，三采文化出版事業有限公司，二〇〇八年六月。
5. 羊令野：〈評介古月的詠月詩〉，見古月詩集《我愛》序一。
6. 楚戈：〈時間之演進〉，見《古月．李錫奇詩畫展》畫冊序言。

第五章

那個恣意在紙上繪風繪雨的人
竟在雲上畫夢

——古月：畫夢的人

一

一九七八年，李錫奇掀開他藝術人生的另外一頁。

在台灣現代美術史上，有一個被稱為「畫廊時代」的發展時期。最初，人們習慣依照畫家組合和作品發表的方式，來命名藝術的進程。例如一九五〇年代中期至一九六〇年代，稱為「畫會時代」。那時，畫家大都集合在不同畫會的旗幟下，五月、東方、現代版畫會等都誕生在一九五〇年代中期，蓬勃的畫會活動成為推動台灣現代美術發展的主要力量，畫會舉辦的展覽，幾乎就是台灣畫家發表作品的最重要平台。一九七〇年代以後，由於許多畫家留學、定居海外，畫會的活動少了，影響力也逐漸減弱；而同時，隨著台灣經濟的起飛，尤其房地產業市場造成大財團的增加，建築業和觀光業帶動廣告設計等藝術形式，使繪畫市場前景看好。經濟的發展，也刺激著社會的藝術消費，民眾的購買欲望也逐漸轉向文化產品，現代藝術品的購買者由早期的外國人為主逐漸轉向本地的藝術愛好者和收藏者。當時台灣還少有專門的美術館，畫好賣了，各種民營的畫廊便應運而生。到一九八〇年代鼎盛時期，據稱已達一千多家。於是，一個以「畫廊」命名的美術時代就這樣到來。一九八一年九月，李錫奇在《新聞天地》雜誌著文介紹〈二十年來台北畫廊〉，從最早於一九六二年開辦的以美軍顧問團和外來遊客為購買對象的聚寶盆畫廊歷數下來，直到當時較活躍的藝術家畫廊、龍門畫廊、太極畫廊、春之藝廊、阿波羅畫廊、民生畫廊、尚雅畫廊等等，其中也包括李錫奇和朱為白聯手打拚的版畫家畫廊。之後，隨著台灣文化建設的發展，由各地政府主建的美術館紛紛落成，畫家的展出除了畫廊之外，更傾心於走向設施更加完善、規模也更宏大的美術館，以取得更大影響。於是，一個以「美術館」命名的時代又開始了。從「畫會時代」到「畫廊時代」再到「美術館時代」，從一個側面勾勒了台灣現代美術的發展軌跡。

事情的開始有點偶然。李錫奇有位畫家朋友朱為白，他在台北市復興南路一段的吉利大廈五樓，有一小單元房子，僅二十坪左右，閒著無用，有次在聊天時，朱為白便建議兩人一起來辦個少兒美術班。那時候台灣的經濟已經好轉，做為一種專業也做為一份修養，學畫的孩子很多。不少畫家都開辦美術班，彌補一些收入。當時李錫奇還在小學教美術，曾經籌辦過台灣第一屆國際兒童畫展，也辦過幾個月的美術班，應該說是熟門熟路。不過他總覺得，教孩子畫幾筆，就收人家錢，好像在騙小孩，實在過意不去。前此一年他曾受邀赴紐約聖約翰大學舉辦展覽，還和舊金山的AD1畫廊與Upstairs畫廊簽訂合作契約，雖因一九七八年的中美斷交事件影響，但對畫廊運作有了一點感性認識，便提議不如利用這個地方辦個畫廊。

這個提議得到朱為白的贊同。

朱為白比李錫奇年長幾歲，此時剛從軍中轉業到育幼院任教。他從上世紀五〇年代開始浸淫於現代抽象藝術，一九五九年以一幅題為《遙遠的故鄉》的抽象表現主義作品參加第二屆東方畫展，遂成為東方的一員。他在上世紀四十年代末從老家江蘇漂落台灣，人生無奈的難以言說和無從解釋，使他形而上地轉向對中國古典哲學中一個無所不在而又通解一切的「道」的神往，尋求在「悟道」的圓融中獲得精神的解脫和超越。而「道」的無所不在和大象無形，正契合著西方現代藝術的抽象性。於是從這裏出發，他為自己藝術找到將東、西方文化融合起來的哲學命題和表現形式。整個六十年代，他遊走在西方現代主義的各種風格和流派之間。他嘗試過用書法的狂草來宣洩內心的積鬱；也試驗過以鐵釘代筆在塗上亞麻油的厚卡紙上刮出不同的圓，再用燈光從背面照射，以隱喻生命進程中不同的光輝；還借鑒空間藝術的風格在黑白對比強烈的畫布上以刻刀劃開或橫或豎的裂紋，以象徵生命的過程和痕跡……藝有方向，而法無定尊；借鑒之必要，卻難免留下別人的印記。這是朱為白困惑的一個尋找自己的時期。一九七〇年代，朱為白突然推出了一批極具寫實風格的黑白木刻：「竹鎮」系列。他以一個虛擬的「竹鎮」作為自己描繪的對象，以純熟、銳利的刀法，刻繪小鎮的人生百態，在充滿情節性的民俗風情畫中，讓一個個稚拙質樸的鄉土人物和古風盎然的小鎮人生，躍然紙面，顯示了畫家極高的藝術想像力和具象的造形能力，讓人想起中國繪畫史上不朽的張擇端的《清明上河圖》。作者以動寫靜，在充滿人情味的熙攘和喧鬧中，透著一脈亙古的和諧、寧寂和自在。這是畫家的「精神烏托邦」，一個脫逸出現代社會的沒有血腥爭鬥、也沒有人為污染的寧馨世界；也是畫家的「木刻時期」，讓朋友們大吃一驚的藝術大轉折——雖然同時他仍繼續著努力走出封塔那（Lucio Fontana）「空間主義」的影子，在黑白對比強烈的畫布或畫紙的二維平面上，通過剪、

版畫家畫廊識別標誌。

割、裱、貼，使二維平面獲得三維效果的抽象藝術創作。

彼時李錫奇的主要創作也是現代版畫。兩個版畫家走在了一起，他們一拍即合，決定以版畫為主，畫廊的名字就叫「版畫家畫廊」。

一九七八年十二月出版的《藝術家》雜誌刊登了一則版畫家畫廊的廣告：

> 中華民國的現代繪畫中，版畫已建立獨特的風格，且因表現技巧卓越，在國際藝壇享譽最隆，極受好評。
>
> 目前國內的版畫家朝氣蓬勃，作品不斷推陳出新，屢次在國際知名的藝展中獲得大獎。
>
> 近數年來，由於我國經濟繁榮，國民生活水準提高，生活境界也提升到更高的層次，收藏藝術品已蔚然成風。
>
> 「版畫家」畫廊就在這風雲際會之時成立，為您的精神生活提供最竭誠、最熱心的服務。
>
> 我們很驕傲地告訴你，「版畫家」畫廊已網羅了朱為白、安拙廬、吳昊、李焜培、李錫奇、陳庭詩、楚戈、楊熾宏、蕭勤、顧重光等十位最優秀的版畫家，我們可以保證，唯有在「版畫家」畫廊，您才能欣賞到他們最新最具代表性的作品。

「版畫家」畫廊還擔負文化交流的使命。我們已經和國際傑出的版畫家及著名畫廊取得聯絡，將定期舉行交流展，大力推動國內的版畫藝術。

觀光事業及建築業的起飛，已使版畫成為啟發觀光客對中華民國現代繪畫興趣的泉源，更走進許多熱愛藝術的家庭。

主要原因是版畫最能配合現代建築的設計與裝潢，而且在藝術品中最適合國人的收藏能力。

「版畫家」畫廊設在台北市復興南路一段二八五號（吉利大廈五樓），每個星期二至星期日，上午十一時至下午六時，我們恭候您的光臨。

三十多年之後，重讀這份「廣告」，仍然可以感受到字裏行間藝術家們那顆激情的心，他們對彼時社會的認識，對現代藝術興起的經濟背景，對版畫創作的價值和對自己使命的自覺。不僅在當年，即使在今日，也是我們認識版畫與時代、社會、民生相互關係的一份重要的「文獻」。

是年十二月一日，這家被稱為「版畫專門店」的畫廊，由上述十位版畫家擔綱舉辦開幕首展。這些後來許多都成為台灣畫壇大老的著名藝術家，擠在一個小小的空間聯名展出，成為畫壇傳譽久遠的一件難再重複的盛事。畫廊雖小，佈置卻十分經心。著名設計師侯平治為畫廊作整體設計，採黑白兩色的單純構思，予人以版畫的聯想；畫家楊熾宏為畫廊設計標識。開幕那天，朋友們都來道賀。李錫奇本來社交人脈就廣，加上聞訊而來的藝術愛好者、收藏家和一般市民，把個二十坪左右的空間擠得摩肩接踵、人頭攢攢，像潮水一樣一波波湧過。

場地本來就小，再加上人多，就顯得更小。李錫奇的好友、畫家張杰一走進畫廊就叫了起來：哎呀這麼小，我兩張畫就可以把整個畫廊包下來！李錫奇另一個好友、畫家席德進也哈哈大笑地操著他的四川腔說：你們是在辦「家家酒」嗎？這麼小的地方，我看撐不了三個月準得垮台。

做為畫廊主人的李錫奇和朱為白卻信心滿滿。他們知道自己的優勢在哪裏，房子是朱為白的，不必付房租；李錫奇交遊廣主外，朱為白心細主內，再加上朱為白太太管賬，三人都不受薪，而且互相信賴，從不計較，全都一心撲在一檔接一檔的展覽上；再加上文壇、藝壇朋友的捧場，媒體的支持，李錫奇便在心裏說：怎麼也得堅持幾年讓你們看看！

開頭確實是難。當時台北的畫廊已經不少，一檔一檔的展覽都很熱鬧。怎樣在「鬧」中取勝，關鍵是要辦出特色。李錫奇時任版畫學會的會長，台灣著名的現代版畫家都是他的好朋友，誠如他們在廣告中所說的：「唯有在『版畫家』畫廊，您才能欣賞到他們最新最具代表性的作品。」這是以「版畫專門店」名世的版畫家畫廊最大的優勢和特色。其次，李錫奇太太古月曾言，畫廊初辦之時，由於場地太小，又無強大財力支持，「國內知名的畫家都採觀望態度，不願接受邀展。不得已他走向一條獨特的路線——邀請離別國門十數載，旅居海外已揚名，幾乎被國人淡忘的畫家回來。」[1]這成為畫廊的一著奇招。這些在上世紀五〇年代從台灣出發的藝術家，特別像東方、五月、現代版畫會那些李錫奇曾經與之並肩打拚過的朋友，旅居異邦多年，取得各自輝煌的成績，卻疏於回台，幾被台灣的讀者淡忘。將他們引介回來，不僅

1

2

3

1. 1979 年版畫家畫廊舉辦李仲生畫展合影（左起李錫奇、李仲生、吳昊）。
2. 「台灣現代繪畫精神導師」李仲生唯一一次個展之請柬。
3. 1978 年版畫家畫廊舉辦吳昊首次個展時合影。
4. 1980 年代版畫家畫廊首次舉辦藝文研討座談會，左起陳若曦、陳庭詩、于還素、陳長華、薇薇夫人、吳昊、楊興生、張杰、何懷碩。
5. 李錫奇策劃台灣首次「趙無極個展」，期間與趙無極同遊花蓮。
6. 版畫家畫廊舉辦「第一接觸」，展出藝術家合影。

4

5

6

對於他們自己，也對於延續五、六〇年代台灣現代藝術傳統，對接世界藝術潮流，都是極有意義的事。借助他們的關係，也推動了畫廊的對外聯絡，如「廣告」所承諾的：「『版畫家』畫廊還擔負文化交流的使命。我們已經和國際傑出的版畫家及著名畫廊取得聯絡，將定期舉辦交流展，大力推動國內的版畫藝術。」把一個小小的民間畫廊，辦成一個國際性的文化交流平台，這是一個大膽而有文化擔當的設想，別開生面地提升了版畫家畫廊在台灣的地位和意義。

秉持這樣的理念，版畫家畫廊打出了一片天下。由於業務的擴大，兩年後畫廊搬到原址一樓的一個更大的空間。

繼開幕首展之後，一檔緊接一檔的展覽就拉開大幕。首先是僅隔一週舉行的吳昊版畫個展，之後排得密密的還有陳奇祿民俗版畫收藏展、版畫家會員聯展、陳庭詩版畫展、林智信版畫展、江漢東木刻版畫展、朱為白畫展、版畫家聯展、林燕版畫展、李錫奇版畫展、郭振昌個展、楚戈畫展、十青版畫聯展等，充分展示了「版畫專門店」的特色；而同時，畫廊也關注其他畫種的展出和推廣，如開幕首展不久推出的名為「第一接觸」的十人油畫展（陳正雄、楊興生、謝孝德、許坤成、徐進良、吳昊、楊熾宏、朱為白、陳世明、李錫奇）；特別是說服了有「台灣現代繪畫精神導師」之譽的李仲生，在「版畫家」畫廊舉辦了生平唯一一次個展，為他馳騁現代畫壇半世紀留下濃濃的一個句號。

一九七九年十二月一日，是「版畫家」畫廊的周年慶。他們粗粗算了一筆賬，一年多時間，共舉辦了二十一檔展覽，好像並沒有賠。而他們相信，沒賠就是賺——賺到了一檔接一檔的展覽。於是他們決定，利用這個周年慶，籌劃一次盛大的「海外現代畫家邀請展」，作為送給台灣現代畫壇也送給自己的一份禮物。他們四出奔走，邀請來了旅法的趙無極、林壽宇，旅美的韓湘寧、姚慶章、丁雄泉、夏陽、陳昭宏，旅義的霍剛，菲律賓的洪救國和香港的張義等人，其陣容之龐大，為台灣所未曾有。其中許多都是去國多年而首度返台的蜚聲國際的藝術家。這是畫廊籌辦時就預定的目標。由此次展覽開始，揭開了「版畫家」畫廊為旅外畫家返台辦展的序幕。先後舉辦了趙無極版畫展、趙無極畫展、汪澄版畫展、蕭勤個展、夏陽個展、韓湘寧個展、蘇步青個展、席德進特展、劉國松畫展等。特別是著名的旅法華裔藝術家趙無極在一九八〇年二月和一九八一年八月先後兩次來台辦展，尤其是後一次趙無極畫展，與大大文化企業合作，趙無極親攜作品自巴黎首次返台，更造成全台的轟動。

李錫奇從上世紀五十年代後期開始就不斷赴海外參展、辦展，二十多年來廣結人緣，認識了許多國外的藝術家，也與一些國外畫廊建立了良好關係。如今有了自己的畫廊，自然便想把世界各國的現代藝術，特別是在文化上有許多共同話語的亞洲現代藝術，引進台灣，這是他籌辦畫廊的宗旨之一。畫廊開張的頭一年，他就舉辦了日本吉田穗高、吉田千鶴子版畫雙人展，吹田文明版畫展，菲律賓華裔畫家洪救國油畫展，以及香港畫家張義畫展、夏碧泉版畫展。此後兩年，又陸續介紹了日本、韓國、菲律賓和歐美的一大批藝術名家的作品。

這成為李錫奇畫廊的傳統。在李錫奇先後主持的四個畫廊（版畫家畫廊、一畫廊、環亞藝術中心、三原色藝術中心）中，十二年間經李錫奇推薦、介紹走進台灣的域外現代藝術家，亞洲方面計有：香港的藝術家張義、夏碧泉、梅創基、梁巨廷、王無邪、朱楚珠、鍾大富等，日本的藝術家吉田穗高、吉田千鶴子、吹田文明、森下慶三、桑原泰雄、森田雄二、黑崎彰、靉嘔、林剛完介和東京藝大的教授作品等，菲律賓的藝術家洪救國、馬蘭、歐拉索、西沙．黎喜斯、陸士、黎加斯比、波德姆、雅芭德等，泰國的藝術家維巧克．慕達馬尼、沙佛思．寇烏杜維特、依西波爾．山夏洛可、羅恩．泰瑞皮奇特、普里查．邵松、普林亞．唐提蘇、卡倫．布蘇安、塗安．特拉皮奇特、皮希奴．史潘尼米特、諾龐．史佳威蘇等，韓國的藝術家秋淵槿、丁昌燮、崔明永、朴栖甫、李斗植、金泰浩、徐承元、金炯大、鄭璟娟等；歐洲方面有：義大利的安撻娜，西班牙的烏爾古羅，比利時的法朗．密納爾，法國的古夢南、蘇昀、傅育德和巴黎龍之畫廊所屬的畫家等。

「文化交流」不是一句說說而已的空話，而是一件件實實在在的具體行動。當一檔又一檔來自世界不同國家和地區的現代藝術展覽，給台灣帶來豐富、多元的域外資訊和文化，使台灣的現代藝術運動不是孤立的封閉存在，而是真切感受到世界潮流的拍打、推動，這是一件多麼有意義的事。一個小小的民間畫廊，既沒有上面的行政要求，也不靠政府的經濟支持，自覺地、持續地做了大量的文化交流的實事，不能不讓人由衷地感到欽佩。

一九八二年夏天，李錫奇接到時在香港中文大學藝術系任教的台灣著名畫家劉國松的邀請，擬往香港中大客座一年。他與朱為白商量，讓朱為白獨自把畫廊堅持下去，朱為白考慮再三，擔心沒有李錫奇的對外聯絡和協調，畫廊恐難以為繼。於是兩人決定，停止畫廊的業務。開辦了三年零七個月的版畫家畫廊，在一九八二年六月舉辦了最後一檔劉國松畫展之後，宣佈結束。

三年零七個月，七十六檔展覽，這是李錫奇在台灣美術的「畫廊時代」交出的第一張成績單。

1

2

3

1. 1981 年趙無極於版畫家畫廊舉辦個展，趙無極、李錫奇陪同故副總統謝東閔參觀。
2. 1981 年版畫家畫廊主辦日本畫家靉嘔畫展（右起第三）。
3. 1981 年舉辦席德進特展，現場參觀人潮踴躍。

二

香港一年，給李錫奇留下難忘記憶，如今談起，對提供給他這一機會的劉國松，仍心存感激。

劉國松是台灣現代藝術運動重要的標誌性人物。他於一九五六年從台灣師範大學藝術系畢業，翌年與幾位同學籌組五月畫會並舉行首展，即造成台北畫壇的震動。他經歷了從西方回歸東方再將傳統與現代融為一爐的曲折過程，不僅在創作技巧上不斷創新，也從理論上掀起幾次重大論爭，在現代美術史上為中國現代水墨藝術留下開創性的濃濃一筆。幾十年間，他先後在世界各地舉辦了近百次個展和無數次聯展，獲得了各種榮譽，受到中外藝術界的廣泛肯定。一九七一年他應香港中文大學之聘，赴港任教並出任中大藝術系主任，之後十餘年，大部分時間便都住在香港。

因此，當那天，劉國松把電話打到版畫家畫廊，告訴李錫奇：現在有個機會到香港中文大學藝術系教書，你想不想來？

劉國松出道稍早於李錫奇，但在一九五九年第二屆東方畫展時，李錫奇以一幅現代版畫參加展出，遂成為東方畫會的一員，兩人的關係便也十分密切。

接到劉國松的電話，李錫奇以為聽錯了：去中文大學教書，這怎麼可能呢？

李錫奇對自己的學歷，一向有點自卑。他只是中等師範畢業，一直在小學任教。一個連大學都沒上過的人，怎麼能到大學去教書？

劉國松說：這和學歷沒關係。你以藝術家的身分來中大，就教創作。

李錫奇聽這麼一說，當然很高興。

辦理赴港手續時，因為學歷，還是費了一點周折。

先是向李錫奇當時任教的新莊小學申請，校長很高興，自己學校的一名老師，能被聘到香港的大學去任教，當然也是學校的榮耀；然而上報到教育主管部門，經辦的人卻不這麼看：一個小學老師申請去香港教大學，沒有這樣的先例！於是只好找關係、走門路，托了當時的立委卜少夫等人，直接找到部長，部長才說：好呀，這事應當鼓勵。於是又回到經辦人手中，要求先辦停薪留職。不過，總算還是順利成行了。

這是一段快樂的日子。香港大學實行的是英式教育體制，每個系只能有一名教授，餘者雖然資歷不同，但名義上都是講師，李錫奇的身分也是講師。全世界所有大學的薪資，可能數香港最高。李錫奇雖剛蒞港，但其薪資也比台灣高出了好幾倍。香港是個開放、多元和包容的社會，大學教師來自世界各地，有許多出身於台灣，彼此常有聯絡，再加上劉國松在藝術系多年，有他照應，李錫奇雖初來乍到卻不生分，反倒有如魚得水的感覺。他給學生上創作課，拿自己的作品作例子，講他的藝術理念、創作追求、表現形式，分析版畫的製作技巧，有時還帶學生外出寫生、畫素描，很受同學歡迎。香港有很多習俗不同於台灣，給他留下深刻印象的是「飲茶」。一到週末或假日，同事、朋友或學生，便相約茶樓，一壺菊普，三五件點心，便可

1982 年李錫奇在香港中文大學講學與學生合影。

海闊天空聊上半天。李錫奇是個人來熟，無論舊雨新知，也無論來自何方，茶樓一聚，三杯兩盞淡酒，便從藝術到人生，無話不談。茶樓雖擠但天地是寬的，語聲雖雜但心是靜的。李錫奇借此感受一個不同於台灣的香港，認識來自四面八方的新朋友。從一九五〇年代後期開始，香港畫壇湧現出一批很有水準的現代畫家，也組成各種畫會，竭力推動香港的現代藝術發展。遺憾的是，這座號稱「東方之珠」的國際大都會，是個十分物質化的社會，所有精神性的創造，特別像現代抽象藝術這種只在「小眾」裏流傳的藝術，常常受到冷落。現代繪畫和現代畫家都十分寂寞，既不被重視也得不到支持，只能靠畫家自己努力打拚和同行的互相取暖。因此，李錫奇對於香港現代藝術家的堅持，特別欽佩。在接受台灣《民生報》記者的一次訪談中，他把香港藝術家這種全力以赴的拓荒精神，稱為是「石罅裏種花」，很值得台灣藝術家學習。他認為，和香港畫家比較起來，台灣的藝術家要幸運得多，也更應當珍惜和努力。[2]

三

雖然因為客座香港，中斷了辦得有聲有色的版畫家畫廊，但李錫奇與畫廊的緣分並未就此中止。

一九八三年暑假，李錫奇從香港返台，適逢邱泰夫、曾唯淑夫婦經營的太極畫廊有意結束業務，而李錫奇對於畫廊卻情猶未了，兩人商量決定合作重開一個新的畫廊。當時李錫奇看中的是邱泰夫夫婦的賣畫經驗和企業腦筋，而邱泰夫夫婦卻看重李錫奇與海內外藝術家的廣泛聯繫和深厚友誼，相信兩人聯手，優勢互補，一定可以為畫廊開闢出一片天下。

於是在太極畫廊的原址台北市仁愛路四段一〇一號三樓上，一個名為「一畫廊」的新機構誕生了。李錫奇所以把畫廊以「一」為名，是想繼續他自版畫家畫廊以來對現代藝術「一以貫之」的精神，期許畫廊「為傳統與創新鋪路，為東方與西方搭橋」，寄託了畫廊主人理想主義的精神和理念。

畫廊首檔，安排為菲律賓首席畫家西沙．黎喜斯的油畫個展。展前，李錫奇先飛馬尼拉迪嘉斯舉行預展，在當地就賣出了好幾張作品，頓時信心大增。然而到了台北，卻兜頭一盆涼水。畫展開幕時雖然人頭擠擠，參觀的、稱讚的人很多，媒體也連連叫好；然而卻叫好不叫座，賣不出幾張作品，頭一檔就賠了錢。接下來的幾檔展覽，也未見起色。幾個月裏投進去幾十萬，還看不到前景，以經營為目的的邱泰夫夫婦就趕緊叫停。一畫廊從一九八三年十月開張到一九八四年一月結束，前後共四個月，可能是台灣最短命的一個畫廊。

事後李錫奇反省一畫廊失敗的原因，從根本上說，現代藝術在台灣尚處起步階段，一般受眾對於現代繪畫普遍不甚瞭解，特別是高收入的階層，對於現代繪畫作品的收藏熱情不高，風氣不盛，致使在圈子內叫好，越出圈子便受冷落。之前太極畫廊主要展售後期印象派的作品，勉強還可維持；但轉入一畫廊，以推廣現代藝術為主導，原先的老顧客並未被吸引過來，反倒出現某種排斥心理，說明人們對投資現代藝術，認識還有一些距離。從經營理念看，當年辦版畫家畫廊，抱著以藝會友的心情，以推廣現代藝術為目的，不大計較要賺多少。用李錫奇的話說，站在藝術家的立場，不賠就是賺，所以條件雖然不好，還能辦得風生水起；然而站在純粹商業的立場，資金投進去，不賺就是虧，自然只能收攤。因此李錫奇感慨地告訴來訪的記者：搞現代畫藝廊，如果不抱點烈士的犧牲精神，一意用企業腦筋去衡量得失，只有失望而已。[3]

其實，若從藝術的角度看，短短四個月的一畫廊，成績還是相當不錯的。除了首展菲律賓首席畫家西沙・黎喜斯，緊接著是香港畫家梁巨廷畫展和韓國前衛畫家七人展（丁昌燮、崔明永、朴栖甫、李斗植、金泰浩、徐承元、金炯大），還有台灣的李福華雕塑展、陳幸婉油畫展、周瑛畫展等。除此，李錫奇還談定了幾檔重要的展覽，如旅美畫家丁雄泉的美女畫個展、菲律賓華裔畫家洪救國的油畫個展、林風眠畫作收藏展等，未及在一畫廊展出，只能利用李錫奇的人脈關係，陸續介紹給其他畫廊展出。

其間，還有一個個案值得細說。

一九八三年，蕭勤從海外帶來一批義大利詩人的「視覺詩」，原計劃在一畫廊展出。當李錫奇看到這批作品，敏銳地意識到，這是國際正隱然興起的一種新的藝術形式，應當讓台灣的現代詩人參與到這個藝術運動中來。如果沒有台灣詩人的參與，這樣的展覽將大為遜色。於是，一個「中、義現代詩人視覺詩聯展」的設想便在胸中了然成形。一畫廊雖然結束了，但推動這一極具創意的展覽仍不放棄。

在台灣，現代詩與現代畫，如一對難兄難弟，有著天然的姻緣。一九五三年，當紀弦在他建國中學的宿舍編輯他一個人的《現代詩》雜誌，台灣的現代藝術以詩為發端，才剛悄然起步。很快有「藍星」、「創世紀」等現代詩社相繼誕生，至一九五六年元旦，紀弦在台北召開超過百人的現代派詩人大會時，台灣的現代詩運動已形成一股洶湧的潮流，並由詩迅疾地延及藝術的各個領域。最先揭竿而起呼應現代詩的是現代畫。一九五六年歲末，五月畫會誕生，翌年，東方畫會和現代版畫會相繼成立，與現代詩一起成為推動現代藝術運動最有力的雙翼。在此後風風雨雨的幾十年裏，現代畫與現代詩並肩同行，互相支持，聯手舉辦過許多諸如「現代藝術季」等這樣的大型活動，把台灣的現代藝術一波一波推向高潮。因此，推動台灣現代詩人參與到世界視覺藝術的活動中來，便是很自然的事。

李錫奇邀來了他的一群詩人朋友，主要是一九五九年擴版以後始終堅持前衛路線的「創世紀」詩人，如白萩、辛鬱、杜十三、洛夫、商禽、張默、楚戈、管管、碧果、瘂弦等（依當時

1

2

1. 李錫奇首次於菲律賓展出。
2. 1983 年李錫奇獲中華民國第一屆國際版畫展湖巖美術館獎受獎典禮。

展覽的姓氏筆劃為序），以「視覺」和「詩覺」的諧音策劃了一個名為「詩覺季」的系列活動，以中、義詩人的視覺詩聯展為中心，包括觀摩、座談、創作、詩作吟唱，用「黃河之水天上來」為題的共同創作等。李錫奇在為這次活動和聯展所寫的「緣起」中給「視覺詩」定義，認為「不能再像過去『詩畫聯展』那樣，不是詩配合畫，或是以畫來配詩，這次一定要作整體性的呈現，詩如果只是一行一行用毛筆寫出來展覽，這仍然是『文字』中的詩，不能算是視覺化了的『詩』。若是純粹的繪畫，雖然也可能含有詩意，但又何必叫『視覺詩』呢？所以正確的說法是『訴諸視覺效果的詩』。」[4]

蕭勤在向詩人們介紹義大利詩人的視覺詩創作時，追溯到未來主義和立體主義的觀念，嘗試將詩的「時間性」賦予「空間性」的造形，探索詩的視覺美；而這一潮流呼應著中國、埃及等國家由圖畫蛻變為象形符號的文字創造，其自身就具有視覺造形的審美特點。他分析此次推出的歐洲最具代表性的六位義大利詩人的視覺作品，他們多種不同的變貌，或用極纖細的書藝結構來傳達造形的美，或延續著抽象、達達等非形象的藝術語言來呈現詩意的美，等等，期待中國詩人從傳統的東方詩美中蛻變出來，有更大的創造。[5]

這是一次極具創意的探索性試驗。李錫奇回憶他和詩人們在一起討論、創作時「出乎意外的熱烈」的盛況，使他感到「彷彿又恢復到二十多年前，東方畫會和現代派詩人互相激勵的場面」。

詩人們對視覺詩有了深入的瞭解，寫出了許多有自己獨特見解的文章，如洛夫的〈視覺詩表現形式的初探〉、楚戈的〈視覺詩的傳統〉、碧果的〈我對視覺詩之淺見〉、張默的〈從視覺出發〉、杜十三的〈中國視覺詩的展望〉以及各人的創作感言；同時，也創作了許多精彩的作品，如商禽的〈用腳思想〉，楚戈的融詩入畫，管管詩句的文字造形，張默的濃墨與飛白對比的詩意，洛夫來自戰地感受的〈當你沉默如一枚地雷〉，碧果的詩意墨韻，辛鬱的玻璃立體作品等。[6]

一九八四年歲末，中、義視覺詩聯展在李錫奇、楚戈、管執中擔任顧問的新象藝術中心展出。展後，詩人們意猶未盡，不斷有新的創意、新的作品誕生。兩年後，一個名為「中國詩覺運動序曲」的「視覺詩十人展」，在李錫奇後來主持的環亞藝術中心再次展出，雖然仍為試驗性質，但作品已較前一次展覽成熟許多。

至此，一畫廊及其延續的「視覺詩」終告一個段落，但李錫奇對現代藝術「一以貫之」的追求精神並未結束。有意思的是，三十年後，他的小女兒李恬忻從義大利留學回來，也矚意經營畫廊，並且延用了「一畫廊」的名字，以關注年青世代的現代畫家為主，在台北琳琅滿目的畫廊中，已經嶄露頭角。

一九八五年夏天，距一畫廊結業一年半，菲律賓華商鄭周敏在台北敦化北路一〇〇號投巨資籌建的環亞商業大樓落成，大樓附設的環亞飯店擬利用其地下一樓的空間，設立環亞藝術中心，二十三歲就接班出任亞洲開發公司董事長的鄭周敏的女兒鄭綿綿，此時也兼任環亞飯店的董事長，她慧眼識珠，力邀李錫奇主持環亞藝術中心的業務。這是李錫奇第三次與畫廊的結緣。

與前兩次辦畫廊不同，環亞藝術中心有大財團的背景和財務支持，而且目標明確：推動亞洲現代藝術的發展，這正是李錫奇多年的宿願。當時台灣的畫廊如雨後春筍，據說已達千家以上[7]。但把推介亞洲地區及外地區亞裔畫家的作品做為畫廊經營的特色和重點，則不多見。在地區性與國際性的關係上，李錫奇始終認為：「現代藝術的勃興，不是地區性一時風尚，而是世界性的時代潮流。國際性的現代藝術運動，固然是促進地區性現代藝術發展的動源，但地區性現代藝術的盛衰，亦足以影響國際現代藝術的枯榮。因此，具有東方文化特質的亞洲現代繪畫，仍是國際現代藝術潮流中不可忽視的一環。」[8]懷抱這樣的國際性視野，環亞藝術中心如其董事長鄭綿綿所期待的：以鼓吹發展大亞洲現代藝術的襟懷，為亞洲地區的現代畫家提供一個展覽和聯誼的活動場所。這樣的目標，對受命擔綱環亞藝術中心的李錫奇，真是得其所哉了。

一九八五年八月三十日，環亞第一檔開幕展覽「中菲現代畫展」，便充分宣示了畫廊的方向和特色。畫展的規模空前，包括了菲律賓畫家洪救國、陸士、黎加斯比、波德姆、馬蘭、雅芭德、歐拉索，台灣畫家朱為白、吳昊、李祖原、李錫奇、林崇漢、周瑛、郭振昌、徐術修、黃潤色、楚戈、管執中、楊興生、詹學富、顧重光、謝孝德共二十二人，皆兩地現代畫壇的一時之選。展期長達二十天，無論時間、規模、場地、氣氛，都堪稱當時私人畫廊之最。

環亞藝術中心於一九八七年五月結束業務。在環亞營運的二十個月中，共舉辦了二十六檔展覽。其中以菲律賓、泰國、日本、韓國、比利時和香港等國家和地區的畫展，以及旅美畫家韓湘寧、陶藝家李茂宗、旅歐畫家霍剛、旅加畫家程觀儉、菲律賓華裔畫家洪救國等的個展，最為矚目，實現了推廣亞洲地區和外地區亞裔現代畫家的初衷；同時兼及台灣不同年齡層次、

1

2

1. 1986 年李錫奇於香港藝術中心策劃台北現代畫展（左起劉國松、卜少夫、謝孝德、黃永玉、吳昊、李錫奇）。
2. 1986 年李錫奇於香港藝術中心台北現代畫展，與香港畫家舉行座談。

不同藝術品類的個展，如老畫家李奇茂個展、朱為白布上作品展、建築師李祖原個展、小說家七等生重回沙河攝影展、李小鏡攝影展、視覺詩十人展等；尤其是推出正在崛起的年青畫家袁金塔、郭少宗、張正仁、楊茂林、吳鵬飛、吳天章、劉秀蘭的「一九八六．現代畫七人展」，是較早為這個後來成為畫壇中堅的年青藝術群體提供展覽平台的畫廊。

此時台灣的政治局勢正出現重大的變動。一九八七年七月十五日，台灣當局宣佈解除自一九四九年五月二十日實行的「台灣省戒嚴令」及其相關的三十項法令，又於三個月之後宣佈開放台灣居民到大陸探親。自此，實施了三十八年又五十六天的「台灣省戒嚴令」，終告廢除，阻隔兩岸交往的堅冰，也被打破。此時正是台灣經濟發展的最好時期，在亞洲經濟躍起的「四小龍」中，排名第一。解嚴令一頒布，股市瘋漲，房市猛升，也帶動了畫市的活躍。平素不太關心政治的李錫奇，憑他的藝術敏感，也迅疾地察覺到，這是現代藝術發展的一個重要契機，特別是開放兩岸探親，為探悉跡近神祕的大陸現代畫壇，促進兩岸現代藝術交流，提供無限可能和生機。

面對這樣的機遇，李錫奇辦畫廊的心思又被挑動起來。一天，他搭車路過仁愛路的圓環，見有一個新屋招租廣告，便停下打聽，因是一手新房，租金很高。仲介公司介紹了另一個地方，就在原先環亞藝術中心的街對面，不過人家是要賣的，一坪八、九萬塊，價格適中，可以貸款，又在鬧市，李錫奇十分中意，便找朱為白商量，兩人湊了湊囊中的錢，還是不夠，又找了徐術修合夥，加上貸款，朱為白還出面標了一個會，總算把房子買下來了。這時房價日日飈升，這房子後來讓他們賺了一筆小錢。

一九八七年九月，即解嚴令頒布的兩個月後，也是環亞藝術中心結束後五個月，李錫奇與朱為白、徐術修三人聯手的三原色藝術中心，在台北市復興南路一段二三九號四樓隆盛開張。畫廊依然秉持李錫奇對現代藝術一以貫之的追求和經營理念，只不過把對台灣及海外華裔藝術家的關注，更多轉向對剛剛開放的大陸現代美術的介紹。

對於出生在金門這個與大陸只有咫尺之遙的小島之上的李錫奇，這一直是他內心一個神聖而隱密的願望。

還在戒嚴陰雲仍然密佈的一九八〇年，李錫奇就在版畫家畫廊舉辦過大陸的佛山版畫展，悄悄地推開了大陸畫界的一隙門縫；一九八三年，他在「一畫廊」邀請了來台訪問的美國作家、《苦海餘生》的作者包德甫，以他的親身見聞介紹大陸現代藝術的發展情況，特別是當時引起激烈爭議的「星星畫展」幾位年青的藝術家，將反叛意識與探索精神結合起來的現代形式，對大陸傳統畫壇展開的具有顛覆性的變革，更激起台灣同行的強烈共鳴，也為這個只存在四個月的一畫廊，留下濃墨重彩的一筆。

而今兩岸開放，李錫奇便嘗試著把打開大陸的藝術之門作為三原色藝術中心的使命和特色。於是，在儀式性的開幕聯展和首檔旅法華裔藝術家、法蘭西學院首位華裔院士朱德群的個展之後，便是他精心策劃的「大陸美術探索展」。從一九八七年九月到十二月，連續四檔展覽，歷時五十三天，包括了大陸水墨畫探索展、大陸木刻版畫展、大陸現代畫展、黃冑畫展，是台灣舉辦最早、最具規模、也最有影響力的對大陸現代繪畫的介紹。彼時，解嚴令才剛頒布，開放探親也尚在試水之中，許多人都在觀望，許多畫廊還不敢貿然展出大陸畫家作品，而李錫奇卻打了頭陣，做了先鋒，不是一檔，而是系列性地集中連續四檔展出，這種突破性的作為，不僅需要勇氣，還需要適時把握兩岸關係轉變的時機和智慧。

在當時情況下，要獲得大陸畫家授權、作品來台展覽，並不容易。記得第一檔大陸水墨畫探索展，是托了台灣在美國的一位陶藝家李茂宗牽線，透過聯合國的一位美國朋友，與北京畫院十三位畫家簽訂來台展出合約，先把畫寄到美國，再由李茂宗帶回台灣展出。這些讓人耳目一新的大陸中生代和新生代畫家，對傳統水墨充滿了探索和革新精神，給甫始開放的台灣同行帶來極大的震撼和共鳴，李錫奇對於這次的大陸水墨畫展用了「探索」二字，頗為得意，認為「在當時的情況下，這是十分具有技術性的字眼」[9]；接著是大陸木刻版畫展。木刻版畫在大陸畫壇是一種重要的形式，歷史悠久，積累豐厚，在技巧上很了不起，作為版畫家的李錫奇責無旁貸地要把他們介紹到台灣；第三個是大陸現代畫展，包括了木心、艾未未、袁運生、陳丹青、張宏圖、嚴力、邢非等七人的作品，都是大陸在「文革」以後湧現的具有代表性的現代藝術家。那是兩年前李錫奇在訪問歐洲和美國時，經朋友介紹認識這群曾是星星畫會的成員。當時李錫奇就為他們的探索精神和突破所感動，仿如回到三十年前「五月」和「東方」一起為現代藝術打拚的情境。因此不惜財力，也不計較商業利益籌辦了這個展覽；第四個黃冑畫展，是由老朋友、時在香港中文大學美術系任教的劉國松介紹、安排的。四場展覽打開了神祕的大陸藝術之門，奠立了三原色藝術中心在台灣畫廊中的特色和地位。

兩岸封閉之門已然打開，便有一些藝術家透過不同管道與李錫奇接觸，李錫奇也把介紹大陸現代藝術視為己任，鍥而不捨地接連舉辦大陸美術展覽。其影響較大的有一九八八年的石虎

1

1. 1999 年李錫奇策劃台灣檔案台北現代畫展，與策展人張張及西班牙畫家 Paco Simon 合影。
2. 1996 年李錫奇策劃台北畫展於杭州展出，結束後拜訪杭州中國美術學院。
3. 媒體刊載環亞藝術中心結束的訊息。
4. 三原色藝術中心展場。

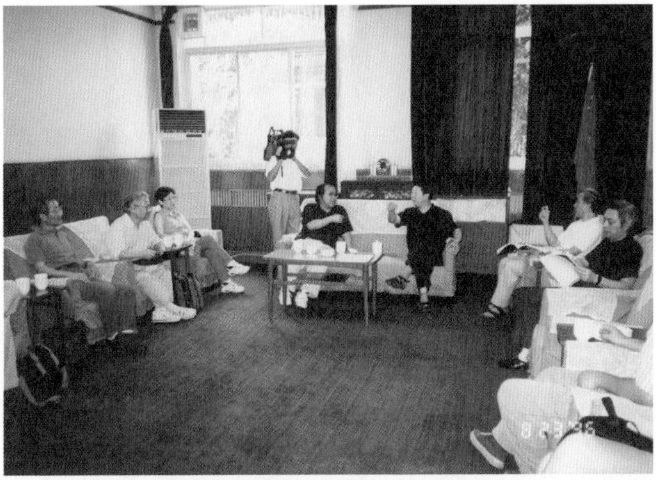

2

期待三原色
／環亞藝術中心結束李錫奇再奮

文／汪仁玠

3

4

畫展、劉萬年畫展、周韶華水墨畫展、舒春光水墨作品展，李樺、力群、彥涵、王琦、古元五位元老畫家的木刻版畫展、關玉良水墨畫展、吳華崙水墨畫展、黃丕謨浮水印木刻展，一九八九年的張玲麟攝影、水墨展，大陸青年版畫家大展，以及冠以「大陸現代藝術季」之名的韓書力、江中潮、段季蒼、楊曉鄄連續四檔展覽。兩年時間，共推出二十檔大陸美術展，從水墨到版畫，從傳統到現代，從元老級畫家到年青一代的探索者，在在都顯示出李錫奇的眼光和魄力，大陸的現代美術也通過這連續不斷的展覽，走進台灣。

隨著兩岸交流的加深，台灣畫廊也紛紛轉向大陸，加之彼時大陸畫家並不瞭解台灣畫廊情況，於是在諸多畫廊趕浪潮似的一窩蜂舉辦大陸畫展中，便出現了一些亂象，也產生了一些諸如不明不白把李錫奇牽扯其中的某個假畫事件——這點我們稍後再予細說。李錫奇說：「大陸畫展是我們『三原色』第一個開始辦的，但也是『三原色』第一個正式宣佈要減少大陸畫的展覽。因為到去年（一九八八）八、九月份，台北很多畫廊都辦大陸畫展，形成一個熱潮，在盲目的跟風下，展出的品質更顯良莠不齊，有的畫家更重複地做展覽，從一個畫廊轉到另一個畫廊，這對畫家的藝術聲譽是一種很大的傷害。」[10]

一九八九年，除了原先安排的幾檔展覽，三原色藝術中心便不再舉辦大陸畫展，回到先前以介紹海外華裔藝術家和台灣現代藝術的固有方向上。「三原色」前後兩年另八個月，推介的台灣及旅居海外的藝術家，依展出順序有謝孝德個展、黃志超畫展、司徒強與卓有瑞伉儷聯展、朱為白布上作品展、李奇茂鍾馗畫展、侯平治拉薩行攝影展、胡登峰江南行攝影展、姚慶章旅美十八年「第一自然系列」個展、蘇俊吉畫展、顧重光油畫展、香港畫家朱楚珠個展、旅美畫家王瑾油畫展、建築師李祖原水墨畫展、鍾大富版畫展、秦松畫展，鍾耕略畫展、陳大川紙漿畫展、以及年青新銳如曲德義的首次個展、杜十三的書型與行動藝術展、郭振昌畫展、李君毅個展、以「八〇年代台北新繪畫藝術季」為總題的四檔展覽：劉錦珍（獻中）「視覺中的視覺」個展、連建興「心靈的放生者」個展、蔡良飛「空間探索」一九八三－一九八九畫作發表展，盧怡仲個展和李錫奇自己的個展，再加上費明傑和安捷娜兩位外國畫家的個展，共二十八檔，略多於大陸畫家展出的二十檔。

一九九〇年二月，李錫奇在舉辦了自己的一場個展之後不久，就宣佈結束三原色藝術中心的業務，也終止了他前後長達十二年的畫廊生涯。是何原因讓李錫奇選擇這個決絕的決定？或許是一檔接一檔為他人作嫁的疲於奔命讓他感到累了，或許是畫廊生存的種種糾葛和財務壓力讓他喘不過氣來，或許都是也或許都不是，用李錫奇自己的話說是希望有更多的時間和精力用來創作。此時，台北市立美術館已於一九八三年落成，台中省立美術館於一九七八年建成，高雄市立美術館也在緊鑼密鼓地籌建中；國際著名的拍賣公司如蘇富比、佳士德也進入台灣，一些財力雄厚的畫廊都隨之起舞加大投入，種種跡象表明，藝術品經營已有轉向權力部門和大財團的趨向。一個被稱為「美術館時代」的藝術發展時期正替代「畫廊」成為藝壇的主角。當年，與李錫奇並肩打拚而後遠逸海外發展的朋友，正以「海外傑出藝術家」的身分一個個受邀回國展覽。這一切都讓李錫奇強烈意識到，畫家的生命是作品，沒有作品就什麼也沒有了。他必須把畫廊「老闆」的身分，重新回到專業藝術家的位置上來。此時李錫奇已經五十二歲，再不抓緊這創作的黃金時期，可要抱撼終生了。

四

現在可以來說說那個不明不白將李錫奇牽扯其中的「范曾假畫事件」了。

一九八八年十月，台灣《藝術家》雜誌第一六二期上刊登一則廣告，預告大陸畫家范曾將在高雄的名人畫廊舉辦個人畫展。人在大陸的范曾獲悉後大吃一驚，因為從沒有台灣的畫廊與他接洽過辦這樣的展覽；接著翻到這期《藝術家》雜誌後面，刊登了他的三幅「作品」。范曾一眼便認出這是假畫，「不僅形象醜陋，而且線條柔弱，人物不合比例。」[11]，他立即給曾經在北京見過面的《藝術家》雜誌的發行人何政廣電話，詢問這是怎麼一回事？何也不清楚，只說廣告和三幅「作品」都是胡登峰提供的。范曾突然記起，幾個月前他曾在自己家裏接待過來京訪問的三原色藝術中心的負責人、畫家李錫奇，當時他身邊帶著一個年青人，好像就是這個姓胡的，便對李錫奇心存懷疑。當天，氣憤已極的范曾還給高雄名人畫廊打了電話，要求他們立即撤銷這個展覽。然而到了十月十五日，高雄名人畫廊的「大陸畫家范曾畫展」照樣開幕。忍無可忍的范曾便在同一天，在北京召開有《中國新聞社》、《人民日報》、《人民日報海外版》、《華聲報》等著名新聞單位參加的記者會，嚴厲譴責名人畫廊的這種行徑。報導由記者撰寫，把隨同李錫奇來拜會范曾的胡登峰當作「三原色」的成員，這樣李錫奇和他的三原色藝術中心便被牽扯其中了。

因為都是名人，這條消息流播很廣，從大陸到港台，從東南亞到歐美，人們懷疑，一向愛惜自己聲譽的李錫奇，怎麼會幹出這種事？

李錫奇卻大呼冤枉。

原來，一九八八年三月，李錫奇的三原色畫廊剛辦完大陸畫家黃胄的畫展，他的一個朋友管大同從北京回到台灣，問李錫奇可不可以辦個范曾的畫展，並說范曾對來台辦展很有興趣。李錫奇知道范曾在日本辦過展覽，影響很大，便立即給范曾寫信，誠懇地邀請范曾來台辦展，並告訴他台灣有許多他的假畫，希望能有一個正式的展覽，讓人們欣賞到他真正的作品。隨信還提出應該以怎樣的方式、出具怎樣的保證，等等。五月，李錫奇第一次到大陸，經停上海、南京，最後在北京停留了九天。離京前一天，他打電話給范曾，表達問候，范曾熱情地邀請他到寓所見面。於是范曾與李錫奇有了第一次會面。那天，兩人相晤甚歡，臨近中午，范曾留李錫奇午飯，叫了四個外賣，還開了一瓶茅台。當時是由北京寶古齋的一位副經理陳岩陪同帶路到范曾家的。

李錫奇後來說，北京此行最大的失誤是帶了胡登峰同行。[12]胡原來在台北故宮博物館做事，也幫故宮博物館的資深研究員、李錫奇幾十年的老朋友楚戈跑跑腿。三原色畫廊有時要拍點照片、幻燈片什麼的，楚戈便把胡登峰介紹給李錫奇，但楚戈同時叮囑，對胡這個人要小心。這次李錫奇來北京，胡登峰主動提出隨行，可以幫忙拍照、錄影，李錫奇便同意了。那天去拜會范曾，胡登峰也在，並由他拍了不少照片，胡也和范曾合了影。在范曾家裏兩人談得十分融洽、愉快，午飯時一瓶茅台讓兩人喝得頗為盡興，李錫奇邀請范曾來台展覽，范曾也樂意應承。不過在當時都有點酩酊的狀態下，只這麼口頭說說，並未簽訂合約。後來大約在六月間，范曾來香港訪問，李錫奇打了電話與他聯絡，也談起辦展的事，不過在電話中也只停留在口頭上，並未落實具體計劃。這是李錫奇與范曾唯有的三次聯絡。

到了八月份，李錫奇在報上看到一則消息，稱寒舍畫廊在北京與范曾簽約，將在台北舉辦范曾畫展。李錫奇看了之後頗為失望，心裏也很難過。本來想好好幫范曾辦個畫展，卻被別人搶了先。不過這種失望僅僅是一種期待落空的失望。因為他當時只與范曾口頭約定，並未簽定合約；而且「寒舍」是個實力雄厚的畫廊，范曾選擇與「寒舍」簽約是他的自由，從情感上講雖有點不夠意思，但從道理上講卻無可厚非。就在這時候胡登峰跳出來了。大約在九月間，胡登峰來看李錫奇，說準備跟一個旅行團到北京去玩。到臨起行的前一天，他又到畫廊來，亮出一張二百萬新台幣的旅行支票，告訴李錫奇：「老大，你被范曾耍了一手，我來幫你報復。」李錫奇一聽有點緊張，忙問：「你想幹什麼?」胡登峰說：「我去買一批他的畫，來台灣展覽。」李錫奇立即嚴肅地告訴他：「你別亂來。我今天以一個畫家的身分，在台灣辦過多少人的展覽，范曾沒有答應讓我辦他的展覽，我會尊重他的選擇的。你去買他的畫來台灣辦展，這種不自重的行為我是絕不會幹的。」胡登峰臨走時，李錫奇還特別警告他：「絕對不可以用『三原色』的名義做任何事情。」說這些話時，「三原色」的另一個合夥人朱為白也在場。[13]

事情就出在胡登峰從北京回到台灣以後。《藝術家》雜誌刊登的高雄名人畫廊準備舉辦范曾畫展的廣告和三幅范曾的「作品」，都是由胡登峰提供的。此舉引起范曾的激烈反應，在名人畫廊不顧范曾的警告照樣舉辦范曾畫展的當天，范曾在北京召開記者會，嚴厲譴責假畫、駁斥胡登峰是直接從范曾手上買到這些作品的謊言，並把怒火燃到三原色畫廊和李錫奇頭上，懷疑是三原色畫廊指使胡登峰來北京購畫和在高雄舉辦展覽。

由於媒體沸沸揚揚的肆意炒作，李錫奇便成為了「范曾假畫事件」的峰尖上人物。

這一切，都是李錫奇後來從媒體的報導中才陸續知道的。

為了捍衛自己和三原色畫廊的聲譽，李錫奇通過媒體發表了一則聲明：

根據海外報載，北平畫家范曾宣稱：高雄名人畫廊展出范曾作品，係三原色畫廊胡登峰提供；李錫奇宣稱於此間另一畫廊簽約前，購得其作品一批等語，因純子虛烏有，足以引起誤會，茲聲明如下：

一、三原色畫廊組成成員並無胡登峰其人，亦未委託胡某洽購范曾作品或安排展出事宜；

二、本人今年五月底確曾接受范曾之招待，但並未購入任何作品，事後亦不作任何有關展出與售畫之承諾與聲明；

三、高雄名人畫廊展出范曾作品與本人及三原色畫廊概無任何關連；

四、此事件如對本畫廊信譽造成任何損害，當依法保留對胡登峰及有關人事不當言行之追訴權。

除委請羅行律師為法律顧問依法維護本人及三原色畫廊之聲譽外，特此聲名，以正視聽。

胡登峰是怎樣弄到范曾的這批作品，而這批作品中究竟有多少是真畫、多少是假畫呢？這是至今尚難弄清的一個問題。這裏牽涉到前面提及的另一個人：北京寶古齋的副經理陳岩。胡登峰到北京搜購范曾的畫，主要是通過陳岩介紹或直接從陳岩手上買到的。陳岩一直從事書畫生意，與范曾也相識十多年，他手上確有一些范曾的作品，范曾自己也承認：「陳岩當時搞畫，我們畫家當時送給他一些畫，不是沒有可能。」[14]陳岩當時也確曾接受胡登峰的委託，向范曾提出拿十萬元人民幣買范曾十幅畫，這個比榮寶齋高出許多的價格，當時就被范曾拒絕了。問題是胡登峰說，他是通過陳岩的介紹，在十月一日由陳岩帶到范曾家裏，直接從范曾手上買了二十九幅畫的，並且出示了他與范曾的一幀合影。而范曾卻十分肯定自始至終只見過胡登峰一面，即五月李錫奇帶他來的那一次，所謂胡登峰與范曾的合影，也是那一天拍的。他查了日記，十月一日他不在家，怎麼可能在家裏把畫賣給胡登峰呢，而且一賣就是幾十張，這也絕不是范曾的風格和作為。他特地找來了陳岩詢問這事，陳岩大怒，當面寫了一張字據，聲明絕沒有帶胡登峰到范曾家中來買過畫。

胡登峰從陳岩手上買到一些范曾的真品這是可能的，但范曾肯定，至少《藝術家》雜誌前後發表過的四幅作品絕對是假的，是照著范曾一九八二年在日本株式會社出版的畫冊臨摹的。范曾說：「人物動作的微妙感沒有了。真畫是微微探著身子，他的身子畫直了。」他還舉了另一個例子，題款上的「每個字都像極了，我想是根據幻燈描下來的，可是漏了五個字。」[15]因此范曾還譴責，如果胡登峰手上有范曾的真畫，那他就是拿著真畫賣假畫，是一種魚目混珠的詐騙行為。

「范曾假畫事件」紛紛揚揚持續了幾個月，唇槍舌箭，你來我往，甚至差點演成「全武行」。弄清這個事件的來龍去脈、是是非非，並不是本文的目的，我們關心的是被牽扯其中的李錫奇人生的這一段小插曲。在雙方僵持得難分難解時，一個關鍵的人物出現了，這就是李錫奇的朋友，當時人在香港中文大學的劉國松。

劉國松聽說了李錫奇惹上這場難纏的「官司」，憑他與李錫奇相知三十多年的交情，知道李錫奇為人正派，不會作出這種讓人不齒的事，其中必有一些蹊蹺。一九八九年一月，當他聽說范曾正在香港訪問，恰好李錫奇來電話，說他準備去菲律賓然後到香港。劉國松覺得，兩位都是自己的朋友，朋友間有了誤會應該互相解釋一下，何不趁這個機會讓他們坐到一起，消釋一些誤解呢，於是便決定當個「和事佬」。他先徵求了范曾的意見，再取得李錫奇的同意，便在香港安排了范曾和李錫奇的一次見面。

一九八九年一月十日，在香港導演楊凡的家中，出席的除了范曾和李錫奇兩個當事人，還有電影導演楊凡、香港藝盟主席謝宏中、香港《解放時報》記者金鐘等。對談由劉國松主持，在簡短的說明後，范曾首先談了對這次會面的期待，他說：「我在大陸，李錫奇先生在台灣，都是在藝術界幾十年沉浮，歷盡人間滄桑的。我們在海峽兩岸的文化交流中，今後還有很多機會重逢和再次合作的可能，所以對前一時期台灣發生的范曾假畫事件所引起的震動，不能不重視。這個震動的影響不僅是港台地區，甚至美國、加拿大、國內各種新聞媒介都有介紹和反應。現在由於胡登峰這個人的一系列『搞渾水』的手段，使普遍的讀者難以辨別是非。今天能和李錫奇兄見面談清楚，這對於我們倆的聲望，對於海峽兩岸文化人的交往都會有很大的意義。」接著他回憶了五月與李錫奇會面的愉快過程，及後來胡登峰再到北京並謊稱是從范曾手中購到一批作品回高雄舉辦范曾畫展的詳細過程，揭露其以假畫冒充真品的種種細節，以及媒體的失誤傳遞造成對李錫奇的一些誤解。李錫奇也表示非常高興能有這樣的機會來澄清本人與范曾兄之間的誤會，並維護本人及三原色畫廊的聲譽。他特別感謝劉國松先生安排這樣一次會見，讓兩位當事人面對面地把事情談清楚，是非常必要和令人高興的。接著他強調胡登峰絕非三原色成員、胡的行為及高雄的范曾畫展均與三原色畫廊無關，坦承地將他所知的事情全部經過介紹出來。雙方言談甚歡，對彼此曾經的誤解都表示了歉意。范曾表示，回北京還要召開一次記者會，把這個消息向所有傳媒披露。他說：「我不能冤枉一個好朋友。」[16]

沸沸揚揚吵了幾個月的「范曾假畫事件」就此落幕。一張照片：劉國松張開雙臂摟著范曾和李錫奇，在劉國松的胸前，是范曾和李錫奇緊緊相握的手，記錄下這個難忘的時刻。

註釋：

1. 古月：〈奔忙於兩個家之間〉，見古月散文集《誘惑者》，大村文化出版事業有限公司，一九九一年十一月。
2. 見台灣《民生報》一九八三年九月五日第九版，徐開塵專訪。
3. 見《中國時報》一九八三年二月十二日第九版，鄭寶娟專訪。
4. 見詩覺季專輯《心的風景》，時報文化事業有限公司，一九八四年十二月一日。

5. 同註4。

6. 同註4。

7. 參見李亦園：〈若干文化指標的評估與檢討〉，廿一世紀基金會文化發展委員會編，收入《民國七十七年度中華民國文化發展之評估與展望》，行政院文化建設委員會，一九八九年三月。

8. 見《歐洲日報》記者陳揚琳的採訪〈李錫奇與環亞藝術中心〉。

9. 見〈這一次我們說真的！——范曾假畫事件香港會診記實〉，沈鹿整理，《新未來》雜誌，一九八九年二月號。

10. 同註9。

11. 同註9。

12. 同註9。

13. 同註9。

14. 同註9。

15. 同註9。

16. 同註9。

第六章

循著歲月的年輪
有一片閃閃的曙光亮起

——古月：望山

一

一九九〇年四月，當李錫奇結束自己最後一檔畫廊業務時，他的說法是，希望集中更多時間和精力從事創作。其實，整個七〇年代和八〇年代，無論畫廊業務多麼繁忙，李錫奇也未曾放鬆自己對現代繪畫的探索和創作。[1]

這是李錫奇藝術生命最豐實的一個時期。

對台灣而言，一九七〇年代是個多事的年代。一九七〇年由於美日私相授受將中國領土釣魚台劃給日本而爆發的全球華人保釣運動；一九七一年聯合國恢復中國大陸在聯合國的席位、台灣宣佈退出聯合國；一九七二年尼克森（Richard Milhous Nixon）訪華，美國宣佈與中國大陸關係正常化；同年，日本緊步後塵宣佈與中國大陸建交……一系列相繼而來的重大事件，在帶給台灣巨大的衝擊同時，也激發了台灣社會重新思考與美日關係的民族主義情緒。這個帶有反美反日傾向的社會思潮，波及廣泛，誘發了台灣對近三十年來因仰賴美國而過度西化的抨擊與反思。在文學上，首先是關傑明於一九七二年對台灣現代詩的尖銳批評，和一九七三年唐文標以余光中為標本對現代詩近乎清算式的全盤否定。在眾多的批評聲中，推動了台灣現代詩進入一個以「重認傳統」和「關懷現實」為標誌的自我省思和調整時期，並迅疾擴展到藝術的各個層面。隨著這一思潮的深入，發展成為一場影響深遠的鄉土文學論爭和鄉土文學運動。這場論戰雖以文學為發端，實際上廣泛涉及政治、經濟、文化的諸多方面，成為整個七〇—八〇年代台灣社會和文化發展的宏闊背景。

藝術是社會一根敏感的神經。無論是整個藝術界還是藝術家個人，都不能完全置身於這一系列重大事件之外。社會思潮的轉向正如評論家黃義雄所說的：「民族感染的情緒普遍反映在文化界，使得影響文藝界深刻的事件紛紛出現，如七十一年《漢聲》英文版創刊、七十五年《藝術家》創刊、雲門舞集首演、《雄獅》在七十一年創刊等，似乎許多事情一下子被改變了。其動機如同林懷民說的，只是『中國人作曲，中國人編舞，中國人跳給中國人看。一句民族主義的口號。』」[2]

這一文化思潮的轉向，使李錫奇本來朦朧的以民族文化作為自己創作「本位」的觀念，變得更加清晰了。

對李錫奇個人而言，七〇年代也是他藝術和人生的一個轉捩點。首先，六〇年代與他一起打拚的現代藝術家，不少已經移居國外發展。隨著一九七一年東方畫會最後一次展覽結束，一九七二年五月畫會也停止了活動，同年，現代版畫會也在台北舉辦最後一場告別展出。至此，一個被稱為「畫會時代」的熱熱鬧鬧的發展時期，正式淡出歷史。此後李錫奇的藝術創作，從秉性喜歡熱鬧的同行之間互相激勵，走向多少有點孤寂的獨自探索。「路漫漫其修遠兮，吾將上下而求索」，或許多少可以道出一點李錫奇彼時的心緒。

當年李錫奇也曾經想過出國，這是那個時代所有年青的現代藝術家都曾神往的必然之路。不過，遭受家變的李錫奇，一是父母尚未從那巨痛中走出來，他無法捨離父母遠行；二是出國必須有一筆頗為可觀的費用，一個還要養家的小學教師的微薄薪俸如何承擔得起？精神的和經濟的過重負擔，使他只好放棄這個夢想。

此時，已經結婚的李錫奇，和妻子古月詩畫相諧，日子雖然不易，卻很快樂。很快，兩個被他視為自己「最好作品」的女兒相續出世，溫馨的家庭生活改變了李錫奇的性情，也改變了他現代藝術的面貌。這個被楚戈譽為「畫壇變調鳥」的藝術家，一直以他一以貫之的現代精神，既衝鋒在現代藝術各種變貌的最前沿，又探索在西方影響之東方「本位」的複雜變奏之中。從早期具象、半具象、抽象到超現實，再到普普和歐普，從材質的木板、甘蔗板、卡紙到布拓，再到實物裝置和方圓變位的系列連作，他藝術風格的「善變」，是多面的、大跨度的和快節奏的。西方藝術他想拿來，民族藝術他想再造；而凡他能想到的，沒有他不曾嘗試過的；凡他所嘗試的，沒有不具自己獨特的面貌。

而今他似乎沉靜下來了，如他從一個浮躁的風華少年走向已為人父的人生中年。風格也由粗獷、灑脫變得精緻、細膩。雖然他仍然不斷在變，從材料、從工具、從方法、從觀念不斷拓展藝術的創新之路；但他以前所未有的耐心聚焦在一個凝注點上，從七十年代初的《月之祭》開始，到八十年代末的《臨界點》，幾乎二十年時間，他在中國書法——這個幾千年祖先創造的從象形、指事到會意的抽象文字基礎上，再度抽象，去其字義，變其字形，截其筆劃，留其

1

2

1.2. 1970 年代李錫奇進行絹印版畫及複合媒材創作。
3. 1970 年代李錫奇專注於版畫創作。

筆勢，進行重新的造形。他融書入畫，但字已經沒有了，只留下筆劃；但也不是筆劃，只是以氣相貫、充滿了節奏感和韻律感的筆勢，敷以色彩，使二維的平面有了三維的效果，像深邃蒼穹裏閃灼飛舞的無數慧星，彼此照耀，互相呼應，構成一種時空行進的壯觀。他就在這個充滿現代感性的民族元素上，拓展自己獨特的藝術空間，一步步攀登自己藝術創造的高峰。

二

「月之祭」是李錫奇此後二十年融書入畫探索的開始。

在李錫奇以往的藝術經歷中，除了早期表現故鄉金門的少數幾幅版畫，他極少以具體的社會事件作為自己創作的動因和表現的對象，「月之祭」可能是唯一的例外。

一九六九年人類登月的壯舉——如本書第四章第三節所曾介紹的，帶給人類的震撼是多方面的。當七月十六日那個尋常的星期天，李錫奇和古月在晚飯的餐桌前從廣播驀然聽到這個消息，他們內心從瞬間的驚喜轉為悵然的失落，那種複雜感喟是難以言表的。月亮是中國人創造的一個美麗神話，是作為中國人精神故鄉的美好寄託。但當人類登月的實踐證明月亮上面只不過是一片坑窪醜陋的不毛之地。偉大的科學事件轉化成為一個悲劇性的人文事件，人類對月亮寄託的所有美好想像瞬間化為泡影，這無情的事實對中國人情感的打擊，無疑是巨大的。

藝術家是敏感的。整個晚上李錫奇和古月都在議論這件事，他們經歷了一個難眠之夜。詩比繪畫更快地作出反應，五天以後，一九六九年七月二十一日凌晨，古月就完成了她題為「月之祭」的第一首詩，遙向青天灑一杯祭酒，為那因「一步致命的迫降」而死去的嫦娥哭泣（全詩見本書第四章第三節）。或許這是他們那晚的約定，也或許是古月最先完成的這首詩誘發了他們後來一系列創作的靈感，李錫奇和古月用了整整四年多時間，圍繞這一事件完成了一個系列作品：十首詩和十幅畫的「月之祭」。[3]

一九七四年四月十日至四月二十三日，以「月之祭」命名的「古月．李錫奇詩畫展」，在台北鴻霖畫廊首次完整展出，為中國當代藝術史留下一次詩畫相融的經典紀錄。[4]

在古月的詩裏，詩人寄情於月亮的是一個美麗女子的幽怨和哀傷。古月寫詩，常常將自己化入詩中。發生在天外的事件，進入古月詩中，都是人間的故事，女人的故事，或者說古月想像中的自己的故事。或喜或悲，或感傷或幽怨，都烙著詩人精神和情感的印跡。《月之晦》那種對愛的癡情和傾心的喜悅，《月之茫》那種水天相映的兩情溶悅，《月之聲》那種喜極而泣的毅然獻身，《月之焚》那種「被一次全蝕的佔有」後的創痛，《月之怨》那種「狂捲起多少漢笙往事」的失悔，《月之影》那種「僅有秋蟲知我」的孤寂，《月之魂》那種奔向「原始之黑」的絕望的呼叫，《月之隱》那種星河隘口「也淌不出一條路來」的茫然……那個遙在天邊的月亮，被科學證明只是一塊冰冷石頭的月亮，在詩人的演繹下，充滿體溫和血肉，憫人和自憫，自傷和自怨，一種普世的情感和普世的關懷。

李錫奇的畫卻不同。繪畫做為一種訴諸視覺的空間藝術，不同於詩歌——一種訴諸聽覺的時間藝術，可以娓娓道來，講述曲折複雜的情感故事。繪畫所截取的只是時間過程中一個凝固的斷面。在李錫奇的「月之祭」裏，他跳脫了具體的事件和細節，畫面極其單純，只有居於畫幅中心的一輪圓月，和與這輪圓月形成某種對話關係的幾筆簡約的楷書筆觸所暗喻的天宇環境。畫家就通過這簡約造形，既單純而又豐富地呈現天宇之中不同於古月的月亮故事，看似無言卻燃燒著同樣激越的感情。畫面中心都是一輪渾圓、飽滿的圓月，但處於不同空間背景中漸層變化的淡藍的月亮、澄黃的月亮、瑩紅的月亮、慘綠的月亮……以及楷書筆劃排列所象徵的山川大地、星宇空間，與圓月對峙構成的或寬鬆或逼仄、或舒緩或緊張的關係，飽含畫家極大的情感暗示，其所給予觀賞者的心靈衝擊也完全不同。現代藝術不是要告訴你什麼，而是透過形象的暗示，啟悟你去感知什麼。抽象繪畫的不確定性和主題繪畫的命題所指，構成了李錫奇這組作品解讀的多元性，每個觀賞者都可以從畫家的提示（標題）和形象的暗示，按照各自的感受去發現和形塑自己的月亮和月亮故事。這就使得「繪畫的」「月之祭」不同於「詩歌的」「月之祭」，有了更為寬闊、多元的闡釋空間。它們彼此的藝術生命既相聯繫又各自獨立。

「圓」是李錫奇許多作品最常見的造形符號，從賭具系列骰子和牌九上的圓點，到方圓變位中的漸「瘦」而「胖」或漸「胖」而「瘦」的圓，李錫奇把這個幾何符號刻繪得風姿綽約、出神入化。「月之祭」的造形主體也是「圓」，不過這個「圓」不是冰冷的幾何圖形，而是浸染了畫家情感的一輪寫實的圓月。變抽象為寫實，這是二者的不同；而寓寫實於象徵，這又是二者之相似。延續了此前圓的造形中色彩漸層的變化，這輪圓月有了更豐富的內涵。溫馨的、歡愉的、可人的、哀怨的、激憤的、絕望的……十幅作品圍繞著「月之祭」的主題，描繪了隨著情緒跌宕而呈現一系列變化的月亮的多面性。色彩的情緒化也即是月亮的人格化。移情於物而又擬物狀情，中國傳統的審美法則在李錫奇現代的藝術傳達中，同樣發揮著巨大的效用。

李錫奇這些作品，在製作技法上有所突破。熟悉他創作的蕭瓊瑞介紹，開始他基本上採行一種鏤空版畫的技法，用紙版雕空所需的形狀，再以滾筒在版上滾動，顏色透過鏤空的部分印在畫紙之上；後來，他嘗試直接將油墨滾在這些紙版上，再拓印到畫面上，取代此前鏤空式的透版技法，獲得更好的拓印效果；再後來，隨著技術的進步，他又改採照相絹印的方法，使絹印的畫面質地更加細膩，色彩漸層的變化也更豐富。不少評論家認為，李錫奇這一時期風格上的走向精緻、細膩，是畫家婚後安定、溫馨的情感生活的反映。從藝術心理學的角度講，這當然不無道理；但從另一方面看，絹印技術的使用，使畫面色彩更加柔和、細膩和豐富，正吻合「月之祭」主題表達的需要。在藝術創作上，形式從來不僅僅只是形式，技法的選擇也從來不僅僅只是技法，它是畫家心靈與作品、形式與內容、審美與技巧互相選擇和融合的結果。

這是李錫奇以中國傳統的書法元素作為自己新的繪畫語言的開始。

中國書法本身就是一種抽象藝術。最初造字的象形，是對物的抽象，後來發展的指事、會意、形聲，是在物的抽象基礎上的二度抽象。商禽在討論所謂「二度抽象」時曾經指出，中國文字對於西方抽象藝術來說，由於文化上的隔閡，本來就沒有「意義」；但對一個中國畫家而言，卻必須努力去克服這些文字的「意義性」以及更頑強的傳統書法所遺留下來的習慣性。這是李錫奇所面臨的「二度抽象」的挑戰。他必須把「字」打破，從根源於道家哲學的「欲進先退」、「欲左先右」的書寫傳統中解放出來，以書法的氣和韻，獲得再度抽象的自由。」[5] 線條是文字進行抽象的基本手段，因此，線條是書法的生命。線條的形和運筆的勢，帶來了書法的造形感、節奏感和韻律感。這些都為書法融入現代藝術，提供了可能的創造空間。杜十三在評李錫奇這一時期的作品時說：「中國書法的蒼勁、空靈與豪邁，與中國人所處大地山川的壯闊以及婉約、挺拔，有著息息相關的脈絡依循。雪地綻梅如『點』，有自然著痕之妙；湖上斜柳如『撇』，有隨風無奈之姿；江上行舟如『捺』，有瀟灑迤邐之態……書法中種種氣韻質素，幾可全由中國大地山川的大自然景態找到模擬轉化的痕跡。我們之所以稱書法為藝術，即因書法在文字的表達功能之外，在形象結構的本質上，還具有美的移情，與韻律節奏的獨立性傳達功能。」[6]

不過，李錫奇的融書入畫不是對書法的整體攝取，他捨其字義，變其字形，留其筆劃，揚其筆勢，書法的整體感被解構了，卻以其筆劃為元素，通過畫面的重組，筆勢的強調，色彩的渲染，以其獨特的造形感、節奏感和韻律感，強化了書法藝術的精神和靈魂。這是書法的再度抽象，受啟於書法卻已不再是書法，是對書法的超越，如他自己對這一時期一系列作品所命名的：「大書法」。所謂「大書法」並不就是書法，是被提升了的書法的精神和本質，是他以書法元素在中華文化本位上的一次再創造。

對於李錫奇這一創造，杜十三有一段精采的評論：「從前期的《月之祭》版畫作品裏，中國書法的質素在經過李氏的歸納提煉，和絹印的演繹運作之後，已經呈現了濃烈的現代風貌，使書法的氣韻內涵有效的融入其獨特的現代藝術語言之中，和現代中國人生活的質感相呼應，而成為李氏繪畫歷程空間裏不可或缺的一個座標。同樣的書法筆觸造形，從紙筆墨硯的傳統質感和古老的平面趣味解脫而出，加上三度空間帶來的雕鏤，所實現的一『點』、一『撇』、一

『捺』……都能產生的質感和速度，吻吻貼貼的配合著現代人的脈搏律動，從而肇建了色彩在書法起落筆觸造形中的新頻率，共同營造出一個高貴而引人入勝的視覺語言世界。」[7]

「月之祭」只是李錫奇走向融書入畫的第一步。一個藝術家的最初探索，往往帶著某種不成熟；但這個最初的探索，往往也因此更加深具意義。對於李錫奇而言，首先，「月之祭」開始了他的一個新的藝術時期，是他尋找的一種新的繪畫語言。此後將近二十年，他堅持在這條路上，經歷了「時光行」、「生命的動感」、「向懷素致敬」、「臨界點」等被稱為「大書法」系列的幾個階段，終於攀上了他藝術人生的一個高峰。其次，「月之祭」標誌著他從西方回歸東方、從民俗走向人文的一次重大轉變。李錫奇早期從西方回歸東方，他所認知和堅持的中華文化本位，其基點主要放在民俗、民間文化上面，最典型的代表是「賭具系列」的創作；而自受啟於《清明上河圖》創作了充滿東方哲學意味的「方圓變位」以後，特別是「大書法」系列以來，他的基點更多地已轉向文人文化。我們無意區分民間文化和文人文化的高低，只把它作為一種特性和過程來認識。認識這一過程，對於認識一個畫家具有重要意義。事實上李錫奇後來的發展，又將民間文化的和文人文化融合在一起，作了新的探索，如他在九十年代之後的「漆畫系列」所表現的那樣。

當年李錫奇選擇書法元素作為自己新的藝術語言，或許只是一種無意，他未必想到此後會有如許的發展；但這個無意的、卻有意義的選擇，開創了此後李錫奇將近二十年的一段藝術奇蹟。

1

1. 月之隱，1974 年，51×36cm，絹印版畫。
2. 月之晦，1974 年，51×36cm，絹印版畫。
3. 月之魂，1974 年，51×36cm，絹印版畫。
4. 月之焚，1974 年，36×51cm，絹印版畫。

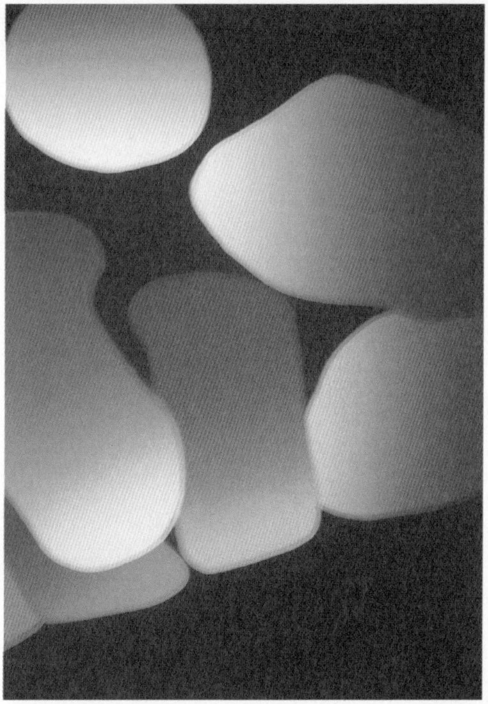
2

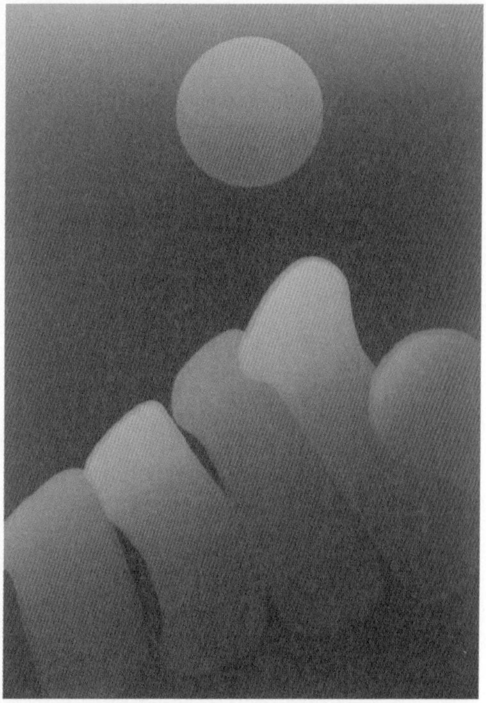
3

4

三

李錫奇從「月之祭」開始了把中國書法元素融入現代藝術創作的新探索。不過當時書法元素還不是李錫奇作品的主體，它的主體是月亮，書法元素的造形只是為了襯托、渲染那輪充滿人間悲喜情懷的月亮。「月之祭」之後，書法元素才作為主體進入李錫奇畫作的中心，並且逐漸由楷書向行書和草書元素作更大幅度的吸收和改造。

這是一次內涵深刻、時間漫長的極富挑戰性的探索。

在「月之祭」創作的同時，李錫奇還有一些在楷書筆觸上造形的作品，如與古月一詩一畫互相配合的《春》、《夏》、《秋》、《冬》（古月的詩題為〈春之聲〉、〈夏之影〉、〈秋之旅〉、〈冬之流〉）。這些作品沒有了「月之祭」中那輪作為主題的圓月，書法元素從配角成為主體，是一個獨立的藝術造形。這組基本上還是在楷書筆劃基礎上造形的作品，通過色彩的對比和精微的漸層變化，表現畫家對時序變化的敏感和歲月滄桑的感慨。這種敏感和感慨，使李錫奇的作品越來越明晰地傾向於表現時間和空間留下的痕跡。不過，就這組作品而言，過於強調楷書的筆觸造形，在構圖上有如飄散的落葉堆掃在一起，多少讓人有某種礙滯、堆砌的感覺。

之後五、六年——我指的是從一九七六年的《往事》，一九七七年的「日記」系列，直到一九八一年的《決定》、《變位》，以及一九八四年的《掠過》等，手頭資料不全，相信這一時期還有其他更多的作品。但僅從李錫奇畫冊中保存下來的這少許幾幅作品，仍可以看見畫家在書法元素上探尋的脈跡。比起之前作品，這批作品最大的不同是，畫家從楷書筆劃的造形走向行書／草書動勢的表達。原先塊狀的、孤立的、靜止的楷書筆劃，連貫成線，如行書／草書般使畫面靈動起來、活躍起來了。如一九七六年的《往事》、一九七七年的「日記」系列等，雖然還保留著楷書的某些點劃的痕跡，但畫面線條的連綿糾纏，已具行書的動勢。在中國書寫史上，行書是介於楷書和草書之間的一種書體。最初只是為了追求書寫的快捷，而將楷書的筆劃簡化和連結起來，卻由於這一線條的簡化連結，賦予了行書不同於楷書的書寫法則和審美特徵。行書／草書的快捷、流暢、輕靈，不同於楷書的端正、嚴謹、凝重，呈現出書寫藝術的另一種充滿了節奏感和韻律感的動態美，相對而言，更適於用來表達藝術家自由、奔放的精神個性和情懷。李錫奇融書入畫的由楷而行，包含著這樣的審美選擇。其核心就在線條的連結和行走，這種連結在很大程度上是由這一時期畫家最喜歡的色彩漸層來體現的，使畫面充滿柔和、細膩的美感。畫家似乎有意地保留單字的結構，但由色彩漸層把原先楷書的筆意連結起來的線條，使整幅作品像字又不是字，是一個獨特的美的造形，卻能引起我們對原先字形、甚至字義更多的聯想。

這是李錫奇融書入畫的關鍵一步：由楷而行、由靜而動、由重筆劃而重筆勢，許多美好的藝術創意，隨之而生。沒有這一步，也就沒有後來畫家「向懷素致敬」的那一系列被稱為「大書法」的作品。讓人若感不解的是，在李錫奇眾多的評論中，少見有對於這一階段創作的評

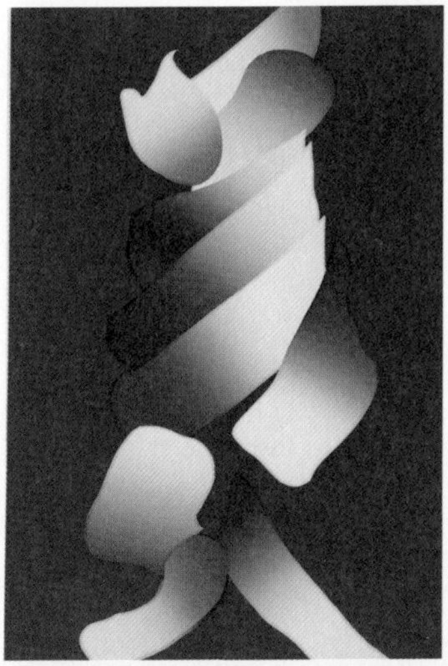

1

2

3

1. 日記，1976 年，89×60cm，絹印版畫。
2. 記憶 8033，1980 年，絹印版畫。
3. 記憶，1976 年，65×105cm，版畫。
4. 掠過，1983 年，74×48 cm，絹印版畫。

說，每每談及「月之祭」之後，便直接進入「時光行」的討論。而在我看來，這是李錫奇融書入畫帶有轉折性的一步，也是他走向「大書法」不可或缺的環節。

李錫奇這一階段的作品，常常是有標題的，這或許是「月之祭」的餘韻。這些可能是由於某次靈感的觸動而獲得的作品「命名」，與「月之祭」不同，是一個並無實指的「具體的抽象」，如「往事」，如「記憶」，如「掠過」，究竟何事？何憶？何物？好像很具體，其實很抽象。在人們對藝術品的審美過程中，此類標題其實並不重要，人們完全可以忽略這些「命名」的提示而直接進入作品本身，感悟你所感悟、發現你所發現的。現代抽象繪畫的不確定性，使不同觀賞者的不同理解和感悟，參與到作品的最後「完成」。作品的命名，外在於作品自身，是第二性的，只有作品形象，才是第一性的。作品的形象往往比作品的標題有更廣闊的想像空間。李錫奇這一時期許多命名性的作品，都可作如是觀。

一九八〇年前後，大約兩三年間，李錫奇推出了一個新的系列：「時光行」，包括《時光行》之一、之二、之三、之四，和《四季之旅》、《冰河之旅》、《穹蒼之旅》、《金陽之旅》、《無極之旅》、《荒漠之旅》等十幅作品。李錫奇仰望太空，宇宙無限之大，歷史無限之蒼遠，而人是多麼渺小。他努力要表現的，是人的渺小如何把握住浩瀚的空間和蒼遠的時間。古月有一首同題詩寫道：

走向你　走向無垠
火山熔漿般

傾來一片大寂寞
我的眼睛因仰望你而
炙傷
仍投以千萬遍瞻戀

——古月：〈時光行〉

這種執著於對時間和空間的追求和把握，使面對空茫浩宇的人類個體，也顯得偉大起來。登月是人類走向太空的開始；「月之祭」的創作使李錫奇也把目光射向太空。前期隱藏在諸如「方圓變位」系列等作品中尚屬朦朧的時空意識，變得清晰和走向自覺。他直接以宇宙宏大的時空及其變化，作為自己描繪的對象和表現的主題。《時光行》系列就是這樣典型的作品。

線條依然是這組作品的主要造形手段，不過它已經不同於《往事》、《記憶》等那些作品，通過筆劃的糾葛表現某個像字又不是字的造形美，而是寄予線條對宇宙時空更大的象徵和暗示。從畫面看，這是一道寬邊的、連綿舞動的橫向線條，在深黯的底色上映襯出太陽般光芒的斑斕色彩；幾乎達到極致的色彩漸層技術，描繪出彩帶般的寬邊線條在糾結的舞動中，受到光的作用，而呈現出扭轉、婀娜、飄逸的姿態和色譜般的豐富變化；背景從凝重到澄明的過渡，烘托著線條的輕靈和色彩的多姿，形成鮮明對比，有如我們從外太空看到的星雲掠影那般讓人驚艷；帶有金屬般硬邊質感的線條，其正面、背面，行進、迴旋，扭轉、波折，都在色彩的過渡和漸變中得到淋漓盡致的表現。就審美的角度言，這是一組色調高雅、造形別緻，既與

4

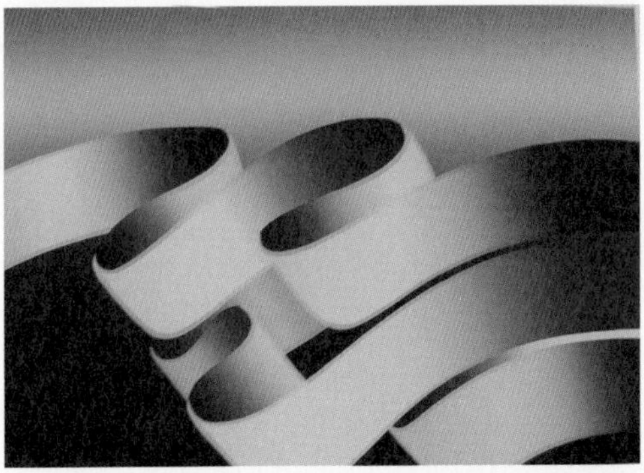
1

2

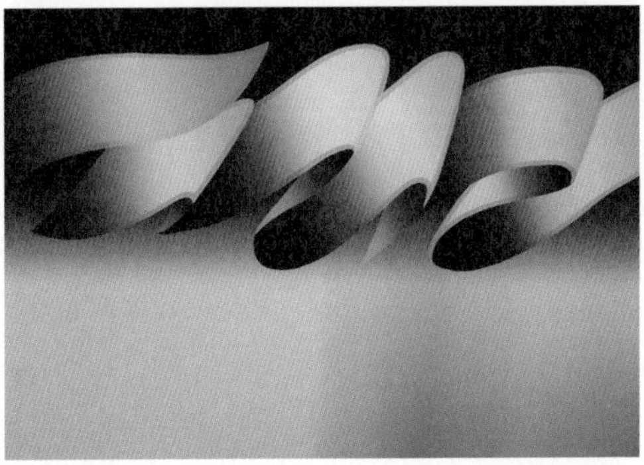
3

1. 金陽之旅，1981 年，36×51cm，絹印版畫。
2. 時光行之一，1981 年，36×51cm，絹印版畫。
3. 時光行之二，1981 年，36×51cm，絹印版畫。
4. 日記 8101，1981 年，90×60cm，絹印版畫。

先期書法元素的書寫性風格相聯繫，又在線條的構成和色韻的變化中不同於單純書法造形的別有寄意的作品。既表現「時光行」這一總主題的共性，又在線條的構成與色韻的變化中呈現出與具體作品如《金陽之旅》、《蒼穹之旅》……等等命名相一致的個性生命。據說，「最初藝術家的構想，是以西洋的『十二星座』為主題，之後發覺有人已經做過，乃改為對於十二個月的描寫；最後則完全放開，純粹以個人的直覺感受，表達出對浩瀚宇宙、無垠時空的感懷。」[8]如果畫家按照最初的主題設想表現西方的十二星座或東方的十二月景，那麼，我們看到的將可能是另一個「月之祭」的繼續；幸好畫家最後選擇了「個人的直接感受」，我們才有幸看到這組「表達出對浩瀚宇宙、無垠時空的感懷」的作品。

在創作「時光行」系列前後，李錫奇還推出了一組題為「生命的動感」的系列作品。李錫奇在談及這組作品的創作時說，童年的故鄉金門是個戰亂之地，兵匪頻頻，為祈保平安，只有求諸神明。於是金門人敬神侍佛，十分虔誠。無村不寺，無鄉不廟。朝禱晚叩，香火鼎盛。每逢「拜拜」，就是孩子們的節日。特別到了晚上，鄉村四處燈火黯然，唯寺廟的燭火依然熾焰。孩子們最喜歡把燒剩的線香拿到外面來玩。那時候四周一片漆黑，只有手中舞動的線香，那燃著的一點星火，劃出一道道燦燦的圓圈，閃閃爍爍，如霓虹般在寂寞的夜空喧囂釋放。幾十年來，故鄉這份記憶從未在李錫奇心中淡沒。因此當他在畫紙上馳騁自己的線條時，便將這段童年記憶，轉化成為一種充滿動感的線條造形。這個最鄉土的人生記憶可能還參雜著李錫奇前此幾年在香港中文大學客座的都市生活體驗。香港這座被譽為「東方之珠」的國際大都會，每臨夜幕降落，華燈初上，無處不是霓虹閃爍，燈光喧譁，把個夜香港裝點得金鑲玉砌、珠光寶氣。因此，這個最初叫「生命的動感」系列，同時也被稱為「霓虹」系列。畫家把「時光行」系列中富於節奏感的寬邊橫向線條，轉化為連綿不斷的循環律動，以陽剛的動勢，蜿蜒糾纏地延伸到畫面以外。作品的命名可能是後設的，但「動感」二字則是李錫奇記憶的核心，點出了這組作品的靈魂。

在李錫奇眾多的作品中，這一個系列或許稱不上最好。蕭瓊瑞曾經批評說：「那些平行流動的線條，雖然還可以看到書法的痕跡，但色彩的感覺，以及形式的流於制式，已然失去了以往飄逸、瀟灑、悠遠、迴蕩的東方素質。」[9]但蕭瓊瑞仍然肯定這組作品的意義，稱它「已完全拋棄了版畫的影響」，也拋棄了幾近純熟完美的絹印技巧，開始嘗試用噴槍將油彩和壓克力顏料結合起來作畫，作品畫幅也因此變大了。不過在我看來，這組作品還有一個不容忽視的意義。無論是「月之祭」還是「時光行」系列，儘管李錫奇的線條造形，已逐步從「楷書」走向「行書」，但他線條運行的速度依然緩慢，有著明顯的設計和佈局。唯有到了「生命的動感」，線條行進的速度才驟然加快起來，有了一種自然流瀉的強烈的動勢。這或許是童年遊戲的記憶所致，也或許是作品命名所追求的效果。但無論怎樣，這意味著李錫奇開始了走向草書動勢的探索。在這組作品中，可能還是偶然的、無意識的，但對後來而言，卻是一個意味深長的開始。需要有一個機緣，如平地驚雷一樣，來喚醒他潛意中這種以草書的動勢為基本造形的自覺創造意識。

我們且慢慢等待。

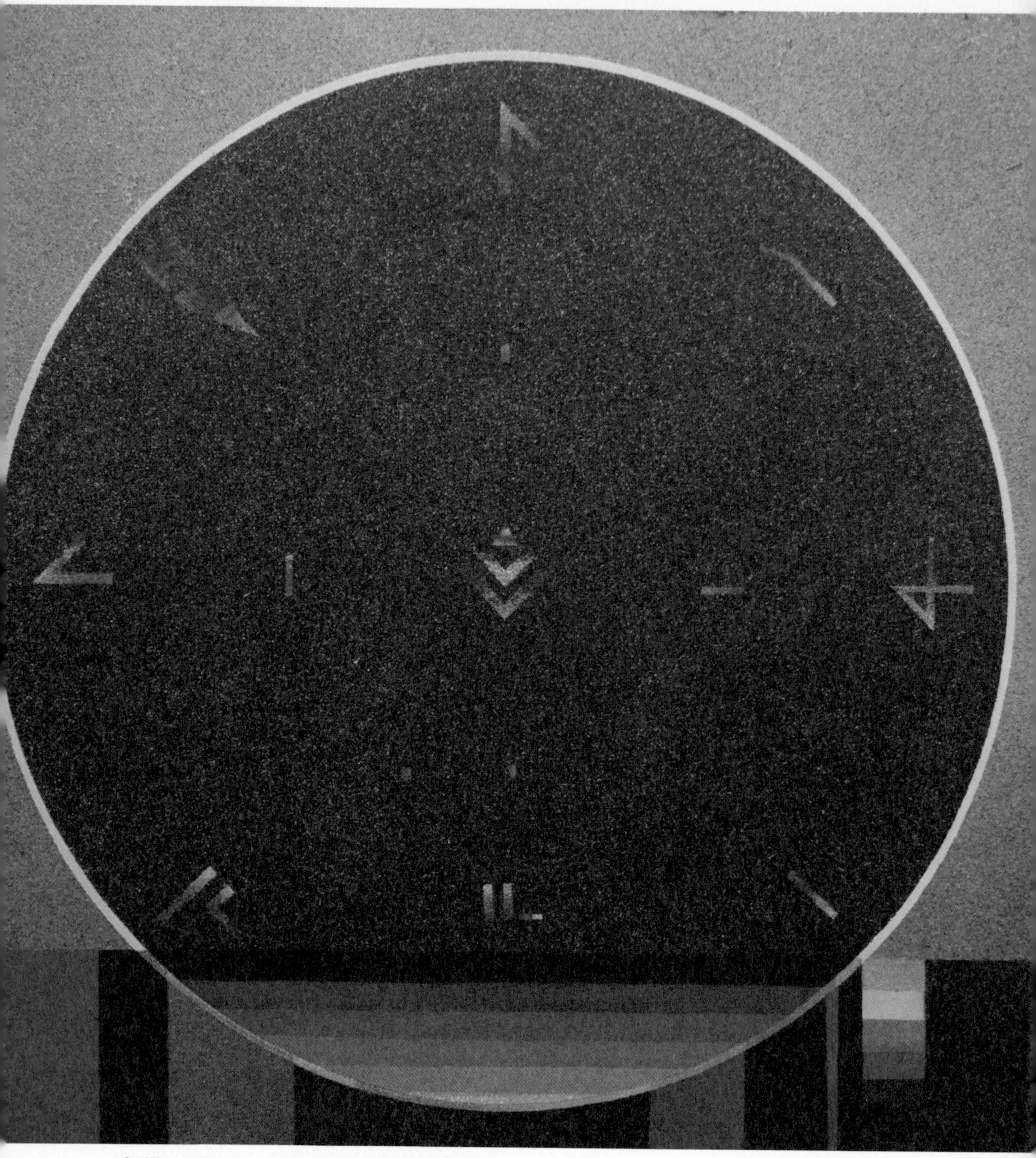

無題，1979 年，150×150cm，複合媒材。

四

台北故宮博物院是李錫奇常去的地方，他的好朋友楚戈就在故宮工作。每有朋友自遠方來，或者故宮有什麼特展，李錫奇總要呼朋喚友前去流連一番。

如今已經記不清是在哪一次的故宮展覽中，給了他這驚艷的一震。他陪著幾個朋友，如往常一樣在展廳裏流覽，走走，停停，看看。這裏有一個唐宋書法精品的特展，書法是他最近幾年創作憑恃的一個重要元素，不過這時，他還在相對靜止的楷書或行書的筆劃線條上試驗。他似是無意卻是有心地穿過故宮的許多展廳，來到這個特展參觀。不經意間他像被電灼著了一樣，被櫥櫃裏的一本法帖墜住了腳。隔著展櫥厚厚的玻璃，法帖上龍飛鳳舞的筆跡，彷彿黯夜中突然燿亮的一道道霹靂閃電，在他面前交錯飛騰。他再三定睛，知是唐人懷素的草書《自敘帖》。他還沒來得及辨清那些字跡的內容，但見那連綿騰挪的筆劃，早已從櫥櫃的玻璃後面兀自騰飛起來，像敦煌飛天兩臂纏繞的彩帶，隨著輕盈的舞姿曼妙地飄動。彷彿不在人間是在仙界，他激情的心靈也隨著那些連綿飄逸的草書舞動起來。

這是李錫奇第一次無意間讀到懷素草書時那種驚艷的震撼。

故宮歸來，他跑到書店尋找各種草書字帖。從晉代尊為書聖的王羲之《草歌訣》，到唐孫過庭的《書譜》、宋蘇軾的《醉翁亭記》、黃庭堅的《諸上座帖》、明文徵明的《前後赤壁賦》、董其昌的《右軍逸名帖》、祝允明的《草書詩帖》，直至清王鐸的《草書詩卷》等等，林林總總，美不勝收。其中最讓李錫奇神往的當然是有「顛張狂素」之稱的張旭和懷素。尤其是懷素，這位生於唐開元年間，俗姓錢，字藏真，法號懷素的一代狂僧，自幼好佛，卻性情狂放，吃肉、喝酒、作書、雲遊等等無所不為。有言他一日九醉，每醉，則索筆揮毫，無論粉牆、衣物、器皿，信手取來，恣意揮灑，世人皆視為寶物。其書以狂草名，若驚蛇走虺，劈雷閃電，筆勢連綿，上下翻轉，忽左忽右，起伏擺蕩，人稱為「醉書」。其交遊廣泛，彼時文人士紳，如顏真卿、李白、盧象、張謂、韋陟等，皆與之交好，時有詩歌讚語相贈。《自敘帖》中多有引敘，尤以從父（叔叔）吳興錢起送他還鄉的詩中一聯：「狂來輕世界，醉裏得真如」，最見懷素精神。楚戈曾說：「書法，不但是東亞文化共同體的象徵，也是人類文化中造形美術的最高成就。原本是簡單的表意文字符號，卻把文字中的抽象美，從視覺的範疇，提升到精神的層次，在字裏『行間』，在造形與筆墨之間，把書寫者的人格、心性、哲學思想、詩心，皆托之於毫素之中。」[10]

是的，這正是李錫奇喜歡懷素的原因。這麼多年來，李錫奇踟躕在中國書法面前，做了各種創造性的轉化、試驗和造形，但總感到未能盡意，彷彿仍有某種看不見的東西，像「心魔」一樣在困囿著自己，放不開手腳。面對懷素的狂草，他頓然有種穎悟，他缺少的就是懷素那種縱橫張揚，讓自己人格、心性、哲思、詩心完全融入筆墨的狂放和無羈。他與懷素似乎心有靈犀，他說：「當我們認為抽象畫是西方藝術時，我們應該平靜地打開懷素的字帖，懷素的草書就是最美的抽象畫，他的結構完美無匹，不管取出哪一個局部，都是完整的。」[11]他要尋找和表現的就是自己初見懷素狂草時那種被電擊著了的感覺，那種朦朧醉眼中雖辨不清字卻看見滿天金蛇一般狂舞的筆劃、筆勢和筆韻，他要的就是這樣一種精神，一種氣勢，一種騰挪天地的大視野、大襟懷。

一九八六年，李錫奇在環亞藝術中心舉行自己「三十年創作回顧展」，在這場盛大個展中，除了見證自己藝術歷程的作品外，最重要的就是推出一個新的系列：「頓悟」，後來更直接命名為「向懷素致敬！」

這是李錫奇在驚艷懷素之後的一次新的出發。

「頓悟」是南派禪宗六祖惠能提出的一個禪修的概念，強調人對自身佛性的剎那穎悟。現代心理學將它作為人類認識事物和解決問題的一個心理過程，指出人的剎那間穎悟，帶有突發性、獨特性、不穩定性和情緒性。這就很像李錫奇最初見到懷素狂草時，那被電擊了一般突然穎悟的一剎那。他以此為自己新作命名，肯認此一「頓」然之「悟」來自於懷素的狂草，所以要「向懷素致敬」。「頓悟」系列接續著四年前「生命的動感」中線條迅疾遊走的動態感，這次由於懷素狂草的啟悟，而更加恣意張揚。他再次想起童年在故鄉金門拜拜時，童伴們揮舞著手中線香，在夜空中劃出一道道閃光點的情景。不同的是，在「生命的動感」中，線條是連續的、循環往復的，雖有草書線條的快速動感，卻無一點「書法」的佈局和暗示；而在「頓悟」系列，線條更為自由奔放，虺曲婉轉，如星馳電閃、龍翔鳳舞，雖無一字可辨，卻讓人聯想起歷代書家狂草的書寫狀態。每根線條都有來歷，卻都不是原來的樣子，整體地呈現著狂草的制式、神貌、氣勢和起承轉合的法度。這是「非草書」的草書，「非狂草」的狂草。李錫奇坦承，在創作這批作品時，他曾把懷素草書中的某些段落、單字、筆劃、線條，從字帖上拓下來，製成幻燈片，有選擇地重新排列、佈局、組合，然後放大到畫布，在深黑的底色上，給舞動的線條以色彩的提亮、漸層的變化和「雲龍見首不見尾」般的過渡。這樣我們看到的這些作品，有著中國傳統書法鮮明的線條特徵和濃厚的書寫性趣味，但又絕不是中國傳統書法的線條和書寫，也不是懷素的線條和書寫，雖然許多線條都來自於懷素。傳統書法的二維平面，在色彩漸層的渲染、烘托、變化和過渡中，獲得了三維的立體的生命。

值得提起的是在此多年以前，李錫奇曾經有過一次美國之旅，在與當年那些共同為台灣現代藝術打拚而今海外成名的老朋友相處中，發現他們受西方當時流行的超現實主義影響，許多已放下畫筆，改用噴槍和壓克力顏料作畫。壓克力顏料的明艷鮮麗和噴槍細微到幾無筆觸痕跡的大幅繪畫，讓李錫奇別有一種強烈的現代感受。媒材、工具常常是伴隨李錫奇觀念發展而改變自己風格的重要因素。他尋思著怎樣找到一個恰切的表現對象，把西方的藝術手段轉化成東方的、民族的表現形式。創作「生命的動感」系列時，他開始嘗試以這種新的繪畫手段創作，碩大的畫幅和完全不同的視覺效果，使李錫奇就此走出了成就自己也束縛自己將近三十年的版畫，面向一種更具震撼魅力的藝術前景。

《頓悟——向懷素致敬》是李錫奇用噴槍和壓克力創作的一次成功的實踐。畫家從懷素的狂草出發，創造自己新的現代藝術空間。當懷素在宣紙上用毛筆細細寫出的那些虺結飛舞的線條，用噴槍和壓克力豐富細膩的色彩，「書寫」到碩大的畫幅上，我們仿如感受到似有真龍實鳳的翔騰。這是字，又不是字，是書法，又不是書法，是懷素，又不是懷素。這是畫家的重新

1

2

1. 頓悟 8606，1986 年，88×60cm，複合媒材。
2. 向懷素致敬 8607，1986 年，140×140cm，複合媒材 。

創造，把字從「字」中解放出來，打破了字的間架細構，棄其義，略其形，而留其勢、揚其氣和賦其韻。這些瘦勁婉轉的線條，改變了以往「月之祭」或「時光行」那種均衡平穩的構圖，牽連綿延，忽隱忽現，飛舞騰挪，色彩斑斕，讓我們仿如面對浩瀚的宇宙星空，看到那一道道閃爍不定、疾馳而過的星雲、電閃，世界頓然變得那麼悠遠、深邃和炫麗動蕩。李錫奇自「月之祭」以來的作品，無論「時光行」，無論「生命的動感」，都關懷著一個更大的星宇世界，常常把自己描繪的對象放在這個浩大的星宇中，讓人去感悟人世中時空的變幻。「頓悟」是李錫奇創造的諸多星宇空間中，最為色彩斑斕和充滿動感的。

台灣著名詩人商禽在題為「寂靜的雷鳴」的評論中[12]，以四句詩開篇，表達自己面對李錫奇畫作時的心境：

站立在廣闊無際的平原上
面對著一片漆黑的天空
突然竄出數道耀眼的閃電
你默默的等候著一聲驚心的雷鳴

這或許是所有面對李錫奇畫作的讀者都期待的那聲「驚心的雷鳴」，《頓悟——向懷素致敬》帶給台灣現代畫壇的，就是這樣一聲雷鳴！

這無疑是李錫奇藝術歷程上的一座高峰。此後數年，李錫奇一直在這條路上繼續深入拓展，他的線條出現了一些變化，從纖細走向渾厚，從婉轉牽連走向帶有象徵性的單個符號的羅列，其中有些符號性的線條像是從章草借鑑而來。但萬變不離其宗，這些作品都與最初「頓悟」的那些作品有很大的相似性，應屬於同一類型（系列）的作品。如果從一九七九年的「月之祭」開始，李錫奇將中國書法元素融入自己新的造形，已有將近二十年的時間。這些後來被李錫奇統稱為「大書法」的作品，已臻於成熟和完美；此時李錫奇的聲譽日隆，他完美地創造了藝術，也完美地塑造了自己。但這種「完美」使李錫奇預感到一種自我滿足和止步不前的危機。他清楚的看到，「有許多人找到一條完美的路就戀棧不出，不肯找新的風格，我不願成為那樣的畫家，一再重複自己。」他說：「在藝術，有什麼比變更重要的呢！」[13]

一九九〇年二月，李錫奇在自己主持的三原色藝術中心舉辦一次個展，他把這次展覽的主題命名為「臨界點」。從作品看，「臨界點」的作品延續著前此「頓悟——向懷素致敬」系列的創作路向，都是在草書線條的基礎上進行變化和造形，太多的相似性，使李錫奇強烈感到面臨再一次「變」的必要。「臨界點」的命名與作品無太大關係，是此時李錫奇心情的表白；從人生軌跡上看，李錫奇的「畫廊時代」從一九七八年的「版畫家畫廊」開始，經過「一畫廊」、「環亞藝術中心」、「三原色藝術中心」，已經經營了十二年。此時李錫奇已經五十出頭，不再像當年那樣有許多青春歲月可以隨意揮霍，開始有了一種「時不我與」的創作緊迫感。無論創作無論畫廊，二者都走到了「臨界點」，李錫奇面臨對自己藝術和人生重新選擇的時候了。

「臨界點」作為「三原色藝術中心」——也是李錫奇的「畫廊時代」最後一檔收攤的展

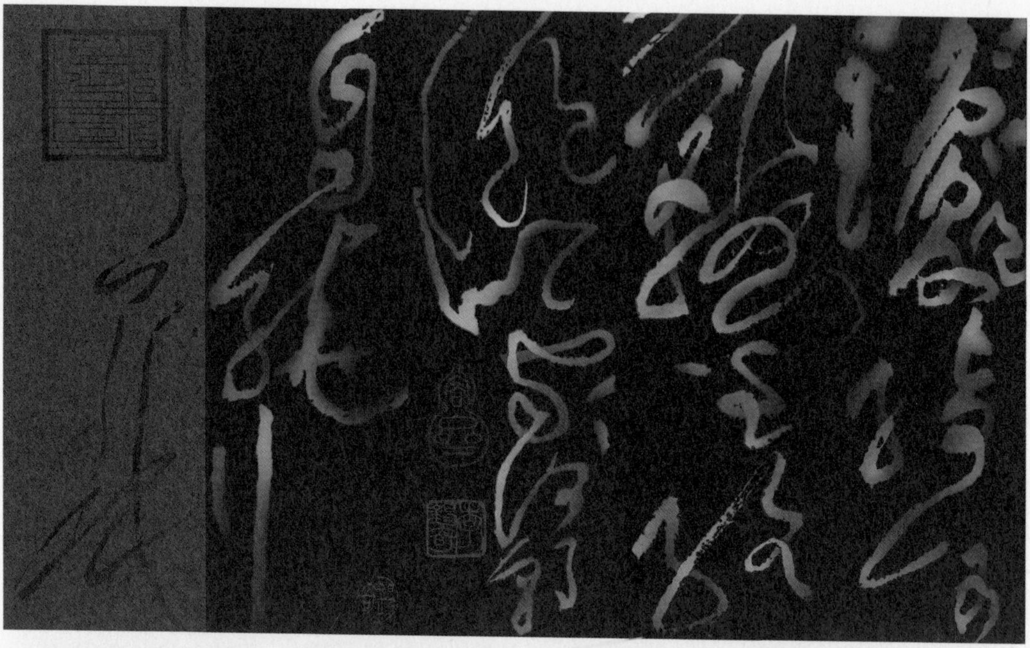
1

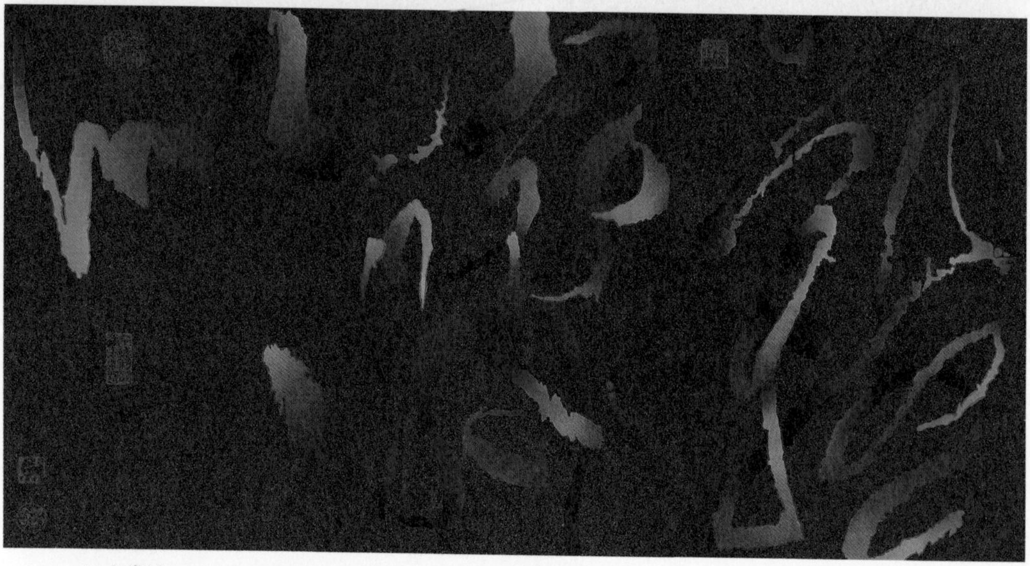
2

1. 大書法 9001，1990 年，181×300cm，複合媒材。
2. 大書法 9002，1990 年，136×270cm，複合媒材。
3. 大書法 9109，1991 年，163×260cm，複合媒材。
4. 臨界點 8988，1989 年，93×126cm，複合媒材。

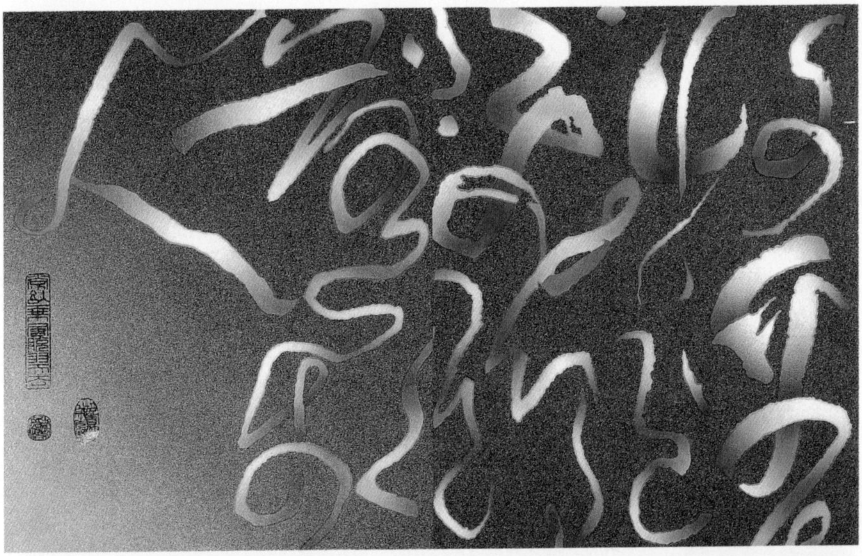
3

4

覽，帶有著象徵意味。

需要重新出發的李錫奇，將向何處去？

註釋：

1. 郭文華在〈八〇年代．畫廊與李錫奇〉一文中，認為李錫奇在繁忙的畫廊經營之餘，他也不忘個人的藝術發展。如八一年在香港藝術中心、八三年在台北版畫家畫廊、八四年在漢城尹畫廊、八五年在台北龍門畫廊、八六年在台北環亞藝術中心等。他不但維持著一年一個展覽的活力，也藉著「霓虹」、「頓悟」、「向懷素致敬」、「臨界點」種種標題，標舉李錫奇個展的特殊性。查李錫奇的展覽年表，八六年的環亞個展之後，還有八七年在美國舊金山的個展，以及其他的許多聯展。見《回音之旅——李錫奇創作評論集》，賢志文教基金會，一九九六年三月。

2. 黃義雄：〈七〇年代李錫奇的「變」與「不變」〉，轉引自《回音之旅——李錫奇創作評論集》，賢志文教基金會，一九九六年三月。

3. 蕭瓊瑞在〈眾神復活——深究李錫奇的藝術行動〉一文中曾經指出，在一九七〇年的第十三屆現代版畫展上，李錫奇就開始發表一系列以「月」為題材的作品，他融書入畫的創作不是如杜十三、劉晞儀等的評論中所認定的，是從一九七四年《月之祭》展覽開始的，而應從七十年代初就開始；而與《月之祭》創作的同時，他還有其他一些同樣以「月」為題材的作品。其實這並不矛盾，藝術創造都有一個過程，《月之祭》是他融書入畫的一次集中展示，而之前必有一定的實驗，之後會有進一步的發展。

4. 蕭瓊瑞在〈眾神復活〉等多處地方將李錫奇與古月在鴻霖畫廊舉辦的「月之祭」詩畫展記為一九七五年，但據當年印製的載有楚戈、羊令野文章、古月「月之祭」詩十首，封面、封底均為李錫奇《月之祭》和《月之怨》兩幅畫作的《古月．李錫奇詩畫展》宣傳冊，標註的展出時間是「中華民國六十三年（即一九七四年）四月十日至四月二十三日」。

5. 參見商禽〈寂靜的雷鳴——為李錫奇的畫展鼓掌〉，收入《回音之旅——李錫奇創作評論集》，賢志文教基金會，一九九六年三月。

6. 杜十三：〈起承轉合三十年——評李錫奇創作歷程〉，見《回音之旅——李錫奇創作評論集》，賢志文教基金會，一九九六年三月。

7. 同註6。

8. 蕭瓊瑞：〈眾神復活——深究李錫奇的藝術行動〉，載蕭瓊瑞著《台灣近現代藝術十一家》，藝術家出版社，二〇〇四年三月。

9. 蕭瓊瑞：〈眾神復活——深究李錫奇的藝術行動〉，載蕭瓊瑞著《台灣近現代藝術十一家》，藝術家出版社，二〇〇四年三月。

10. 楚戈：〈符號語言的任意性基礎——李錫奇作品的後現代精神〉，見《回音之旅——李錫奇創作評論集》，賢志文教基金會，一九九六年三月。

11. 林清玄：〈與懷素舞清草〉，《中國時報》一九八六年十月二十七日。

12. 商禽：〈寂靜的雷鳴——為李錫奇的畫展鼓掌〉，見《回音之旅——李錫奇創作評論集》，賢志文教基金會，一九九六年三月。

13. 轉引自林清玄〈李錫奇的藝術冒險〉，《時報雜誌》，第二三七期，一九八四年六月十三日。

第七章

在祠下的社鼓聲中
仍昂然地舞著一則九歌

——古月：蝴蝶的記憶

一

一九八九年，湖北，荊州博物館。

這是李錫奇第二次來到大陸。上一次來大陸是為了畫廊的業務，直奔北京，見了許多畫家；這一次是完全不同的經驗。客居香港、較早與大陸藝術界就有聯繫的劉國松，應湖北省美術家協會的邀請，約了幾位台灣、香港畫家，組團來到控扼大江南北的武漢三鎮，作大陸藝術之旅。他們一路由著名畫家、時任湖北省美協副主席兼秘書長的周韶華作陪，與湖北省的畫家一起，參觀、訪問、座談、交流，登黃鶴樓，遊揚子江，上武當山，訪古荊州……親歷親感神州大地荊楚文化的無限風光。

李錫奇確實未曾料到，此生還能踏上大陸的土地。從他記事不久，淺淺的台灣海峽便成為兩岸森嚴的壁壘。他可以去日本、去菲律賓、去美國、去歐洲，就是不能跨越過這道淺淺的海峽，回到自己血脈原鄉的祖國大陸，甚至連說說都是一種政治忌諱。歷史的一次急轉彎，改變了兩岸千萬人的人生軌跡。一九八七年十月，病中的蔣經國先在國民黨中常會上主持通過開放老兵探親的歷史性決議，並由行政當局制定了「台灣地區民眾赴大陸探親辦法」，回鄉探親的浪潮，便如閘門乍開的洪流，洶湧澎湃。李錫奇雖非老兵，也無親眷在大陸，卻是較早一批趁著這股浪潮來到大陸的人。在二十世紀八十年代的末期，李錫奇面臨自己藝術的「臨界點」，兩岸的政治關係，也同樣面臨著一個需要突破的「臨界點」。這是一個難遇的歷史契機，跨過了這道「臨界點」，歷史便展開一個新生面。李錫奇深感有幸，當他面臨自己藝術的困惑時，兩岸關係的突破，為他打開了一扇神往已久的神州文化之門，使自己找到幾十年來一直堅持的民族文化本位的根。兩次大陸之行，李錫奇不僅感受到祖國河山的遼闊、壯麗，也親炙在傳統文化的悠遠、深邃中，成為他此後創作的一個宏大的背景。

就是在荊州，這片江漢平原上的楚國發祥之地，曾經有二十位楚王在長達四百多年時間裏定都於此的「郢都」，今日，它的博物館藏有十三萬餘件自商周以降的傳世文物，讓李錫奇再次受到強烈震撼。在目不暇接的許多巧奪天工的青銅器、陶器、瓷器、玉器、金銀器、絲織品、楚漢簡牘等等傳世文物中，他看到兩千多年前戰國時代作為楚文化代表的漆木器，那些洋溢著楚人浪漫想像和智慧激情的虎座飛鳥、虎座鳥架鼓、彩繪鴛鴦豆、彩繪漆圓盤、彩繪耳環、彩繪人物龜盾、七豹大扁壺、豬形酒具盤等等，從貴族的禮器、祭器到平民的日用製器，無不充滿豐富的想像力和創造力，不僅造形精巧而且色澤艷麗，歷兩千餘年而依然栩栩如新。漆，這個原始初民時代就發現的植物顏料，是一種怎樣神奇的東西啊！

荊州歸來，漆便在李錫奇心中成為一個揮之不去的「魅」。

一九九〇年，李錫奇隨自己太太、詩人古月，與一群作家、詩人跨過海峽來參加福建省作家協會舉辦的「海峽詩歌節」。他們從廈門出發，經泉州、莆田、福州和南平來到武夷山。正值中秋月圓，融融的一輪皎月，伴他們度過許多荼醇酒酣的歌詩之夜。詩人節的最後一站回到福州舉行中秋詩會。福州是著名的漆器之鄉，對漆的迷戀使李錫奇一到這裏就彷彿找到知音。他脫團去拜訪福州的漆藝名家和著名的脫胎漆器工廠，參觀漆畫展覽，和漆藝家座談，結識了畫界的一些朋友。他朦朧地感到，自己藝術「臨界點」的突破方向，可能就在漆上面。繪畫媒材和工具的革新，常常是李錫奇藝術變貌的先聲。他彷彿從這古老而又新鮮的漆上面，看到了它在自己藝術困惑的幽黯裏，亮出的一隙曙光。

詩歌節結束後回到台灣不久，李錫奇就打點行裝，隻身再度來到福州，這回他是想要久住了。

漆在中國有著悠久的歷史。成書於春秋時代的大典《尚書》，其〈禹貢〉篇就有漆的記載：「兗州厥貢漆絲。」記述古代神話、地理、物產的秦漢古籍《山海經》，也記有「虢山，其木多漆棕。英鞮之山，上多漆木。」這種適合於南方生長的樹木，割乳製漆，耐腐、耐磨、耐酸、耐熱，且富光澤，兩千多年前就被用在各種祭器和日常製品的髹飾上。福州漆器繼承著中國古老的漆藝傳統，清乾隆年間，福州府侯官縣的藝人沈紹先（一七六七—一八三五），通過對剝落的寺廟舊匾的分析，還原了源於戰國、興於兩漢、成熟於魏晉的「夾紵」技術，創造了揚名四海的脫胎漆器，成為當時與北京景泰藍、江西景德鎮瓷器齊名的清代「三寶」。脫胎漆器的繁複製作技藝，先要經過細泥塑形、膠料隔膜、麻布褙糊、生漆定型、細灰找平，然後脫土成胎、上繪成器。民國初年，沈紹先的五代孫沈正鎬、沈正恂把泥金、泥銀調到漆料中，在原來的紅、黑、朱、紫的髹漆技藝上，增加了金、銀、天藍、蔥綠、古銅等色彩，使作品更加渾厚端莊、華麗輝煌，多次奪得了在義大利、美國、柏林、倫敦舉行的世界博覽會金獎。上世紀五、六十年代，一批從美術學院畢業的專業美術工作者，將漆器的髹漆工藝用在繪畫上，通過繪作、髹色、剔填、鑲嵌、暈金等方法，配以罩明、戧刻、打磨、揩擦、退光等工藝手段，使鮮麗畫面隱入光澤背後，似近且遠，深沉古樸、瑰麗神奇，似畫非畫，似工藝品亦非工藝品，連續幾屆參加全國美展，創造了一個新的畫種。

李錫奇在福州聘請漆藝工作者和匠師做為助手，開始了他的漆畫創作。然而他很快就發現，漆畫的最後一道工序是把浮在畫面上的漆，用水磨平，使畫面的圖像和色彩都隱入一層亮光後面，呈現一種不似直接作畫的間接效果，因此才叫「磨漆畫」。作為漆藝品，這一「水磨」的特殊手段是必須的，它賦予了磨漆工藝品平滑、細膩、深沉、內斂的特殊品質。然而對於李錫奇，恰恰相反，這種被傳統漆藝視為瑕疵的，由於漆的過濃、過厚堆疊，在不同溫度下形成的不同的皺摺紋理，正是他所想要的。它如瓷器的釉變一樣，別有一種不為人力所左右的天然、渾厚、原始和野性的韻味，既變化無窮又渾然天成，是他「踏破鐵鞋無覓處，得來全不費功夫」的可以利用、發展的新的繪畫語言。

為了試驗不同漆皺和肌理的形成，李錫奇和他的助手常常忙到深夜。

石瑞仁在評論李錫奇對漆皺肌理的發現和應用時，認為「不論把它們解讀為在平原崢嶸的山峰或流動的河川，或想像成在亮麗的現代舞台中跳舞的古代精靈，正由於藝術家的靈見和慧心，式微的工藝才得以從悠久的歷史歲月中翻箱而出，才得以諸神再現的身段重現在我們的眼前。讓傳統與現代合流，這曾經是許多台灣現代畫家的一種自我命題，而李錫奇允言是這當中做得最徹底也最有積累性成就的一位了。」[1]

這時李錫奇的做畫方式，是先出畫稿，然後由助手磨好底板，按照畫稿鋪點生漆，等乾後再由自己加工、修改、定型、著色，一幅作品的完成需要較長時間。因此用漆作畫，較之水墨、油彩，更需要時間和耐心來觀察和體味。在這段時間裏，李錫奇幾乎每月都要往返於台北—福州之間，一待就是十天半月，幸好他樂觀親和的性格，很快在福州結識了一批藝文界的好朋友。那時候福州的房價還很低，朋友們常開玩笑，你在福州住酒店的錢，夠買一套房子做工作室了。

一九九一年八月，李錫奇在大陸製作的第一批漆畫，以「遠古的記憶」為題在台北的時代畫廊展出。

這是李錫奇跨過「臨界點」以後訪問大陸歸來的第一批收穫。讓人耳目一新的不僅是他選用了全新的媒材——中國古老的大漆，作為繪畫材料；而且在造形語言上，也有了新的變化。「臨界點」後期，李錫奇的線條已出現由書寫性的牽連遊動，走向「筆斷意不斷」的斷續造形，雖不牽連仍能讓你感到線條存在。偶爾也出現了某些帶有象徵性的單個符號，像是由章草的線條過渡而來。章草是由隸書草化而來的秦漢時期的草書，先於晉唐以後大行其道的今草。說明處於「臨界點」的畫家已開始出現向中國書法的歷史源頭借鑒的跡象。新作「遠古的記憶」承襲上述變化，並未脫離中國的書法元素，只是更深的攝取中國上古時期的文字和民間書寫符號的元素。我在為這次展覽的畫冊所寫的一篇序言中曾說，「在這批新作中，李錫奇的造形語言進一步向中國書法的源頭探進。他大量運用甲骨文、鐘鼎文的符號和民間道教的符籙以及某些彩陶、青銅器的圖案，在不講法理（其實正是一種法理）的排列、組合、變形中，使整個畫面的意蘊向著古樸、原始和野性的歷史深處延伸，這是李錫奇這批新作較過去作品最大的不同。如果說在「時光行」、「頓悟：向懷素致敬」等等系列中，李錫奇的創作主要在於把平面的、功能性的中國書法藝術，作為一種獨立的生命象徵，從而拓展了生命存在的那個燦爛炫麗的宇宙空間；那麼，這批新作則在生命的回溯中，強調了時間的歷史深度。當然這種變化不是偶然的，時空變位始終是李錫奇創作中最重要的意念，幾乎所有重要的作品，都不同程度接觸到這一主題。只不過前此的創作更側重在擴展宇宙的空間感，而最近的新作更強調表現歷史的時間感。」[2]

時間和空間的交錯，古典和現代的互融，構成了這批作品強烈的形式感和豐富內涵。蕭瓊瑞在評述這批作品時說：「亮麗與古拙並呈，沉鬱與鮮活交錯，猶如一組組似近還遠、既鮮明又逐漸淡遠模糊的遠古記憶。那些原本在『臨界點』系列中出現，顯得曖昧、軟弱的符號，一下子找到了安頓的適當場所。一下子變得如此生氣勃勃、聒噪不休。原來那是一些來自甲骨、鐘鼎與圖騰、咒語的語彙。」[3]

在這批作品中，李錫奇借助漆的堆疊造成的皺摺肌理，不同於「頓悟」和「臨界點」作品那種線條瀟灑流暢、色彩明豔幽雅的風格，追求的是畫面肌理的斑駁效果所獲得的歷史滄桑感。古老藝術品表面色彩脫落所造成的斑駁，是時間的偉大創作，在斑駁上凝聚的是歲月的傷痕。畫家運用現代手段在畫面上造成的斑駁感，寄寓的卻是現代人對歷史的憂思和感慨。它讓

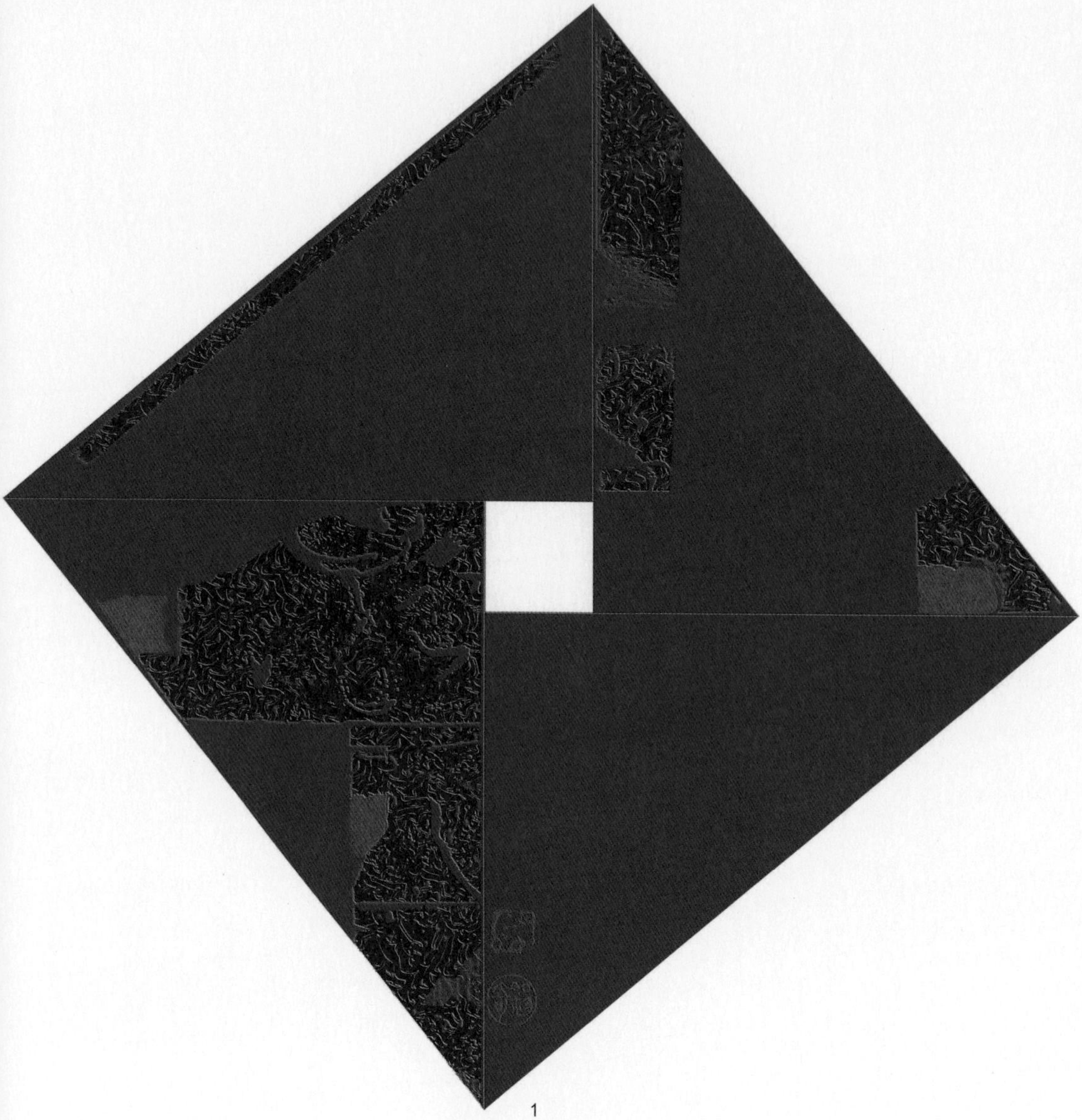

1

1. 17 本位新發之二，2005 年，150×150cm，複合媒材。
2. 19 本位新發之九，2005 年，120×200cm，複合媒材。
3. 20 本位新發之十，2005 年，48×80cm，版畫。

2

3

我們想起畫家早期的版畫《失落的阿房宮》、《落寞的秦淮河》那些如漢代磚刻一樣斑駁錯雜的作品，時隔三十年，卻有著一脈相承的意緒。蕭瓊瑞曾引杜十三關於李錫奇這批作品背後有深沉、隆重的鼓聲和打擊樂音之說，稱：「觀賞李錫奇這批漆畫，猶如回到原始部落，以人聲應和著鼓聲、打擊樂，在火光的照耀下，搬演著一齣齣莊嚴而神聖的古老儀式。」[4]

這是一個值得關注的傾向：古文字（例如甲骨文、鐘鼎文等）的造形和變化，是文人化的創造，而漆卻是流傳數千年的民間工藝；以民間化的手段來表現文人化的造形，似乎在說明，曾經民間化、民俗化的李錫奇在走向文人化以後，又有重返民間和民俗，或將文人化和民間、民俗化融於一爐的跡象。這一點將成為李錫奇此後創作的一大特徵。

一九九二年，李錫奇再度舉辦他在大陸創作的漆畫作品展，題為「記憶的傳說」，與一年前「遠古的記憶」屬同一類型。因此有論者將此兩次展覽統稱為李錫奇的「記憶」系列。[5]這時李錫奇對漆的性質把握和對造形語言的選擇，都還處在實驗階段。較之第一次展覽，「記憶的傳說」的一個重要發展，是推出了一組類似「漆下繪」的水墨作品。作者把他畫在宣紙上的水墨作品，裱糊在經過加工本來準備用來作漆畫的木板上，等乾透後在畫面噴上透明的清漆，用工具推光，再噴，再推，如此數度，原本紙本的水墨，隱入透明漆的後面，可以清晰辨出李錫奇在綿宣上繪出的抽象造形的筆跡和濃厚的暈渲韻味，卻已沒有了紙質繪畫的單薄、輕淺，有著類似漆畫的別一種質感上的渾厚、古樸和凝重。從三十多年前的版畫開始，李錫奇一直是利用刻刀和木板來間接作畫，形成他關於版畫的「複數性」和「間接性」的觀念。後來他用布拓、用油彩、用實物、用噴槍作畫，版畫的「複數性」已經沒有了，但「間接性」依然。這次是畫家在宣紙上的直接作畫，久違了的線條的筆觸，色彩的暈渲，在抽象符號的隨意、自如、輕靈和瀟灑中，益顯出畫家愉悅、放鬆的心性和精神。但作者卻又故意把它隱入漆的後面，讓直接性的繪畫有著間接性的效果，而增添了更為複雜的內斂和含蓄的意蘊。

漆和水墨，是李錫奇此後堅持的藝術雙軌，如雨後天上的雙虹一樣，為他展示了一個新的藝術發展階段。

二

一九九四年，李錫奇推出了一檔新的漆畫藝術展：「鬱黑之旅」。

曾經在「記憶」系列喚醒我們歷史想像的甲骨文、鐘鼎文等等象徵性符號，都沒有了；那些留給我們強烈印象的大紅、朱紫、泥金、古銅等漆的色彩，也都消隱了。留在畫面上的只有黑色、黑色、黑色，和不同光源折射下漆皺肌理不同形態的變化，只偶爾露出一隙亮光似的或紅或金的少少色彩點綴其間。畫面的抽象造形，大片大片的黑漆堆疊，構成一種純粹的繪畫語言。

為什麼前後兩批作品，色彩和造形的反差如此巨大、強烈？

其一方面的原因，可能是對漆的本質性能有了深入的把握。如杜十三所曾說的，漆這種材質，「可以粗獷也可以細膩，可以婉約亦可以霸氣，可以發亮更可以黝暗。」[6]「讓材料說

1

1. 本位・淬鋒 2010-15，45×35cm，複合媒材。
2. 本位・淬鋒 2012-2，230×500cm，複合媒材。
3. 本位・新發 0718，2007 年，120×200cm，複合媒材。

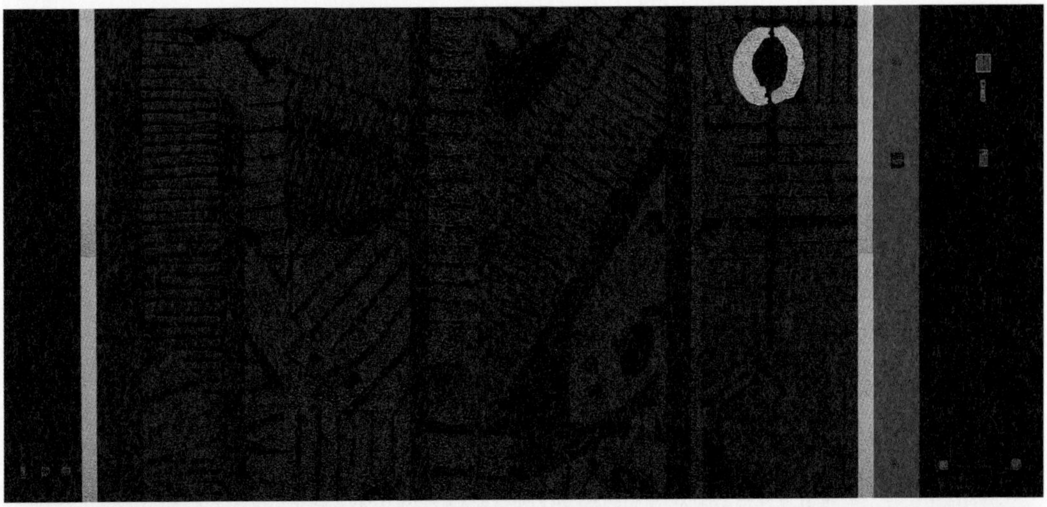

2

3

話」，是李錫奇最大的本事，也是李錫奇藝術變貌的最重要手段之一。畫家把握了漆的物性，就如擁有了漆的生命，如它的皺紋肌理一樣，不必添加外在的符號或色彩，可以自我言說、自我延伸和自我完成。

然而並不滿足於此的評論家仍在揣測，杜十三說：「李錫奇得心應手地透過物性感知的敏感度，了然地架構起他的遠古幽情、時代感懷以及對歷史的悲憤。這就使得『鬱黑系列』像深思的哲人那樣的推開了李錫奇心中隱藏的所有畏懼，帶著體溫，綻著芳香，神聖而富有宗教感地走出了『不動如山』的韻律，並且似乎也已經不著痕跡的完成了『時間凝固』的某種儀式。」[7]台灣師範大學美術研究所的王秀雄也認為：「黑色是悲傷的，神祕的，寧靜的，憂鬱的。李錫奇在那自我發展的黑色色塊中，似在敘述憂鬱中的寧靜，寧靜中的憂鬱。而這一種憂鬱感，好像反映出他藝術上的旅程，即沒有答案的藝術質疑與探討；同時亦反映出它的無奈處境，即金門人乎，台灣人乎，外省畫家乎，本省畫家乎？這一種無明確的處境，就在『鬱黑之旅』系列作品中，表達出矛盾、憂慮、苦悶、困惑、懷疑之內涵。」[8]這些存疑和解索都企圖從作品畫面的表象深入到畫家創作的內心，來解讀李錫奇「鬱黑之旅」風格的巨大反差和變化，儘管語氣上有著某種猶豫和不確定，仍顯示出評論者不滿足於形式層面的討論，而希望進入畫家心靈答案的敏感和深刻。

筆者曾和畫家討論過「鬱黑之旅」的創作。一九九二年「記憶的傳說」展出之後，對漆的性能的把握，使他喜歡上這種「不言而言」的媒材特性，似乎只要通過漆（尤其是黑漆）之皺摺肌理的自我敘說，就能完成造形和色彩所要承擔的某些使命。它給了李錫奇一種啟示，讓藝術形式（媒材、技法、造形）直接成為藝術內容的可能。多次穿梭於兩岸，喚起李錫奇埋在心靈深處的那份無法泯滅的記憶：當年，金門就裹夾在台灣與大陸之間，成為兩岸炮火相向的對峙的焦點。他家庭的兩次悲劇，第一次一九四九年的古寧頭戰役導致家毀，第二次一九五三年逃亡的勞役兵殺人焚屋，造成祖母和姊姊兩條冤死的命案，都源自於這段不堪回望的歷史。戰爭與他何干？與他的父母、冤死的祖母和姊姊何干？與所有的金門人何干？卻必須承受這樣沉重的傷害！迄今四十年——這年正是祖母和姊姊冤死的四十周年忌，依然無處可以申冤和訴說，只能默默讓悲傷和痛苦咽進肚裏，這是金門人的無辜和無奈！面對堆得厚厚的起皺的黑漆，幾十年積鬱胸中無可言說的悲慨、憤鬱，彷彿找到可以寄託的噴發口，一下子狂瀉而出。李錫奇告訴我，一九九三年開始創作的「鬱黑之旅」，便是在這種心境下完成的。它無須色彩，黑就是最豐富的也最適合此一情感的色彩；也無須造形，漆向四面八方延展的皺摺肌理，彷彿被壓在地底深處掙扎而出的黑色熔漿，本身就是最好的造形！當一種形式，契合了創作者的心境和所欲表達的情感，這一種形式本身也就成為內容。這是李錫奇從「鬱黑之旅」的創作中感悟到的一份特殊的經驗。

「鬱黑之旅」意外地獲得了許多評論者的激賞。在一九九四至一九九五年間，除了在台北和台中展出之外，還先後到美國紐約的Z畫廊、泰國曼谷的國家畫廊、瑞典喀爾美術館、丹麥爵歐亞特美術館和香港的光華畫廊展出。許多評論對「黑」的讚譽，延伸到畫面之外。蕭瓊瑞說，這些「鬱黑的生漆充塞著畫面，猶如千古不語的岩石，又像一組組伺機蠢動的黑色生靈……充滿著堅實、撞擊的生命衝力。」[9]王秀雄說：「那大片的黑色有機形不僅在蠕動，令人

1

2

1. 漢采・本位 2012-3，2012 年，96.5×160cm，複合媒材。
2. 漢采・本位 2013-4，2013 年，44×60.5cm，版畫。
3. 漢采・本位 2012-15，2012 年，80×100cm，複合媒材。
4. 漢采・本位 2014-2，2014 年，100×100cm，複合媒材。

3

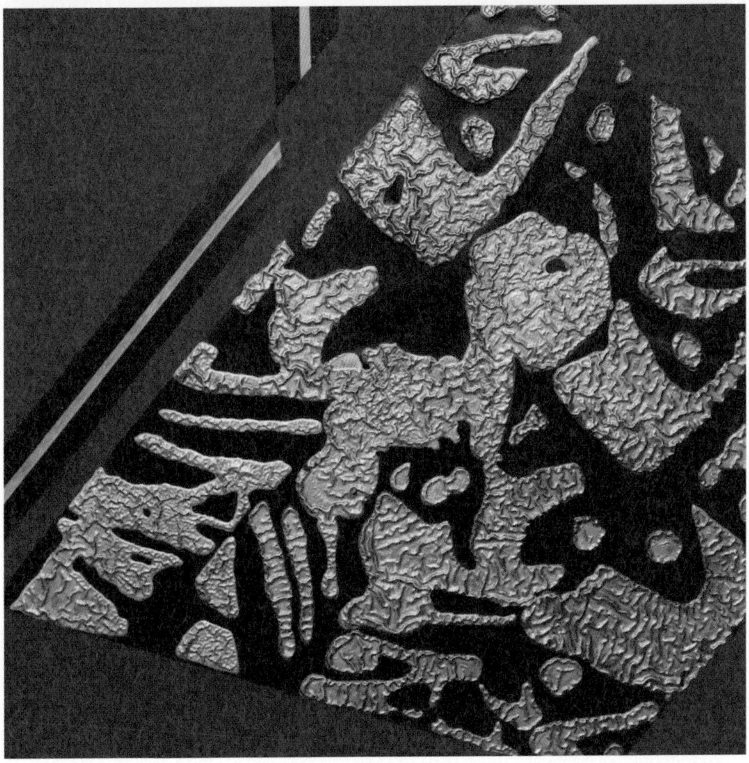
4

覺得還會自我發展、分化與繁殖。」[10]最富詩人激情的杜十三，稱這是一朵可以觸擊人心尖銳質感卻又深沉動人的「黑色玫瑰」，「沒有色彩卻又充滿了色彩，沒有姿態卻又蘊含著姿態，沒有形狀卻又布滿了痕跡，時而渾厚凝重，時而細緻陰柔。在李錫奇鬱黑的藝術之下，『漆黑』已經打破了痞病的宿命，而成為某種吶喊、某種沉思、某種祈禱、某種發現與某種上昇了。」[11]

對「黑」的特殊敏感和執著，來自於李錫奇情感深處那份歷史的傷痛。「黑」在李錫奇，既是色彩的，也是情感的。即便在李錫奇此前和此後的作品中，「黑」都是李錫奇發揮得最為淋漓盡致的色彩。沉鬱在作品底層的這個「黑」，是作者無以言說、卻又攔阻不住地要宣洩出來的情感語言。即使作者後來選用的是民間喜慶的大紅大綠，但正是作為作品底蘊的這個「黑」，才在強烈的衝撞中奏響出喜慶的紅綠來。研究李錫奇的作品，不能不深究這個最易被人漠視的「黑」。

三

一九九五年以後，經過「鬱黑之旅」，李錫奇已不再全神貫注在漆的功能性玩味上了；雖然漆的工藝還有許多諸如剔填、鑲嵌、暈金等等特殊手段有待深入，但過多的工藝性可能帶來的匠氣，並不是李錫奇想要的。他重新回到繪畫上來，把噴槍與壓克力換成極具傳統和民間的刷子和大漆，在畫面上尋求新的符徵和造形語言，開始了迥異於「記憶」和「鬱黑」的新的探索。

童年的一份記憶再次浮現在李錫奇的眼前。金門是個古風的小城，承傳著濃厚的閩南文化。閩人多祭祀，其寺廟和祠堂之多，首冠全國，金門也不例外。所有寺廟和宗祠，不僅堂構宏偉，裝飾華麗，頗有神之居所的皇家氣象，其中尤以無處不在的匾額和對聯最顯精神。匾額和對聯，是中華民族傳承久遠的創造。據說其源起於秦時的桃符，五代後蜀主孟昶於一年春節在寢室兩邊的桃符上書寫吉語：「新年納餘慶，嘉節號長春」，是為史上第一幅春聯，其習俗流傳至今。匾額和對聯，集中國古代哲學、文學、書法、篆刻和雕飾工藝之大成，講究詞句的蘊寄和優雅，文字和聲韻的對稱，如古代陰陽對位的二元哲學，詞美意深，高懸於門屏之上、廊柱之表、堂屋之中、大門之外，或敘經義、或抒情懷、或述由來、或明用途，精妙的書法撰寫，華貴的板材鐫刻，精緻的髹漆雕飾，是每幢建築的「神」和「眼」。生長於這樣的文化氛圍中，童年的李錫奇雖還不能讀懂匾聯上文字的全部涵義，卻對這些承載著先人精神寄託的吉語和精美髹漆雕飾的形式，留下深深印象。

當李錫奇醉心於漆的工藝，便不能不喚起童年故鄉的這份記憶。

一九九六年，李錫奇在台北美術館舉辦「李錫奇創作歷程展」，做為主題部分之一，推出一組命名為「後本位」的漆畫新作。

這是李錫奇借鑒匾聯形式的最初作品。

從形制上看，作品大都呈比例規整的長方形，橫者如匾，如長卷，豎者如軸，如中堂，如

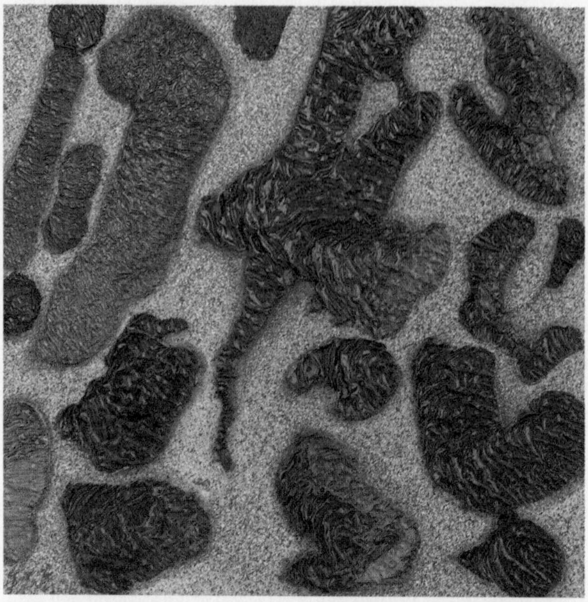

3

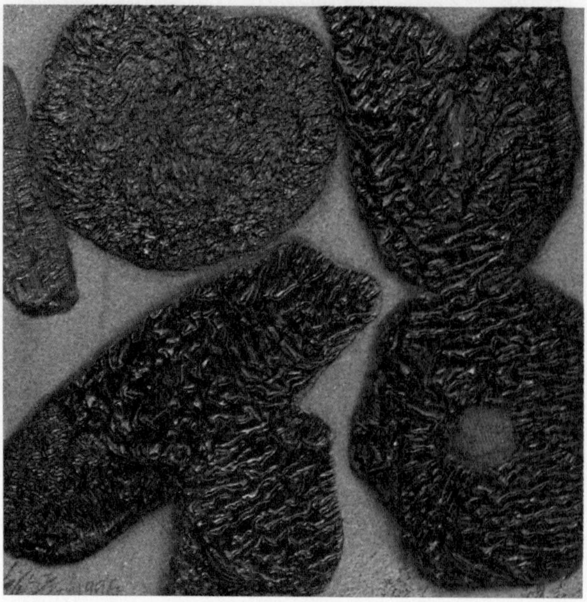

4

1

2

1. 2. 李錫奇於福州工作室創作漆畫。
3. 鬱黑 9621，1996 年，45×45cm，複合媒材。
4. 鬱黑 9611，1996 年，45×45cm，複合媒材。

對聯。作品上下或左右兩邊，常飾以並不完全對稱的另一種色彩，如字畫裝裱時留出的「天頭」、「地頭」或「左耳」、「右耳」。畫面的底色和圖象，採用民間傳統的大紅大黑，間或點綴些許的金，形成色彩強烈對比的衝擊力，整幅作品渲染著民間喜慶、熱烈的氣氛；畫家還著意把曾經引起爭論的印章，放大了鈐印進畫面，成為構圖的有機部分，使這極具民間傳統意味的形式，平添幾分寧靜、秀逸的文人氣息。

但是你千萬不要以為李錫奇是在製作匾額和對聯，不！雖然在形制上李錫奇有意地「模仿」匾額和對聯，或者說借用了匾聯的外在形制，但作品的內容，無論造形語言還是圖像構成，卻是他一貫的現代、抽象，甚至較之前此在懷素草書筆劃基礎上省簡、變形的「頓悟」系列，在甲骨文、鐘鼎文等符號基礎上創作的「記憶」系列，還更加率性、隨意、奔放和無羈。既不定尊於某一書家書體，也不受制於某一符號系統。他在圖版上看似隨意（其實是一種刻意）地塗抹線條，即興地勾勒符號，偶爾也夾雜著個別古人的單個字跡[12]，或將大半篇前人的書作掐頭去尾作為圖像鑲進作品裏[13]，這些在形制上如匾似軸或像對聯的作品，其實無一句文字——即使有個別文字，也不是作為「文字」，而是作為符號呈現；畫面符號語言黑漆堆疊的濃稠皺紋和紅色底板亮潔的素面反光，肌理與色彩形成鮮明的對比，構成了這些作品的現代基調，但整幅作品依然宛如一幅「匾額」或「對聯」，「既有立軸的高宏氣象，又有長卷的纏綿迴旋」（蕭瓊瑞語）。強烈的傳統形式感，傳達的卻是同樣強烈的現代意識。

這是李錫奇的藝術辯證法。李錫奇有很強的藝術吸收和消化能力，無論對於西方還是東方，也無論是新潮還是舊制，李錫奇都可以廣收博納，拿來就用；但同時，李錫奇又絕不滿足於僅僅「拿來」，在藝術上他不是模仿是創造。同樣無論東方無論西方，也無論現代無論傳統，一到他的手上總要變個樣，或者將傳統融入現代，或者將民間匯入文人，通過東方／西方、傳統／現代、民間／文人的對話、融匯與重構，呈現自己的面貌。在這批被李錫奇命名為「後本位」的作品中，我們一方面看到李錫奇對於匾聯在形制上的吸收，另一方面又看到李錫奇從內容上對於匾聯形制的打破。在這個意義上，李錫奇「走進」匾聯，正是為了「走出」匾聯。他把匾聯從傳統的「他者」，變成自己現代的「我者」。與其說他吸收了匾聯的形制，不如說他更多的是繼承匾聯那種來自文人的莊重肅穆和來自民間的歡樂喜慶的精神。洋溢在李錫奇現代藝術之中的這種莊重和喜慶精神，使這些作品一經展出，就博得了來自各方面的歡迎和肯定。

一九九八年，李錫奇再次在台北帝門畫廊推出一檔命名為「再本位」的個展。這個「再本位」是兩年前「後本位」的繼續。微有不同的是，這批作品並不完全恪守「後本位」某些自設的「藩籬」，在形制上出現了不屬於匾聯的圓形、六角形、不規則的多邊形等等構圖，在色彩上也不僅限於紅、黑、金，而在傳統生漆中加入了更多富於藝術表現力的色彩；畫家自由的創造天性得到更充分的表現，作品也呈現出更豐富、多元的形態。這些變化並未改變畫家的初衷，依然是在「本位」上的一次「再」創造。

四

上世紀九十年代中期，有一次，李錫奇赴美訪問，航班經停東京。等機的時候，李錫奇閒極無聊，便在機場琳琅滿目的商場閒逛，順手買了一付製作十分精緻的七巧板，這是李錫奇童年曾經玩過的一種智力玩具，用來打發時間。七巧板雖只有小小七塊三角形、方形、平行四邊形的幾何圖板，但因人而異的不同組合，卻可變幻出無窮的圖案，引起了李錫奇極大興趣。

那時候李錫奇的漆畫都在大陸加工製作，因為畫幅太大，不便攜帶，便分切成大小不等的幾個板塊，一幅畫或三五片、或七八片甚至更多，運回台灣後再組合起來進一步加工，這也形成李錫奇的漆畫作品，大多由各種不同色塊組成的風格。玩著七巧板，李錫奇靈思一動，突然想起自己那些被分切再組合的漆畫作品，不是也可以像七巧板那樣，通過不同的組合、變置，來呈現作品更為豐富的面貌嗎？

訪美歸來，李錫奇便把七巧板放在心上。日本人曾說，七巧板是他們的「發明」，他要弄清楚，這個自己從孩提時候就玩熟了的遊戲，究竟從哪裏來？

他托了一些學生幫他查尋，也請教學界的朋友，問題的答案很快就有了：七巧板是中華智慧的結晶。它最早可以溯源至西元前一世紀山東出土的漢代武氏祠墓室裏的畫像；北宋進士黃伯思為了宴客方便，創設「宴幾圖」（又稱「燕幾圖」），以六件大小不同的宴幾（後為七件），長短相參，可以根據客人的多少，擺成三角形（三人）、四方形（四人）、長方形（多人）等；明代嚴澄根據「宴幾圖」的原理發展為十三隻的「蝶翅圖」，以勾股之理，作三角相錯形，如蝶翅，通變其制，可擺成一百餘種圖樣。這本是文人的室內遊戲，明清時傳入民間，經過簡約變化，將一個大正方形，分割成五個大小不同的等腰三角形和一個小正方形、一個平行四邊形，共七件，稱為七巧板，可組拼成各種人形、動物、植物、亭台樓閣、車轎船橋……變式可達一千六百多種，是一種十分受到百姓喜歡的民間智力玩具。十八世紀後傳入日本和歐洲，世稱「唐圖」。《中國科學技術史》的作者、英國著名科學史家李約瑟稱它是中國最古老的智慧遊戲；一七四二年日本出版的《清少納言智慧板》，是較早對於中國七巧板的介紹；今天劍橋大學圖書館還珍藏著一部清代桑下客所著的的《七巧新譜》。

弄清了七巧板的來龍去脈，李錫奇便開始在他的畫展中，嘗試七巧板變置的玄妙。

就在一九九八年台北帝門畫廊的那次「再本位」畫展上，李錫奇在展廳的入口處置放一幅由七片漆板拼置的作品，前來參觀畫展的人都可把這幅作品重新擺置成另一種圖式，然後拍照留念。畫家的創意和觀眾的參與，共同完成一幅作品的多種變貌，為一場原本尋常的展覽平添了許多趣味。

這只是小試鋒芒。

二〇〇三年一月，李錫奇在歷史博物館舉辦以《浮生十帖》為主題的大型個展。這個展覽有個副題：「錯位．變置．李錫奇」，以「錯位」和「變置」來註解作者的「浮生」，看來李錫奇不僅把七巧板做為一種遊戲法則，引入自己的畫展，更把七巧板做為一種變易的哲學，用來詮釋自己波折的人生和多變的藝術。

「浮生十帖」的創作是在新千年以後。迎著新紀元朝暾的第一縷曙光，回望歷史和人生，不能不有許多感慨。此時，李錫奇正帶著一群來自兩岸的朋友，回到自己的家鄉金門，參加一個他積極推動的「詩酒迎千禧」的活動。半個世紀以前，在兩岸激烈的炮火中，他的家毀了，祖母和姊姊也被逃亡的勞役兵寃殺了。十六歲的自己，離鄉背井來到台北，讀書，謀生，畫畫，挑起養家的重擔；然後結婚、生女，有了一份自己滿意的事業，一群情志相通的好朋友。五十年過去了，如今又回到雙鯉湖前的老屋，累累的彈痕尚在，兩岸的硝煙已大部散去。時光恍然，這個巨大的跌宕，是歷史，也是自己的人生。其中有血淚，也有歡笑；有痛苦，也有快意，有低迴，也有激越……他突然有一種創作的衝動，他想創作一組大畫，以自己人生波折的情感不同層面，來隱喻歷史和社會的輝煌與坎坷。

這組作品前前後後花了一年多時間。他選定了十個題目：絢爛、新憂、獨語、薄愁、歡愉、無痕、快意、會心、激越、奔騰。每個題目似很具體，其實也很抽象，沒有確指，只是泛指。但它的背後，都曾經是畫家的一段生命，一份情感，一種心態，也是許多有過人生閱歷的讀者都能引起的共同感受。他把這十件作品命名為「浮生十帖」。「浮生」一詞最早出於〈莊子外篇．刻意第十五〉，莊子提倡一種飄逸淡然、虛靜無為的人生態度，因此他說：「其生若浮，其死若休」（生於世間猶如浮在水面，死離人世猶如得到休息）。這是「浮生」一詞最初的由來，後代文人不斷衍釋莊生此意，以「浮生」二字寄託自己恍入人間、飄然出世的人生感慨。李白在〈春夜宴桃李園序〉中有「浮生若夢，為歡幾何」的感喟；蘇軾在〈鷓鴣天〉詞中，也有「殷勤昨夜三更雨，又得浮生一日閒」的慨嘆；明王錂在〈宴賞〉中亦稱：「浮生回首如馳影，能淡幾度閒愁悶。」影響最大的要數清代文人沈復（字三白）的自傳體散文《浮生六記》，以居家瑣事記述與愛侶陳芸的貧賤夫妻伉儷情深，始於歡樂而終於憂患的雍容和淡逸。李錫奇對「浮生」一詞的典源或許並未深究，但他從自己生命體驗中感受到的「浮生若夢」的喟嘆，絕不低於古人。蕭瓊瑞揣測此時李錫奇的心境，已由深沉、雄渾、瑰麗、炫爛，轉為淡逸、疏遠。他說：「李錫奇有無以《浮生六記》自擬的心意，我們不得而知，但在那過度叱吒風雲的風華歲月之後，沉悶、反覆的創作生涯，再加上近年來經濟不景氣，創作幾無收入的情形下，夫人古月的衷心支持，其情比之芸娘之於三白，應無過喻。」[14]

「浮生十帖」是李錫奇邁過六十人生以後的一次感慨之作。畫家通過十幅作品來檢視自己的人生旅程和藝術志業，也隱喻人世的諸種情感狀態，如石瑞仁所說：「畫家企圖將沉浸多年的抽象藝術語言，從文化的深度和藝術的高度拉回到生活的平面，用以呈現人生經驗的明暗變化，或用於詮釋生命的高低起伏現象。這點，當然是特別值得我們去細加吟詠和體會的。」[15]或許正是出於這種意圖，畫家邀請了十位現代詩人：魯蛟、杜十三、張默、商禽、管管、碧果、向明、大荒、古月、辛鬱（依展出時作品排列為序），其中許多都是和他一道走過台灣現代藝術運動的老友，為每幅畫題寫一首詩，在展廳一道展出，也同印在一本畫冊上。每個詩人對每個命題都有自己的理解與詮釋，這些完全個性化的詩句，極大地豐富了畫家對「浮生十帖」的最初命意，使作品的蘊寄呈現出更為多元、繁複的面貌。

「浮生十帖」也是李錫奇走向漆畫之後的一次風格轉變。前此的漆畫作品，在洋溢著民間

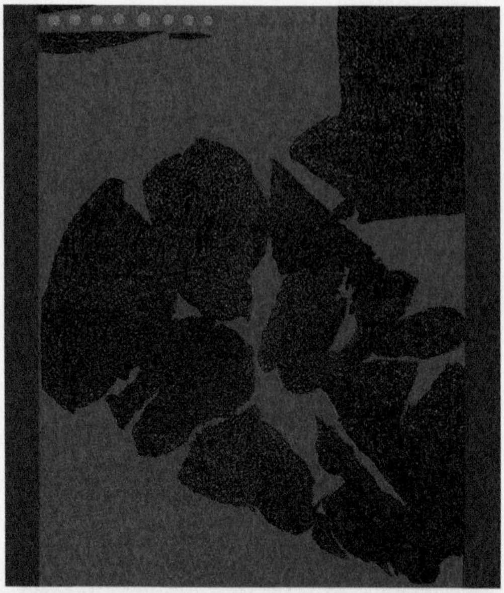
2

3

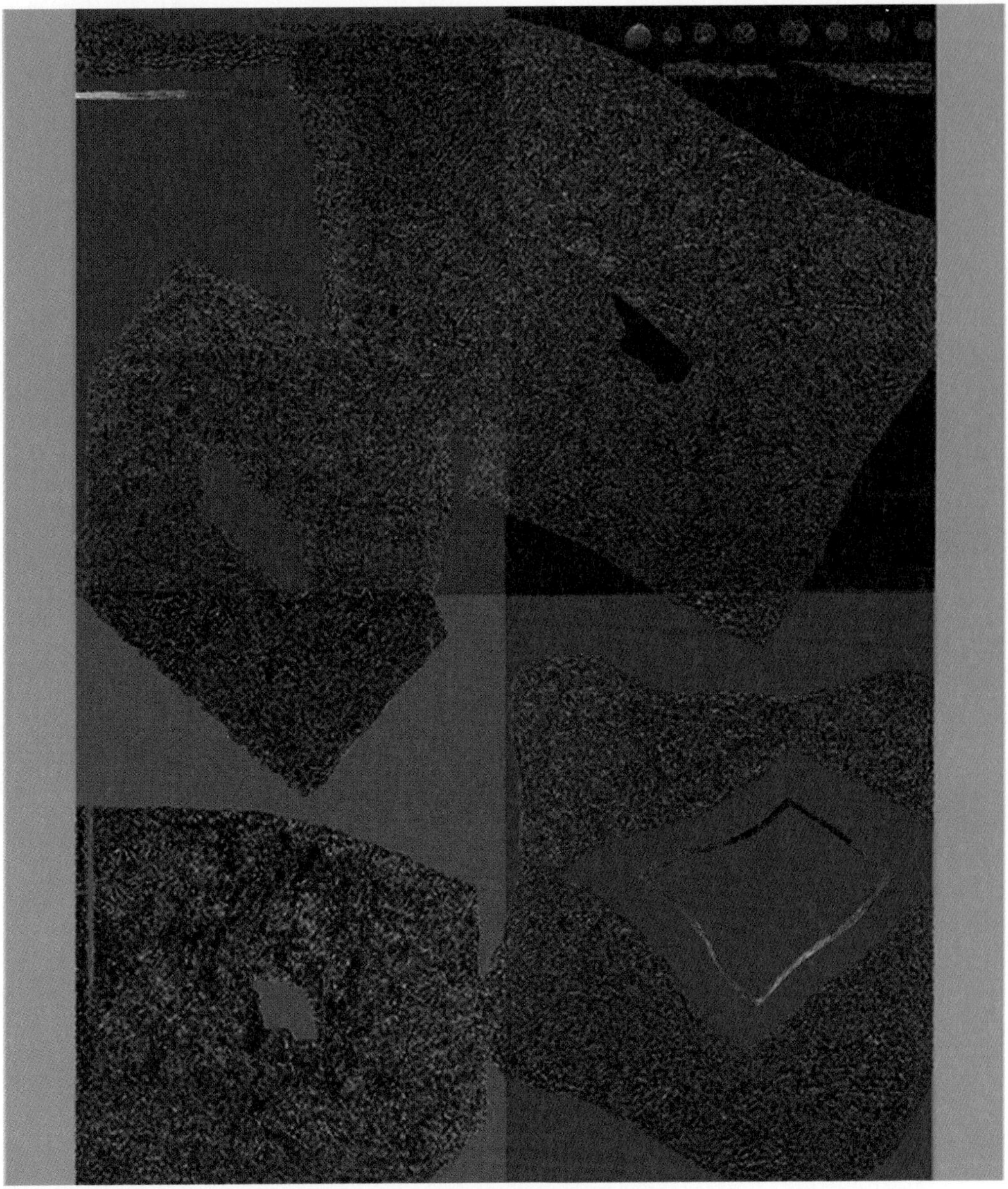

1

1. 李錫奇邁過六十人生的感慨之作，浮生十帖 - 薄愁，2002 年，180×157.5cm，複合媒材。
2. 浮生十帖 - 歡愉，2002 年，180×157.5cm，複合媒材。
3. 浮生十帖 - 新憂，2002 年，180×157.5cm，複合媒材。

意象和節時喜慶的色彩與形制中，保持著畫家一貫的激情和熱烈。「浮生十帖」雖然在某些標題上仍然不失這種縱橫排闥的昂然之氣，例如《絢爛》、例如《激越》、例如《奔騰》等等，但在整體的造形語言和色彩佈局上，卻走向單純和沉穩。沒有過多瑣碎的象徵性符號，作品的色調由強烈的大紅，轉向此前較少出現的深藍、墨綠、淡灰和鬱黑，即使表現激揚情緒的大紅底色（如《歡愉》），也在帶有書寫性的漆黑色塊的點綴中，顯得沉穩和寧靜，重現了畫家在「鬱黑之旅」中那種「墨語」般的沉思和靜默。漆皺凹凸的天然肌理，與水磨的光亮、平滑的漆彩之間形成的對比與映襯，依然是他最具有標誌性的藝術語言。前此在帝門的「再本位」展覽中曾經小試鋒芒的仿效「七巧板」的拼搭和變置，成為此次展覽最具哲學韻味，也最含創意趣味的一個亮點。

就形而下觀之，這是一次展覽方式的改變。「浮生十帖」的尺幅雖大，但由多塊繪有不同圖案的漆板組拼而成。畫家在製作之前有一個基本的設計，這就是母圖。但如果變置這些漆板的組合方式，可以獲得另一種形態的呈現，成為同一幅作品的另一種版本。「七巧板」拼搭的玄妙用在了這一特定的繪畫作品上，其無窮的變化，使每件作品不再是「唯一」和「永恆不變」的，也不是絕對靜態的。每一次不同的組合，都將獲得一個新的藝術生命。畫家這種含有某種裝置趣味的可以不斷「變易」的展覽方式，新穎而獨特。在他事先印製的畫冊上，每幅作品都有三種不同的組拼方式，亦即三個不同版本，如音樂作品的和聲或變奏，成為一個母題因變置而成的一組形貌不同卻相互關聯的作品。「浮生十帖」在台灣歷史博物館四週時間的展出中，利用週一的館休日，重新變置作品的組合方式，每週以另一種樣態與觀眾見面，成為一次新的開始，使一場本來靜態的展覽，能動而多變地繁複起來。這次，「畫壇變調鳥」的稱譽，不單指的畫風的多變，還有展覽觀念的特殊。

而從形而上的觀念來看，「浮生十帖」的組構、解構、變置和重組，體現的是中國古代的變易哲學。楚戈指出：「中國民族的基因裏面，存在著強烈的、久遠的變化文化。」而集變化文化之大成的先秦經典《周易》，其母題只有兩個，一曰乾卦（其符象為「一」），一曰坤卦（其符象為「- -」）；二者重疊，成八種符象，曰「八卦」；再重疊，衍出六十四象，如此往復，以至無窮。楚戈認為：「李錫奇的性格裏就先天地具備了這種愛變的道。這愛變的道在《易經》裏叫做變化哲學，李錫奇是變化到漆版畫，是浮生十帖的變化抽象畫。」[16]石瑞仁也認為：「把畫家的『浮生十帖』視為人生的變化之象，與其說是提供了十種感覺經驗的類型，不如說是作為繼續演繹人生之無窮變貌的一個基點。而從另一方面看，創作一種可以被重新打散和重組的作品，和藉之以來詮釋人生的做法，這不禁讓人聯想到易經八卦中的符號組合和人類語言思維的長久關係。……『浮生十帖』所揭示的人生感想及生活書寫觀念，說明畫家的創作重點，已經逐步擺脫了制器作物的思維，而進入了觀念演繹的層面。」[17]

「浮生十帖」是畫家站在西元兩千年這個時間節點上，對自己六十人生的一次情感和藝術的反芻。他走向寧靜和沉思，有無盡的感慨都凝聚在那簡潔的符號和沉靜的色調裏。十幅作品之不足，而以變置來表達內心對人生無窮變化的感喟。然而，李錫奇是個快樂的人，這是他不甘寂寞的性格所決定，他那顆不安的探索的靈魂，即使到了今天，跨過七五欲奔八十了，仍像年青人那樣熱烈地躁動著。尉天驄說：「易經的『易』，原有三種含義，一為變易，承認事事

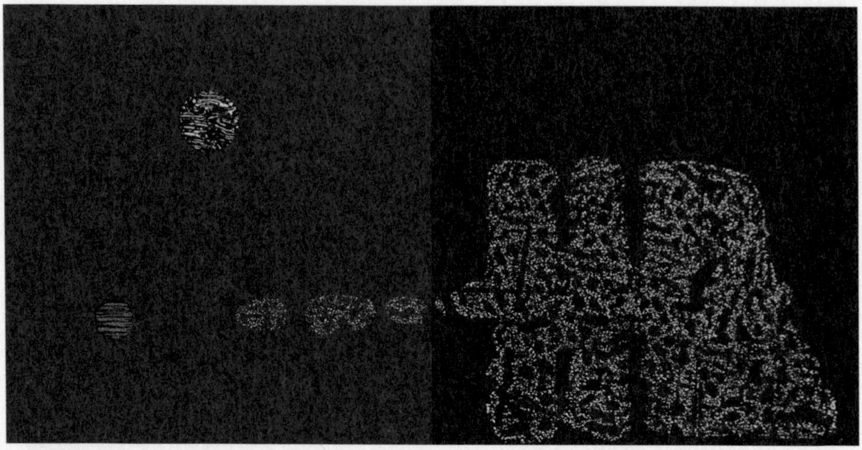

2

3

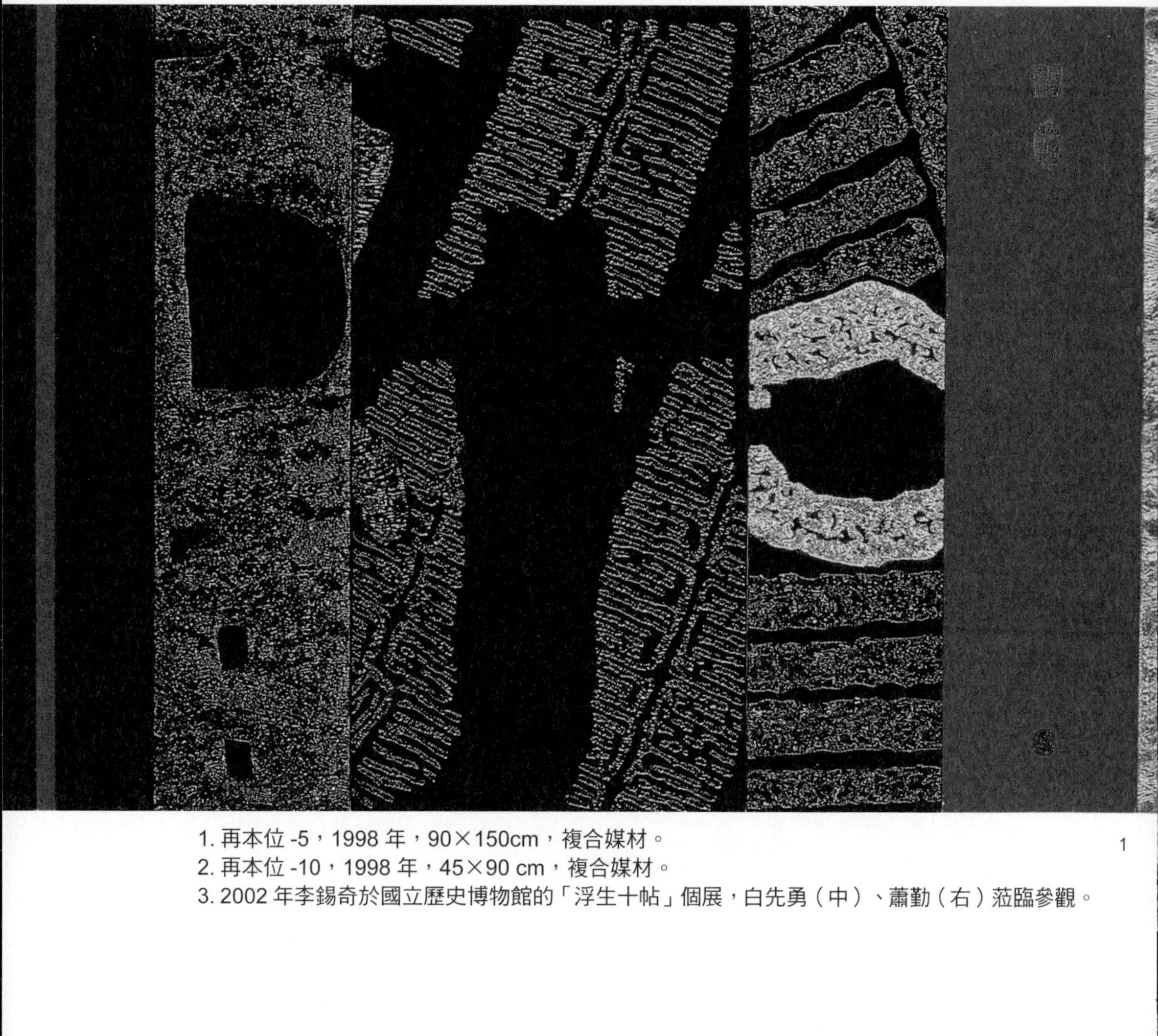

1

1. 再本位 -5，1998 年，90×150cm，複合媒材。
2. 再本位 -10，1998 年，45×90 cm，複合媒材。
3. 2002 年李錫奇於國立歷史博物館的「浮生十帖」個展，白先勇（中）、蕭勤（右）蒞臨參觀。

物物都在變。二為不易，是在變化中看到不變，由此肯定存在的意義。三為簡易，是尋求變化所遵循的法則。」[18]對李錫奇而言，變是絕對的，不變是相對的。從熱鬧走向寧靜，是他繪畫風格的一次變化；然而，跨過了千禧年的那個時間節點，李錫奇重又充滿熱忱地走向未來。一方面，他把「浮生十帖」的沉思寧靜，更多地融入在他的現代水墨作品「墨語系列」中；另方面，在他新的漆畫作品中，依然保持著民間喜慶的熱烈色調，而且在形制上更加自由多樣，色彩上更加炫麗繁複。特別在近年創作、展出的命名為「漢采・本位」的系列作品，在造形上追尋年青時期以中外建築為題材的現代版畫，在紅黑錯雜的朦朧的建築意象中，敷以如蠶蝕一般的金色輪廓，重現一種雍容華貴和堂皇富麗的氛圍，卻又不耐歲月侵蝕的寥落。輝煌與滄桑的並置，如一曲複調的交響，更深地契入歷史和現代對峙與交錯的複雜感喟。「漢采・本位」系列是李錫奇剛剛步入的一個領域，期待未來會有新的發展。

二〇一三年，李錫奇首次在台北當代藝廊推出他的「漢采・本位」系列作品時，那次展覽的命名是「本位・漢采・李錫奇」。回顧李錫奇自上世紀六十年代末以來，他總把「本位」作為他作品和展出的一個標誌，這是李錫奇很早就形成的觀念，也是他對自己藝術的追求和定位。這個觀念最初可能來自於李錫奇視為精神導師李仲生的「東方本位」說。一九六九年，他把應邀赴日參加國際青年藝術展獲獎的一件原名「無題」的作品，這件受到《清明上河圖》啟發、潛隱著東方「變易」哲學精神的方圓變位十連作，重新命名為「本位」；同時在新的出版物，也將前此一些以「無題」命名的作品，如受到當時西方流行的普普藝術影響而以中國民間的骰子和牌九為素材創作的「賭具系列」，命名為「普普・本位」。其意謂十分明顯，強調的是，他用東方本土的實物，來詮釋和重構西方的普普觀念。一九七〇年，李錫奇在台北藝術家畫廊推出「本位系列」個展，包括的是他此前不同時期運用中國元素創作的現代作品；此後，他的許多作品也常在「本位」的名義下展出，包括他進入漆畫時期的「後本位」、「再本位」兩次個展；二〇〇一年，李錫奇主導在上海美術館舉辦的台北現代畫展，取名叫「本位與對話」；二〇〇五年，李錫奇在上海、福州、北京、廣州、台北舉行的藝術巡迴展，命名為「本位・新發・李錫奇」；二〇〇六年，李錫奇在台北國父紀念館舉辦自己的七十大展，也叫做「七十・本位・李錫奇」；二〇〇七年，李錫奇在台北首都藝術中心舉辦以「浮生十帖」為中心的藝術回顧展，命名為「浮生・本位・東方情」；二〇〇九年，李錫奇在長流美術館舉辦創作歷程五十年大展，題為「本位・淬鋒・李錫奇」，並先後在廣州、桃園、苗栗巡迴展出；其後又有二〇一一年長流美術館的「本位・對應・李錫奇」，二〇一三年的「本位・漢采・李錫奇」……

「本位」已成為李錫奇現代藝術一個最重要的符號。何謂「本位」？早在一九六五年李錫奇首次訪日歸來，在接受記者訪問時，便明確地表示：「我國雖有優厚的文化傳統，但今日的中國畫家，並非重複和抄襲古人的文化（藝術）形式，而是承受中國的文化精神，去開拓與發現一個足以代表這個時代的『中國形式』的獨特表現。」[19]此時李錫奇未及三十歲，這個年輕而早熟的藝術家在西方現代藝術眾聲喧譁的氾濫中，卻勇於提出「足以代表這個時代的『中國形式』的獨特表現」，這是李錫奇最初確立的「本位」的觀念。它包括兩個層次：一、面對西方的現代，這是一個現代藝術家必須面對的時代語境；二、堅持中國的立場，這又是一個現代

1

2

1. 李錫奇創作歷程學術研討會於金門舉行，黃光男（左）、黃才郎（右）涖臨現場。
2. 2001 年李錫奇創作歷程學術研討會於廈門舉行，左起李錫奇、彭德、水中天、皮道堅。

藝術家必須堅持的民族本位。在上世紀五、六十年代甚至更長時間，一味西化是當時台灣社會特定的文化語境，而強調對於中國文化精神和民族立場的堅持，讓向西方借鑒的現代藝術有了中國的風骨和神韻，這就是「中國的」現代藝術，也即李錫奇後來多次在回答記者訪問時，以最簡白的語言所說的「現代藝術的民族本位」。理論往往是蒼白的，對這一觀念最好的闡釋是他自己的作品。從早期的「賭具系列」、「方圓變位系列」，到「頓悟系列」和「漆畫系列」，無不是在民族文化「本位」上對西方現代藝術的吸收和改造所形成的「變奏」，讓現代藝術有了中國的精神、形態和韻味。曾被稱為「畫壇變調鳥」的李錫奇，從造形語言、媒介材料到表現手法，不斷在變，唯一不變的是作品的中國精神和民族本位，越到晚年，表現得越為自覺、鮮明和強烈。古月有一首描寫李錫奇家鄉金門的短詩〈蝴蝶的記憶〉，其中有兩句詩特別值得吟味：

在祠下的社鼓聲中
仍昂然地舞看一則九歌

在台灣的現代藝壇上，這個在眾聲喧譁中「仍昂然舞著一則九歌」的人就是李錫奇，就是他所堅持的融傳統入現代，創造中國現代藝術的民族風貌和神韻的「本位」的精神與實踐。

註釋：

1. 石瑞仁：〈從視覺圖象的七巧組合到人生歷程的八卦演易〉，載李錫奇畫冊《浮生十帖：錯位．變置．李錫奇》，國立歷史博物館，二〇〇二年十二月。
2. 劉登翰：〈向時間的歷史深度延伸〉，載李錫奇一九九一年《遠古的記憶》展覽畫冊，又載《藝術家》雜誌一九五期，藝術家出版社，一九九一年八月。
3. 蕭瓊瑞：〈本位．新發．李錫奇——呼喚眾神復活的變調鳥〉，載李錫奇畫冊《本位．新發．李錫奇》，國父紀念館出版，二〇〇六年三月。
4. 杜十三：〈《遠古的記憶》中的鼓聲——試析李錫奇新作〉，見《李錫奇畫集》，台北時代畫廊；蕭瓊瑞文見〈眾神復活——深究李錫奇的藝術行動〉，載《台灣近現代藝術十一家》，藝術家出版社，二〇〇四年三月。
5. 蕭瓊瑞：〈古痕斑駁生新意——小記李錫奇『記憶』系列新作〉，載李錫奇《記憶的傳說》展覽畫冊，一九九二年。
6. 杜十三：〈起承轉合三十年——評李錫奇創作歷程〉，載《回音之旅——李錫奇創作評論集》，賢志文教基金會，一九九六年三月。
7. 杜十三：〈《遠古的記憶》中的鼓聲——試析李錫奇新作〉，載《李錫奇畫集》，台北時代畫廊。
8. 王秀雄：〈鬱黑之旅其符徵、符旨的象徵意義解析〉，載《回音之旅——李錫奇創作評論集》，賢志文教基金會，一九九六年三月。
9. 蕭瓊瑞：〈本位．新發．李錫奇——呼喚眾神復活的變調鳥〉，李錫奇畫冊《本位．新發．李錫奇》，國父紀念館，二〇〇六年三月。

10. 杜十三：〈《遠古的記憶》中的鼓聲——試析李錫奇新作〉，見《李錫奇畫集》，台北時代畫廊。

11. 杜十三：〈起承轉合三十年——評李錫奇創作歷程〉，載《回音之旅——李錫奇創作評論集》，賢志文教基金會，一九九六年三月。

12. 參見作品《後本位九五〇七》。

13. 參見作品《再本位九八一九》。

14. 蕭瓊瑞：〈浮生十帖——李錫奇的淡逸心境〉，載李錫奇畫冊《浮生十帖：錯位．變置．李錫奇》，國立歷史博物館，二〇〇二年十二月。

15. 石瑞仁：〈從視覺圖象的七巧組合到人生歷程的八卦演易〉，載李錫奇《浮生十帖：錯位．變置．李錫奇》畫冊，國立歷史博物館，二〇〇二年十二月。

16. 楚戈：〈《浮生十帖》的變易哲學〉，載李錫奇畫冊《浮生十帖：錯位．變置．李錫奇》，國立歷史博物館，二〇〇二年十二月。

17. 石瑞仁：〈從視覺圖象的七巧組合到人生歷程的八卦演易〉，載李錫奇《浮生十帖：錯位．變置．李錫奇》畫冊，國立歷史博物館，二〇〇二年十二月。

18. 尉天驄：〈看李錫奇的《浮生十帖》〉，載李錫奇《浮生十帖：錯位．變置．李錫奇》畫冊，國立歷史博物館，二〇〇二年十二月。

19. 黃潮湖：〈畫家夜談〉，載《中央日報》，一九六五年三月九日副刊。

第八章

他以生為金門人為榮
金門亦將以他為榮

——古月：生長在古寧頭

一

金門是李錫奇的痛，金門也是李錫奇的夢。

兩岸嚴峻對峙，炮火相向，將金門推到了戰爭的最前端；其帶給無數像李錫奇家這樣平頭小民的無辜傷害，是難以言喻的。一九四九年戰火中的毀家，一九五三年逃亡的勞役兵殺人焚屋的兩條人命寃案，迄今依然無處申訴。接踵而來的不幸，給李錫奇心上留下的創傷，永遠無法癒合。一九五五年，李錫奇考上台北師範藝術科，三年後畢業，本該回金門服務，卻意外碰上「八二三」炮戰而滯留台北，隨後父母也避亂搬到台北，自此十年，便再也沒有回過金門。不是不想回，是不忍回！每每聽到有誰提到金門，眼前便會浮現祖母和姊姊血泊中的身影……。

直到十年後與古月結婚，李錫奇才借一次活動，重新踏上故鄉那浸滿硝煙和血淚的土地。這童年天堂般的故鄉，已經變了樣。曾經十餘萬人口的金門，許多離鄉去了海外或搬到台灣。這時的金門，只餘四、五萬居民，卻有十萬駐軍，說它是座縣城，不如說它是座兵營。不過，戰時亦有戰時的繁榮，十萬阿兵哥總要吃要喝要消費，金門的百姓可以做阿兵哥的生意，還有離島補貼，日子還算過得去；可是建設呢，處於戰爭前沿，除了軍方的碉堡、坑道，一切免談！穿走在盲腸似的金門縣城，彷彿回到一個世紀前，街道還是當年爺爺奶奶走過的窄窄的街道，房子還是當年爺爺奶奶住過的矮矮的房子，金門完全和當代的社會生活脫節。以致到了兩岸關係和緩，歷史拐了一個大彎，當局從金門撤軍，沒了阿兵哥的生意，金門突然顯得冷清起來。它的再次熱鬧，要等到開放「小三通」以後，金門成了兩岸往來最熱絡的通道，此時才發現，半個世紀毫無民生建設，金門雖然保留下許多古建築，卻難以適應現代生活的步伐和需求。

移住在台北的李錫奇，雖然遠離了金門，可是他生命的點點滴滴，人們都把他和金門聯繫在一起。一九六二年，李錫奇在版畫界綻露頭角，席德進寫了一篇短文介紹（這可能是對李錫奇最早一篇評介），用的大標題就是：「來自金門的藝術家李錫奇及其版畫」；一九六三年，李錫奇首次參加東京國際版畫展，楚戈以他的本名袁德星寫了一篇深具熱情與遠見的評論〈存在的價值〉，也特別關注他特殊的金門出身；一九六七年，李錫奇舉辦第一次個展，《中國時報》介紹這位「藝壇的冒險者」，特別指出「這位生長在金門古寧頭的青年，飽嘗戰火的硝煙味兒……經過了烽火的洗禮，他的意志堅忍，創造了繪畫新的意境。」這種情況愈來愈甚，金門似乎成了李錫奇的一個「記認」，無論他怎麼再想避開金門，命運卻把他和金門緊緊連在一起。其實李錫奇自己也意識到，他避開金門是為了避開心上的「痛」，而恰恰是這個無法避開的「痛」，把他和金門永遠連在一起。生於金門，無論是喜，無論是悲，金門都是李錫奇的一種命定，這是老天的安排，誰也無可拂逆。

其實，金門也永在李錫奇心中。在台北，他常常感到自己身分的弔詭。在外省人眼中，他是台灣人，而在台灣人眼裏，金門並不是台灣，屬於福建省的金門，仍是個外省人，說的好聽點，頂多是個台灣的「離島」，依然不是台灣。在游離於「外省」和「本土」的無從歸屬中，反倒清醒了他對金門的認同。是的，只有金門才是自己的「身分」！初離金門時，他想忘掉金門；離開了金門後，他才知道，金門是永遠忘不掉也不能忘掉的。

春江水暖鴨先知。兩岸關係和緩，金門最先敏銳感受到。從「八二三」炮戰到此後的「單打雙不打」，而且打的多是宣傳彈、空殼彈；再到一九七九年兩岸停止炮擊，隨後出現了金廈海域上雙方睜一隻眼閉一隻眼繁忙的「海上小額貿易」，直到正式開放「小三通」，金門成了兩岸交往最初，也最便捷、頻繁的通道。這一路走來，金門一直扮演著最重要的角色。李錫奇常說，無論戰爭，無論和平，金門都是一根敏感的神經，吸引世界的目光。金門曾經是戰爭的觸發點，今天應當成為和平的滑潤劑。試問在全國、甚至全世界，有幾個城市曾像金門這樣，經歷過長達半個多世紀的戰爭與和平的拉鋸，憑這一點，金門不應當只是「戰爭之島」，而應當成為「和平聖地」。這是他的夢！生為金門人，他要為這個夢去努力。當他看到，昔日的戰地，正在變成公園，接待四面八方懷著神祕感而來的遊客，他相信，鑄劍為犁，把灑落在金門的遍地的炮彈，化作一把把烹飪美食的菜刀，這已不是夢想，它正在成為現實。

二

此時，李錫奇正陪同旅居美國的國際著名藝術家蔡國強在金門訪問。

驅車在金門的土地，一條又一條修建得十分齊整的戰時公路，繞著一座山頭又一座山頭，放眼望去一片蔥綠，到處長滿雜樹叢林。幾十年沒有建設，生態景觀保持十分良好，多年棄耕的土地，也密麻麻長著齊人高的茅草。來到這裏，彷彿來到一座供人休閒的生態小島，伴著時時翔飛其間的各種旅鳥啾啾的鳴聲，有一種原始的、平和的氣息襲來。如果不是偶然從蔥綠的樹叢間，發現同樣染成綠色的碉堡，而且你再仔細一看，幾乎每座山頭、每道沃角，每片幽綠的曠地，甚至就在公路當中，都有大大小小的各種碉堡屹立。這就是金門，一邊看似寧靜平和，一邊卻是劍拔弩張。哪一個才是真正的金門？或許正是它們二者，才構成金門今天的一種特殊的風景。

很久以來，當炮聲平息下來，硝煙散去，金門成了兩岸民眾都想一窺的神祕之境，李錫奇就想利用金門的戰地資源，把金門打造成為一個和平的藝術之島。

兩岸關係逐漸和緩，李錫奇便不斷穿梭在兩岸之間。一九八六年，兩岸還沒有正式開放，李錫奇就透過美國朋友的引介，在他主持的環亞藝術中心，策劃了包括有兩岸畫家參與的「中國水墨畫大展——從傳統到現代」，成為最早一個打破禁忌、推動兩岸藝術交流的探路者。台灣開放探親之後，李錫奇雖無親眷在大陸，卻是最早一批跨過大陸海關的人，他把自己的行為稱為「藝術探親」。一年多時間裏，在他與朱為白、徐術修共同主持的三原色畫廊，先後不下十次地舉辦了與大陸相關的藝術展覽，較著名的如包括周思聰、王明明等的「大陸水墨畫探索展」（一九八七·十一），「大陸木刻版畫展」（一九八七·十二），木心、艾未未、袁運生、陳丹青、張宏圖、嚴力、那非等七人的「大陸現代畫展」（一九八七·十二），「黃胄畫展」（一九八七·十二），「周韶華水墨展」（一九八八·六），大陸五位元老木刻家李樺、力群、彥涵、王琦、古元「木刻版畫展」（一九八八·九），「關玉良水墨畫展」（一九八八·九），「黃丕謨木刻版畫展」（一九八八·十）等。畫廊業務結束之後，他依然不斷在兩岸行走，為兩岸藝術的進一步交流，也為自己的藝術更深刻地尋找民族本位的文化根柢。他帶著台灣美術界的朋友走訪大陸，足跡遍及北京、上海、福建、廣東、湖北、山東、山西，乃至大西北的甘肅和大西南的貴州……他積極向大陸介紹台灣的現代藝術，多次策劃在大陸舉辦台灣現代藝術展，也在大陸尋找新的繪畫媒材和造形語言，設立工作室，把自己的個展辦到大陸許多城市。另一方面，他又在台灣熱情接待來訪的大陸藝術家，無論是他邀請的、還是別的機構邀請的，舊雨或者新知，他都儼然以主人身分把客人請到自己家中或在賓館設宴把酒論藝，暢敘友情。口口相傳中，許多欲來台灣訪問的藝術家都知道，台北有個熱情好客的李錫奇，找到李錫奇就找到台北的文藝界，李錫奇成了兩岸藝術交流的一道橋梁。因此，有媒體把他形容為「從藝術的『變調鳥』到兩岸的『和平鴿』」，是對他熱心推動兩岸藝術交流的一種肯定。

其實，此時李錫奇心中時時牽掛的還是金門。兩岸雖然開放了，可金門作為「前線」，未經特許，無論台灣還是大陸都不能隨意前往，依然保留著一種「戰地」的神祕感。李錫奇執意要把這種封閉的神祕感變成開放的神聖感。他有篇文章：〈民國百年，和平聖地〉，討論的就是金門怎樣在當今世界已從「冷戰區隔，零和對抗」的戰爭思維轉向「區域協同，共生合作」的和平思維之大時代中，抓住契機，扮演「和平聖地」的大角色，以「和平」為其總體規劃的大定位，成為連接兩岸的和平之橋。他決心為此矢志努力。

最初，他利用在金門的人脈關係，個別地邀請大陸作家、藝術家來金門訪問。繼而，他為迎接二〇〇〇年——新的千禧年到來，積極建議金門縣政府以主體產業金門高粱酒的名義，舉辦跨越兩岸的金門詩酒文化節，雖因時間匆迫未能籌備，但仍在千禧年到來之際，舉辦「詩酒迎千禧」的大型活動，邀請了來自兩岸的詩人、藝術家，在金門展開為期三天的以詩、酒、畫為中心的聯誼活動；次年中秋節，終於正式舉辦有兩岸百多位嘉賓出席的第一屆金門詩酒文化節。當一輪中秋圓月將瑩瑩銀光普灑在微波蕩蕩的金廈海域上，來自廈門和來自金門滿載詩句和美酒兩艘客輪，在海中相會，伴看焰火和歡呼，互贈祝福和禮品。這美好的瞬間，讓人想起當年金廈海上曳著火光飛馳相向的激烈炮戰，歷史的巨大變化留在兩岸詩人、藝術家的無數作品中，成為最珍貴的一份永遠的見證。二〇〇一年十月，李錫奇「歷史・本位・李錫奇」的大型展覽和研討，特意選擇在家鄉金門和對岸的廈門舉行，由文建會指導、金門縣立文化中心和廈門大學藝術學院聯合主辦。上半場研討在金門結束，下半場要轉移到廈門大學繼續。按照當時金門尚不能與大陸直航的規定，數十位與會嘉賓和金門鄉親，須繞道台北再飛廈門，平添了

1

海峡导报 HAIXIA DAOBAO 台湾新闻·社会 2001年11月17日 星期六

责任编辑:梁岩忠 校对:郑慧彬 电话:(0592)2960563

李锡奇2000年留影

从画坛"变调鸟"到两岸"和平鸽"

——金门画家李锡奇速写

李锡奇的名字是我在读书时就听说的，认识他本人却纯属偶然。那天采访来厦门参加"绿博会"的金门团队，在和平码头碰上金门同胞联谊会秘书长李淑萍女士，她告诉我团队中有一位来厦办画展的金门籍大师，在她的热心介绍下，我认识了李锡奇先生。

文坛爱侣

说起李锡奇，就不能不先谈他的妻子。李先生的妻子是台湾著名诗人古月。

记得第一次在和平码头见到下船的古月时，虽然她已不年轻，但她身上的气质依然很美，很吸引人，所以我走过去和她聊起来。后来，我才知道，她就是李锡奇妻子。李先生此次在厦办展古月全程陪同：当李先生在台上讲话时，她热情地招呼来宾，安排就座；当采访李先生时，她适时地做一些补充，话不多，但很到位。

古月说李先生有一句名言——做画家的妻子要有觉悟。她说李先生的诗人之道是：朋友第一、女儿第二、太太最后。至于作画，那是李锡奇的生命，走到哪里都放不下。作为李锡奇的太太，古月十分理解丈夫对朋友的那份深厚感情，她默默地支持着李先生的那一份挚爱。

古月还谈到李先生在两岸文化交流中的所作所为。她说，李先生是最早介绍祖国大陆画家到台湾的人，从而带动起两岸文化交流的热潮。她说，李先生是情有独钟地做这件事，虽然其间遇到了一些挫折，但这是一件很有意义的事，值得一直做下去。

11月12日中午，我在金帝大酒店见到准备归程的古月时，她告诉我她感冒了。她说："当画家的妻子很幸福，但也很累。"

画坛"变调鸟"

中国美术学院院长许江说："在李锡奇的现代画里，中国博大精深的传统艺术得到了充分的体现。"

李先生于1938年出生在金门古宁头北山村，是家中长子，曾祖父是前清秀才。1955年，李锡奇被保送入台北师范学校艺术科，该校是台湾新美术运动的发源地，台湾第一代西画家多半求学于此。在这里，李锡奇受到了系统的专业训练，为他今后的艺术发展打下了坚实的基础。

35岁前的李锡奇是台湾画坛的"变调鸟"，他的画风诡异多变。从作品《早期系列》深受抽象主义影响开始，他尝试过欧普、普普艺术和中国宫殿图案造型的结合，也试过以中国赌骰子、牌子为素材；到了其作品《本位系列》创作时期，他把传统的形式和现代的物质交融在一起，用传统美学的表达方式传达现代的精神理念。

35岁以后，李先生从中国书法里找到了崭新的视觉语言，他研究草书的运笔与线条的构成，将字的笔意与气势表现在有深度的空间里，创造了李氏绘画的标志——《大书法系列》。到了90年代，李先生回溯远古，创作了灵感来自原始图腾的《郁黑系列》，着重表现漆黑厚重的皱褶、光亮的肌理，展现浓稠漆黑的寂郁与霸气。1995年，李锡奇先生以书法抽象美感的拆解，并置符号图象以及融合篇额、春联的形式结构创作了《后本位系列》，来呈现返璞归真的赤子情境，进而传达中国现代化符号的表征。

独特创作理念

谈到创作理念，李先生谈了初学画时的一段经历。他说在艺校学素描时，很多同学都是一丝不苟地把对象的形体描绘出来，往往一幅画要画好多天，而自己正好相反，一节课完成好几张画。他说自己看重的是对象的"神"而不是"形"，而这种"神"不是靠细致就能表现的，它要靠对事物本身的感悟和灵感的突现。但当时并不提倡这种画法，所以当同学们取得九十多分的成绩时，李锡奇的成绩单只有六十几分甚至不及格。有趣的是，当年拿九十多分的同学后来在艺术上大都没有多大造诣，倒是一直坚持在"及格"线上徘徊的李锡奇成了蜚声中外的名画家。

所以，在厦大艺术学院举办的"李锡奇创作历程学术研讨会"上，李先生向晚辈们传达的创作观念是"艺术贵在创新，要强调个性"。

两岸"和平鸽"

2001年11月8日，为期3天的"历史、本位、李锡奇——李锡奇创作历程学术研讨会"在厦门大学开幕。中国美术学院院长许江、福建省美协副主席、厦门文联副主席徐里等都参加了开幕式，到场的还有李先生在台湾的一批知名画家和诗人朋友。

从上世纪八十年代开始，李先生就致力于两岸的文化交流：1986年，他策划了"中国水墨画大展——从传统到现代"，以学术的观点整合海峡两岸的水墨画发展历程，并在香港与大陆画家黄永玉进行了学术交流；1988年，他策划了大陆五位著名画家李桦、力群、彦涵、王琦、古元首次在台举办木刻版画展；1990年，李锡奇与妻子古月出席福建省作协举办的海峡诗人节；1991年，李锡奇率团赴大陆主持"北京—台北当代艺术展"，并出席香港中华文化促进会主办的"中国现代版画研讨会"，同时邀请闽籍作家郑登翰、黄和平访台；1993年，他邀请大陆《文艺报》著名记者应红访问台湾及金门；1995年，他率团赴香港主持"台北现代画展"，并与大陆及香港画家举办"97后促进两岸三地现代艺术交流"座谈会；1996年，在上海策划举办了"台北现代画展"；2001年，他又在上海策划举办了"本位与对话——台北现代画展。"

许江说："李锡奇是台湾文艺圈的一个重要人物，他的身边围绕着一批文化人。在我们和台湾的文化交流中，李锡奇是一个不可或缺的人物，只要有李先生在，就有他的诗人、画家朋友在。"为了举办这次学术研讨会，李锡奇带着他的诗人、画家朋友们不辞辛劳地奔波于台湾、金门、厦门之间，展出的是李先生的画，宣传的是中华民族博大精深的艺术传统。

对于所做的一切，李先生用一句话作了概括——两岸文化同根同源，我们不能离开中华文化。我们不但从李先生的画作中读到中华民族源远流长的文化底蕴，还可以从他为两岸文化互动所做的努力中体会到满腔的爱国热情。

本报记者 林靖东

2

1. 李錫奇策劃金門文學藝術之旅，藝術家、文學家於金門莒光樓合影。
2. 2001年11月17日《海峽導報》標題為「從畫壇變調鳥到兩岸和平鴿」。

許多不便。李錫奇通過指導單位文建會申請，特許從金門直航廈門，被認為是開創了「宗教直航」之後罕見的一次「藝術直航」。

僵硬的歷史格局，經過不斷努力，正在一點一點被改變。

此刻，正陪同蔡國強在金門訪問的李錫奇，心中懷著一個激情的夢。這是二〇〇四年的春天。此前，蔡國強訪問台北，與李錫奇見面。蔡國強出生在與金門一水之隔的泉州，二十九歲出國之前一直生活、工作在這裏，從小耳濡目染，聽慣了兩岸飛馳的炮聲和鄉人對金門的念叨。「八二三」炮戰時，隸屬泉州的晉江圍頭，是最重要的一個炮戰陣地。兩人見面，聊起當年，有一種特殊的親近感；特別對於金門，從藝術家的靈興，都感到有一種可供發揮的創作的欲望。李錫奇吐露了想把金門戰地打造成一座藝術的和平聖地的念頭，這一想法獲得了蔡國強的強烈共鳴。於是便有了後來的金門之行，有了利用金門戰地碉堡進行藝術創作的大膽設想，有了李錫奇擔任籌備委員、蔡國強作為藝術總策劃的「金門碉堡藝術節——十八個個展」的宏大計劃實施。

曾經於一九九四年獲得日本文化大獎廣島獎、一九九九年獲得威尼斯雙年展金獅獎、二〇〇九年獲得福岡亞洲文化獎、二〇一二年獲得美國國家藝術勳章等許多獎項，並先後於二〇〇一年上海APEC會議、二〇〇八年北京奧運會、二〇〇九年天安門慶典晚會擔任焰火表演總設計的蔡國強，以中國發明的火藥和中國文化元素的藝術創作而蜚聲國際。以他在國際上的人望和廣闊包容的胸懷，邀請了來自海內外的著名藝術家，也包括大陸和台灣藝術家，共同參與碉堡藝術節——十八個個展的創作。其中不僅有著名畫家、雕塑家、裝置藝術家、行為藝術家，還有音樂家如譚盾、出生台灣走紅日本的模特兒如被稱為「情色革命主義代言人」的垠凌。他們將根據各自的藝術秉性和創意，選擇一座碉堡，以繪畫、攝影、裝置、影像、聲音、戲劇、身體、行為藝術等各種手段，把碉堡改造成為展示和平、人性和才華的展演聖地。經過向軍方申請，劃出了金門南山陣地、塔山炮塢和古寧頭大碉堡三個地方，供藝術家們選擇進行創作。這些散置在金門不同角落的碉堡，四周或許尚還遺有當年埋下的地雷，因此，這場展覽本身，就包涵著「戰爭／和平」的深長意味。所以蔡國強說，這可能是全世界唯一四周被地雷環繞的另類美術館。

曾經，金門這根牽動兩岸戰爭與和平的敏感的神經，又以它出奇的創意，讓藝術在戰爭的遺跡上呈現和平的美麗，作為一種象徵或訴求，重新吸引世人的目光。

三

南山一號碉堡，隱藏在微微隆起的山包下面的一座地堡，凝對著一片遼敻的海天。這是李錫奇從小熟悉的地方。碉堡對面，隔著一潭瀅瀅的雙鯉湖，就是古寧頭的下店，站到山包上踮起腳尖，可以望到父親當年的「金源遠」商行，商行後面，就是李錫奇的家了。童年，李錫奇沒少和小夥伴們來這裏採過虎莓，玩過打仗的遊戲。待到真的打起仗來了，這裏炮聲火光，森嚴壁壘，成了軍事禁區，就再也沒有來過了。

李錫奇就選擇這裏來做他的「碉堡藝術」。碉堡藝術館十八個個展，每個藝術家都有他們各自不同的人生經驗、藝術理念和生命訴求；每個人也都將利用他所選擇的「碉堡」綻放不同的藝術花朵。唯有生長於金門、歷劫於金門的李錫奇，不能忘卻曾經的血淚記憶。他要直奔「戰爭與和平」這個主題，再現當年一百四十餘平方公里的金門土地上，在一個多月時間裏，承受四十多萬顆炮彈的慘烈情境。

他邀來了幾位朋友：蔡志榮、黃義雄、盧根陣共同謀劃。

他想起金門聞名遐邇的高粱酒廠，這是金門唯一的支柱產業；還有一座陶瓷廠，也是利用金門特有陶土的特色產業。這些本土材料都將成為未來創作的元素。他要陶瓷廠按一比一的比例製作八百二十三枚炮彈造形的酒瓶，然後將金門酒廠「八二三」當年留存至今的陳年高粱酒，分裝到這些炮彈造形的酒瓶裏。在南山碉堡的上空支起一張碩大的「天網」，天網下密密綴滿了這似乎隨時都有可能掉下的黑色「炮彈」。在他營造的這個似真且幻的「戰爭」氛圍中，「天網」下面的一小塊空地卻擺著一隻大碗和三粒骰子——曾經在上世紀六〇年代以骰子、牌九等賭具推動西方的普普藝術東方化的藝術家，再次讓骰子扮演一次重要角色，讓參觀者可以來這裏豪「賭」一把。他把這件作品命名為「戰爭賭和平」，而且設計了一整套遊戲規則。例如他把賭局稱為「和平賭莊」，讓參加遊戲的參觀者在「戰雲密佈」的炮彈天網下擲骰子，依當年「八二三」炮戰後實行「單打雙不打」的寓意，三粒骰子擲出的點數總和若為單數者，即「陣亡」出局，擲出雙數者，則為「和平雙贏」。整個展覽設計融普普、實物、裝置、行為諸種藝術觀念於一爐，是上世紀七、八十年代李錫奇曾參與其中的複合藝術風潮在新的環

1

2

3

1. 2002 年海峽兩岸六人現代水墨大展於上海展出，左起岑家齡、楚戈、劉國松、仇德樹、李錫奇、張桂銘。
2. 6. 於福州舉行的李錫奇藝術座談會。
3. 2001 年李錫奇策劃的台北現代畫展於上海美術館舉行。
4. 北京台灣兩岸書畫藝術展開幕。
5. 劉登翰來台，台灣藝術界熱情歡宴。
7. 「本位・新發・李錫奇」個展於上海美術館舉辦。
8. 「本位・新發・李錫奇」創作歷程展合影。

4

5

6

7

8

境與主題下的重新出發。戰爭與和平的主題嚴肅性，和藝術表達上賭莊設置的遊戲性，二者無厘頭般地奇妙聯結在一起，其複雜意味，是娛樂？是調侃？還是對那段並未完全結束的戰爭的一種只能無奈交給命運的預言？每個參觀者想必都會有自己的解讀和穎悟。

對此，李錫奇卻是認真的。他為這件作品寫了一份情意深摯的創作闡述。他從自己的家鄉古寧頭說起，明朝靖康之變，李氏先人渡海落腳南山東界，自此數百年，人丁繁衍，宗族昌盛。近代以來，卻屢遭戰亂。無論鴉片戰爭的英艦炮擊，還是二次大戰的日寇占領，金門都難逃劫難。尤其「八二三」一役，兩岸對峙，數十萬顆炮彈傾落在這彈丸小島上。昔日的萬人社，一時十室九空。這種慘狀，兩岸皆同。他說：「曾有福建朋友告訴我，八二三炮戰期間，福建沿海的軍民同樣死的死、傷的傷，老百姓同樣過著杯弓蛇影的日子。這印證了，戰爭的賭局，老百姓永遠是輸家。」懷著這份沉痛，他倡議碉堡藝術展並選擇了古寧頭南山一號碉堡，來做自己的碉堡藝術。他說：「如今在當年以生命相搏的地方，舉辦碉堡美術展，如此另類，如此弔詭，在戰火的土壤裏，開出藝術的花朵，它的意含卻值得我們反省、深思。」

這份反省、深思，正是他作品「戰爭賭和平」所追求表達的主題。他在創作闡述中意猶未盡地說：

「人類的歷史是一部戰爭史。每一場戰爭發動的理由都很堂皇，說是為了追求永遠和平、為了子孫萬代幸福、為了國家的生存與繁榮，不一而足。而短暫的和平往往又成為新一次戰爭的準備。其實發動戰爭何異一場豪賭，在生命的天秤上，戰爭的賭局沒有贏家。

「而可憐的金門人，在戰爭與和平之間，毫無置喙餘地。在『中國人打中國人』的年代，兩岸隔海對峙，當戰爭的賭局開盤，引爆點竟是孤懸海中的金門。熾烈的炮火摧毀我們的家園、奪走我們親人的生命，逼得我們逃生無門。

「那些個驚恐、憂傷、絕望的年頭，我們這裏甚至沒有嘗過美夢的滋味。

「如今時光流轉，『中國人不打中國人』了，金門的地位不變，戰爭的盡頭，是從『單打雙不打』到『無限期停火』；然後，這一邊解除戒嚴，那一邊改革開放。金門與廈門隔空交火成為過去，新的口號是『金門廈門兩門對開』，金門一躍而成為兩岸小三通的橋梁和改善關係的潤滑點。

「承平了近半個世紀，兩岸潛在的危機卻與日俱增。眼下雖然歌舞昇平，交流頻繁，實則只是在和平的假象下，外弛內張。戰爭的賭局蠢蠢欲動，兩岸局勢彷彿政客正操弄一台大樂透開彩機，裏面跳躍的彩球上不是數字，而是『戰爭』、『和平』、『現狀』、『出走』、『流亡』等命運難料的字眼。」

這種深刻的歷史感和敏銳的危機感使他意識到：「當戰端再起，首當其衝的還是金門吧！」為了避免重蹈戰爭的災難，他呼籲：「當金門的號角聲、行軍皮靴聲、槍枝與鋼盔撞擊聲漸漸遠去時，落日殘照中，碉堡依舊在。因此，金門碉堡的未來，也是兩岸的未來，我們總要做些什麼吧！」

「總要做些什麼」，這是一種自覺的責任。為了和平，每個人都有每個人可以貢獻的力量，作為藝術家，他擁有的是畫筆、塑刀和無盡的創意。碉堡藝術館就是藝術家奉獻的創意，也是李錫奇選擇南山碉堡創作「戰爭賭和平」這一作品的思想背景。在骰子「賭單雙」的戲謔

4

1

2

3

1.2.4. 金門碉堡藝術節中，李錫奇參展作品《戰爭賭和平》。
3. 蔡國強（右一）為「金門碉堡藝術節——十八個個展」擔任藝術總策劃。

的歡笑聲背後，你是否聽到一絲辛酸、一絲悲鬱、一絲驚恐和一聲疾呼了嗎？

這是李錫奇獻給故鄉金門的一份禮物！

四

二〇一二年，李錫奇榮獲第十六屆國家文藝獎。

這個有點姍姍來遲的台灣最高文藝獎項，自一九九六年設立以來，每年遴選文學、藝術、音樂、舞蹈、戲劇、建築、電影七類中的優異人才若干，予以表彰。獲得表彰者須先由社會各界推薦，然後由董事會遴選提名委員及各類評審團委員，再由各類評審團委員從諸多推薦者中審議選拔，最後報送決審團決審提名，以此保證評審的公正性、權威性。每屆常有個別類別出現空缺，如本屆舞蹈、電影兩項均無人入圍。該獎迄今舉辦十六屆，獲獎的藝文工作者達五十八人。李錫奇前兩屆亦曾獲得推薦，最後功虧一簣，本屆終於夢圓。其得獎理由有三：一、創作具材質的實驗性。二、作品富東方人文意涵。三、推動台灣現代藝術活動，促進國際藝術文化交流，貢獻卓著。文字不多，言簡意賅，卻是對他半個多世紀藝術人生的肯定，對他始終不渝堅持藝術創作的創新性、堅持現代藝術的東方民族本位、堅持推動兩岸乃至世界文化藝術交流的認同和褒獎。以儀式性的最高文藝獎項，再次肯認了藝評界一直以來對他一致的看法：在台灣現代藝術歷史裏，李錫奇的親歷性、延續性，除了是一個具體而微的縮影，也是一個時代的創作者；他為台灣現代藝術推廣與引介留下的蹤跡，絕無法抹殺。

頒獎典禮在華山文化創意產業園區舉行。應邀出席的馬英九總統致辭時，說了一句意味深長的話：「工程可以把一個國家變大，但只有文化才可以使一個國家變得偉大。」他期許台灣將效法法國，加重對文化的投資。

站在頒獎典禮主席台上發表獲獎感言的李錫奇，不能不再度想起他的家鄉金門。對他而言，那不僅是一座島，而是一個時代，一段沉重的記憶！一場本不該發生的軍事對峙，使金門成為炮火紛飛的戰爭焦點。所有金門人和他一樣，飽受戰爭的災難，家破了，人亡了。他是不幸的，但他又是幸運的，一個偶然的因緣際會，使他離開金門，落足台北，開始了他長達半個多世紀的現代藝術探索和創作的漫漫旅程。如今，在世俗的意義上他成功了。但他不能忘記生他、養他的故鄉。在他題為「窗外有藍天」的獲獎感言中，他再一次呼籲：「三十年前金門處於戰爭的引爆點，金門百姓生活在恐懼的陰影下。三十年後的今天，烽火過後，風雨千年，浯島渾厚的紅土早已綻放新綠。那傷過、痛過、哭泣過的日子已成為身後零亂的腳步。金門必須從殺戮戰場的陰影中走出來。在今日台灣仍存在的意識形態中，金門的純中華主義，沒有藍綠之分的顧忌，正好成為兩岸和平的潤滑劑。」

李錫奇的獲獎，是金門的榮耀；而李錫奇的這番肺腑之言，更讓金門人感動！

其實，在此之前，李錫奇還有一件事，也讓金門感到意外的驚喜。

二〇〇九年元旦剛過，李錫奇接到一個電話：

「請問是李錫奇先生嗎？這裏是行政院。」

1

2

1. 2009 年李錫奇獲聘總統府國策顧問，與馬英九總統合影。
2. 2012 年李錫奇（右一）獲頒第 16 屆國家文藝獎頒獎典禮合影。

行政院？李錫奇極少與政界打交道，他的朋友圈都在藝文界。他還以為自己聽錯了，是國美院，還是哪所大學的美術學院？他再問了一句：「什麼院？」

「沒錯，是行政院，我們院長劉兆玄先生找你。」

這個突來的電話傳達一個李錫奇毫無思想準備的邀請：馬英九總統提名李錫奇擔任他的「國策顧問」。

這是馬英九上任後從各界著名人士中遴選聘任的第一屆國策顧問，計五十八人，其中藝文界九人。李錫奇以他現代繪畫的成就和影響榮膺此職，但在李錫奇看來，更重要的可能還是他金門出身的特殊身分。是的，偌大一個台灣，必須有一個金門的代表，必須能夠聽到金門的聲音。

其實，「國策顧問」是個虛職，既無實權也不授薪，只每季度召開一次座談會，總統親蒞聆聽顧問們的建言。明明知道是個形式，但李錫奇仍不放棄這個機會，每次發言總要為金門發聲，為付出沉重戰爭代價的金門，爭取必須的權益。

然而金門鄉親卻為此欣喜萬分，視為是金門的一份榮耀。金門的報紙曾經連篇累牘地做了報導，新聞、通訊、訪問、特寫，一版接一版。曾經，李錫奇以自己生為金門人自豪，而現在，金門以出了一個藝術家的「國策顧問」李錫奇為榮。

李氏在金門是個大姓，傳承久遠；李氏宗祠是金門最著名的建築之一，飛簷斗拱，雕龍繪鳳，一派金碧輝煌。除了依朱熹倡建家廟祭祀祖先的「四龕」制之外，家族成員取得功名者，也都在祠堂裏高懸牌匾以示榮耀。往昔是舉人、進士之類，近代以來則以擔任各種官職為列。

李錫奇當了「國策顧問」，無疑也是一個「高官」，金門族人便沸沸揚揚鬧著要在祠堂為李錫奇掛匾。受過現代教育又從事現代藝術的李錫奇，對此類事本不熱心，但在鄉親、朋友的一再勸說和催促下，也不便拂逆大家的心意，只好隨俗從眾。當族人們熱熱鬧鬧大擺宴席、舉行儀式，將李錫奇榮膺「國策顧問」的牌匾高掛到祠堂的門楣上時，不想卻又引來了一樁陳年舊事。

一位記者在一篇記述李錫奇的文章中，爆出一個猛料：原來李錫奇並不是李家的親生，而是李家從吳姓人家抱來的養子。

這個隱藏了數十年的不算祕聞的祕聞，在李錫奇沒沒無聞的時候誰也不會關注，而如今李錫奇當了國策顧問，便成為一樁大事。吳姓族人也活躍起來了，李錫奇的榮耀該歸於李家還是吳家？這可有得說頭了。議論紛紛中，有要李錫奇認祖歸宗重返吳家的，也有主張李錫奇認祖不歸宗依然屬於李家門下……剎時間李錫奇成了輿論的焦點。

這是李錫奇久埋心底的一樁心事。不到兩歲就抱養過來的李錫奇，是李氏父母的心頭肉，爹親娘愛，還有心疼他的祖母和姊姊，他從來沒有懷疑過自己的身世。只是稍大以後才偶有風聞說自己不是親生的，但他絕不相信，憑著父母親人這樣疼惜自己，怎麼可能是抱養來的？直到上了初中，有一天，他到半山的一個同學家裏玩，玩著玩著，他想上廁所，便從同學家的二樓下到樓底。天正下著細雨，突然有個穿著藍色對襟大褂的婦人迎面走來，一把緊緊拉著他的手，一邊低聲地輕輕叫著：「錫奇，錫奇啊，你都長這麼大了……」李錫奇不認識這人，但從她緊拉著的手中像有一股電流一樣，剎時直麻到全身。他突然想起同學中曾經有過的風傳，心頭像被什麼狠狠地撞了一下。雨還在綿綿下著，落在臉上不知是雨水還是淚水，他就這樣哭著奔回家裏……。

後來李錫奇靜下來細想，他猜這個穿著藍色對襟大褂的婦人，肯定是自己沒見過面的生母。他想過去認她，不過此時李家剛剛遭受巨大的災難，祖母和姊姊兩個最疼他的人，含寃被逃亡的勞役兵劫為人質槍殺了。接連而來的厄難，父親李增丙從一個精明的商人變得整天精神恍惚，母親吳玉瑤更是整夜整夜不敢閉眼，一閉上眼睛就夢見婆婆和女兒兩具血淋淋的屍體……在這樣的情況下，李錫奇怎能離開從小就將自己視為己出的養父養母一家呢？他清楚知道，沒有養父母，絕沒有自己的今天。姊姊故去之後，自己做為這個家庭的長子，必須負起照顧全家的責任，和父親一起扛起這接踵而來的劫難，這是做人的起碼道德。

心知肚明的李錫奇，只有把這事深深埋在心底！

幾十年過去了，這件往事重新被翻炒出來。他的生母和他的養父母均已過世，他不知道再按世俗去認祖歸宗或者認祖不歸宗，除了被媒體再熱炒一番，徒增李氏和吳氏兩大家族的矛盾之外，還有什麼實際意義？他只在心中感激生母的生育之恩和養父母的養育之恩，對於各種議論，都保持一份緘默。

他不能活在過去，他必須活在當下！

對於金門，他心中還有個夢，他希望能在家鄉建一座自己的美術館。

隨著歲月的流逝，李錫奇已經年近八十。人到老年，總會萌生一種歸根之感。儘管李錫奇旺盛的生命精力和藝術創造力，使他還如年青人一樣活躍，照樣在全台灣和世界許多地方「趴

4

1

2

3

1. 墨語 9702，1997 年，70×136cm，水墨。
2. 墨語 9834-1，1998 年，120×240cm，水墨。
3. 墨語 9411，1994 年，17×48cm，水墨。
4. 墨語 09-03，2009 年，80×112cm，水墨。

趴走」，毫無一點老態。每天，他早早起床，吃過早點，都照例來到他在南京東路的工作室，創作不歇。這是一位好朋友借給他的一套四十多坪的房子，既作畫室，也當貯放作品的倉庫。李錫奇的大批作品，除了在海外內許多美術館、博物館、紀念館以及有關機構和私人收藏以外，還有相當部分都放在這裏，四居室的房間至少有三居室用來堆放作品。李錫奇真希望能有一座自己的美術館，用來陳列這些作品——當然，不僅是陳列，還有對他藝術、對他人生的肯定和弘揚。而且，這座美術館最好建在金門，葉落歸根，他是金門的兒子，金門是他生命的依託，他的作品最後要放在金門，他的藝術精神和生命精神，要融入金門，成為金門的一部分。他為此做過許多努力，曾經想在自己雙鯉湖前被炸毀的老家屋基上，與政府合作建美術館，設計也完成了，卻由於申請到的經費太少而不得不放棄；也曾經想自己購地來建美術館，地看好了，訂金也下了，卻又因為某些原因而作罷。金門的媒體曾經為此多次呼籲過，為看到一線希望而欣喜，也為最後的失望而懊喪。至今，這仍是李錫奇的一個夢，但願在他的有生之年，能夠夢想成真。

藝術是需要傳承的，如人的生命、家族的傳衍，需要一代一代地接續下去。生命的傳承，需要有強大的生命基因；藝術的傳承，同樣需要強大的藝術精神。這是一種不斷創造的藝術接力。站在前人奠立的雄厚的藝術基礎上，突破和創造，以自己的成就，融入到傳統中，一點一點地使傳統更加深厚起來，為後人站到你的肩膀上攀登更高的目標墊腳，這就是歷史。一代一代的藝術家就是這樣承續傳統、弘揚傳統、創新傳統的。二十世紀中葉以來是台灣現代藝術發展的一個輝煌時期，也為中華民族的現代藝術提供了豐富的經驗和積累。李錫奇適逢其時，生活、創作在這個時代。他遭難過，也奮鬥過；他承續了傳統，也創造了新的傳統；他信守東方傳統的民族本位，也面向西方開放攝取走向現代。他在這個歷史過程中扮演了重要角色，為後輩藝術家樹立了一個怎樣正確信守傳統和走向現代的標竿。

李錫奇以他的創作標誌了一個時代的現代性發展。

歷史會記住每一個為它做出奉獻的人。

二〇一五年十月。終稿於廈門。

〔附錄〕

傳統本位的現代變奏

——兼論金門的歷史文化對李錫奇現代繪畫創作的影響

人生旅程和藝術歷程：從金門走向世界

藝術家的人生經歷對其創作的影響，是藝術史上屢見不鮮的事。儘管這種影響有時是潛在的，不直接呈現為作品外顯的主題或題材，而是作為一種精神的、文化的因素，滲透在他對世界的認知、人事的體驗、美感的形成和藝術語言的選擇與藝術方式的傳達之中。恰恰是這種由人生歷程轉化為精神歷程的潛在因素，不易察覺地對藝術家風格的形成，具有深刻的、有時甚至是決定性的作用。在這個意義上，走近藝術家的心靈，和解讀藝術家的文本一樣，是進入藝術家的創作精神底蘊的重要手段。

面對李錫奇近半個世紀的藝術人生，一句最簡約的概括是：從金門走向世界。金門和世界，是李錫奇生命的兩極，也是李錫奇藝術的兩極。從金門到世界，從一個蕞爾小島到一個變化萬千的無垠天地，其間從物質到精神、從地理到文化的距離和差異所產生的撞擊，構成了李錫奇生命和藝術的一種奇觀。

一九三八年出生於金門古寧頭北村的李錫奇，這個只有一百四十餘平方公里、人口不滿五萬的小島，對他的意義是多元的。一方面，這是李錫奇生命的出發點。歷史上的金門，自明代的倭亂開始，迄今八九百年，歷來是兵家海上必爭之地。李錫奇生命之初，便遭逢戰亂。先是日本侵華的佔據，繼而是兩岸炮火相向，金門都在漩渦之中。李錫奇為此付出過家破、人亡的沉重代價，使少年的他便過早地承受人世的災難。[1] 然而，長年炮火下生活的島民的堅忍性格，賦予了李錫奇走出戰爭陰影和超越個人不幸的開闊胸襟。對人生沉重的悲劇意識，和超越戰爭悲劇的對世界的樂觀擔承，構成了李錫奇精神性格對立統一的兩面。事實上，只有這種充分意識到人生悲劇意味的樂觀擔承，才是真正深刻的、有意味的樂觀。這種來自切身生命遭遇的精神歷程，反映在李錫奇的藝術創作中，首先是他的作品常常滲透著一種無言的悲劇意味。閱讀李錫奇的作品，從《失落的阿房宮》、《落寞的秦淮河》到「寂墨系列」、「大書法系列」、「漆畫系列」（特別是其中的「鬱黑之旅」），我們會感到，李錫奇對「黑」有一種特殊的敏感和執著。這是李錫奇發揮得最淋漓盡致的色彩語言。「黑」在李錫奇，既是色彩的，也是精神的。沉鬱在作品底層的這個「黑」，是作者無以言說、卻又攔阻不住地要宣洩出來的情感語言。即使作者選用的是民間喜慶的大紅大綠，但正是作為作品底蘊的這個「黑」，才在色彩的強烈衝撞中奏響出喜慶的紅綠來。其次，李錫奇對自己生命悲情的超越，成為一種精神狀態，同時也賦予了他藝術創作的一種普遍的超越意識。舉凡藝術的種種，從形式、符號到材質，到了李錫奇手裏，都被改造成另一種形態而超越了它們自身，這是李錫奇從生命到藝術的一種精神特徵。如果說，李錫奇生命的意義，是他對悲情的超越；那麼，他藝術的意義，則是對傳統的超越。生命的超越，是李錫奇藝術的內蘊；而藝術的超越，則是李錫奇生命的外現。

另一方面，金門還是李錫奇文化的根。金門島地雖小，但歷史悠久。其源起於晉，歷唐宋而入版圖；南宋朱熹，過化金門，浯江文風，因之鼎盛。自宋以降，累出進士四十、舉人百餘，文治武功，冠蓋全國，素有「海濱鄒魯」之稱。其地舊屬同安，隸泉州府。方言、習俗，均與閩南同，是中原文化南傳的一翼。近半個多世紀，由於地處戰爭環境，與外界交往受到扼制，現代化建設發展遲緩，反倒使其傳統的民俗文化，得到較好保存。出身望族世家的李錫奇，因日本佔領而不願入讀侵略者控制的國民小學，以私塾的四書五經啟蒙。這個生命的開始，使他從小就在傳統與民俗的文化氛圍中長大。那典型的閩南風格的寺廟與民居建築，廳堂、門楣和廊柱上懸掛、雕刻的色彩熱烈而凝重的匾額與對聯，古拙而端肅的石敢當與風獅爺，以及拜拜中閃爍的香火等等，都深深印入腦痕。日後他藝術中的文人化和民俗化的傾向，從符號、色彩到構圖，很大程度上都萌發於他對故鄉這一切傳統和民俗文化的記憶與鍾愛。

一九五六年，李錫奇辭別毀家而又失去祖母和姊姊的金門，來到台北師範藝術科就讀，這是李錫奇人生轉折的關鍵。此時，正是台灣現代主義藝術風起雲湧之時。內心壓抑的李錫奇立即捲入了這種心靈自由的現代藝術創作之中，它意味著一個來自「戰爭之島」的少年心靈與世界藝術的開始碰撞。學生時代李錫奇便在學校舉辦個展並有作品參加社會上「新繪畫派」人士主辦的展覽：兩年後他從台北師範畢業，因「八．二三」炮戰而滯留台北，這一「滯留」決定了李錫奇此後的人生。此時，李錫奇雖在板橋一間小學任教，卻全身心地投入到現代藝術的創作之中，成為台灣「現代版畫會」的創始人和「東方畫會」後期最重要的成員。此後四十餘年，李錫奇幾乎走遍世界，除了在台灣、香港、大陸，還在美國、英國、法國、德國、義大利、瑞典、丹麥、巴西、秘魯、紐西蘭、日本、韓國、菲律賓、新加坡、泰國等十幾個國家舉辦了二十幾次個展和參加一百多次聯展。

這是李錫奇的人生歷程，也是他的藝術歷程。他從金門走向世界，又從世界回歸「金門」。他走向世界，以一個獨特的孕育自金門的中國藝術家的文化身分；他回歸「金門」，卻是以開闊的世界性的現代眼光，重新檢視中國的傳統和民俗文化。誠然，地理的金門是狹小的，為戰爭所困；而文化的金門卻是深遠而廣闊的，它的根深植在整個中華民族的歷史和文化之中。所謂回歸「金門」，實際上是回歸到整個中華歷史和文化之中。這是李錫奇全部藝術的根，是他屹立於世界的可以比美西方的「文化方言」[2]。他就在金門與世界之間找到一片廣闊的天地，馳騁自己的藝術想像。

由是，在李錫奇的藝術歷程中，我們可以看到，李錫奇的現代繪畫藝術有兩個重要的支點：一是來自傳統和民間的民族因素的潛在影響，一是來自西方的現代藝術的顯在吸引和啟悟。由金門的鄉土出發而交錯在中國歷史滄桑中的文化感悟，構成了李錫奇現代繪畫藝術的宏大文化背景；而在台北開放的藝術氛圍中所接受的西方現代藝術的啟悟，和參與到世界現代藝術的浪潮之中，又提供給了李錫奇開闊的視野和藝術方式多元選擇的可能。四十多年來，李錫奇全部的藝術創造，就一直在中國與世界、傳統與現代之間，尋求自己歸屬於民族本位的藝術獨創性。越來越專注於來自傳統和民間的形而下的藝術語言（從形式、符號到材質），和越來越強烈感悟到的形而上的現代精神，把李錫奇的現代繪畫藝術推上了一個又一個高峰。

超越繪畫：從有言到無言

繪畫性是所有傳統意義上的畫家最初的出發點和最後的藝術目標。然而，對於充滿反叛精神的現代主義，特別是後現代主義畫家，他的藝術行動必然導致對經典的繪畫性的解構和超越。不過，反叛繪畫性，並不等於不要繪畫，而是在更廣泛的意義上表達現代主義的繪畫語言。

李錫奇的藝術歷程，實際上也是他對傳統的繪畫性解構和超越的歷程。

首先，我們很容易注意到，李錫奇四十多年的創作，經歷了從具象、「半具象」到抽象的轉變。這是李錫奇在造形手段的層面上對傳統繪畫性的解構。據說李錫奇最初是以人物肖像畫引起他中學校長的注意，才被推薦到台北師範的藝術專科就讀的。不過這並不是他的創作，李錫奇也從未提起這段經歷。倒是在他最初的版畫創作中，仍然可以看到這種具象的藝術語言的存在。囿於筆者的見聞，我只偶然讀過他幾幅早期的版畫作品，如《小徑》等，基本上是傳統的版畫風格。略有不同的是在這些作品中已明顯可以看出，作者已經感到具象的造形語言對精神的束縛，而急欲掙脫出來的企圖。一九五八年使他獲得聲名的《失落的阿房宮》和《落寞的秦淮河》等，標誌著他從具象向「半具象」的轉變。隱沒在粗黑的平面線條之後的阿房宮和秦淮河，若有若無，似是而非，對應著主題的「失落」和「落寞」。我們現在已無法弄清究竟是主題的要求導致作者造形手段的變化，還是走向「半具象」的藝術探索誘發了作者對畫面情緒的命題。內容與形式的統一如神來之筆地把李錫奇的繪畫藝術引向一個新的階段，並由此一發不息地走向對傳統造形手段的解構與超越。筆者曾經在為李錫奇某次畫展作序中提及這兩幅作品，指出它們背後兩種觀念衝突和對峙的意義：

「隱藏在粗黑線條交錯而成的平面構圖背後，是恢宏然而斑駁的東方宮殿建築的輪廓。畫面整體的現代形式感，和在現代形式包容下的具有東方情調的歷史滄桑感，二者構成的衝突和張力，猶如畫題所點明的，恢宏的阿房宮的失落和喧赫的秦淮河的落寞，是兩種審美情感的衝突和對峙，也是東方和西方、具象和抽象兩種藝術觀念和造形手段的衝突和對峙。我一直驚異於作者怎麼會在這看似超然的現代形式中，一下子就抓住最能反映當時社會情態和溝通中國人心魂的那種歷史滄桑感和落寞心緒？」

這裏所論的實際上包含了兩個層次的問題：其一是主題與形式的對立與統一，其二是造形手段上的「半具象」——即具象與抽象的對立與統一，其背後乃是東方和西方兩種藝術觀念的對峙與轉化。

這是李錫奇繪畫藝術走向「半具象」的開始。

稍後李錫奇的「民間賭具系列」的創作，仍然沿著這個「半具象」的道路往前探索。一方面，作為民間賭具的實物：骰子和牌九，它是具象的；但另一方面，被作者搬進畫面所形成的構圖和作者所傾心的骰子和牌九上各種點數的色彩和排列，又是絕對抽象地成為作者畫面上充滿形式感的一種造形語言，顯然，這是又一次把具象解構而走向抽象的探索。雖然，作者的靈感可能來自美國普普藝術的啟發，但當選擇這種獨具民俗特徵的賭具作為自己的造形手段時，它在很大程度上也在解構西方的普普，而使之純粹地東方化了。

當然，任何藝術家的藝術轉型，都不是截然分開，而往往是交錯進行的。當李錫奇走向「半具象」時，如蕭瓊瑞所指出的，他仍然有一些「較富鄉土或西方式城堡趣味」的具象的創作，並行存在。[3]正如他走向抽象藝術的創作，也開始於他「半具象」的藝術時期。我以為這一探索最初出現在以降落傘布作為創作媒介的「織物拓印系列」。李錫奇坦承這一理念受到法國畫家克萊茵以塗滿色彩的女性胴體在畫布上「作畫」的啟發，他利用剪成長條的降落傘布的紋理，濡滿色彩以後在畫面上拍打、甩動、扭轉、重疊，以求獲得一種帶有原始野性的衝擊力和爆發力。然而粗糙織物在畫面上拓印的紋理效果卻是細膩的，其轉折和疊合大有東方書畫的韻味，這或許是作者所未曾料到的意外收穫。「布拓系列」和後來的「寂墨系列」雖然意圖和手段完全不同，卻有其某種異曲同工之妙，都是在傳統書畫的墨韻上呈現出超越人工刻意的藝術的自然、自由與自在。

最典型地體現出李錫奇由「半具象」走向抽象的過渡性作品，我以為是「月之祭系列」。

首先這是有著主題立意的作品。它表現在「阿波羅」登月之後，現代科技的壯舉使中國人長期把月亮當作精神故鄉的浪漫主義幻想破滅，從而產生的種種複雜情感。畫面上的圓月作為這一組「標題性作品」的主體，是具象的；但整個畫面由中國書法橫豎撇捺等基本元素的不同排列所構成的山川大地，其與月亮形成的對峙與對話，以及通過不同色彩與排列所透露出來的或喜悅、或幽怨、或涼異、或感傷的感情，則帶有某種神祕的抽象意味。從「月之祭系列」開始，李錫奇尋找到了他此後二十年一直拓展不息的最具東方色彩和民族特徵的抽象性的繪畫語言：中國書法。他先是通過中國書法基本構件的不同排列來宣洩情感，繼而在中國書畫變幻萬千的墨韻中寄託趣味，再從中國書法的線條運行中獲得靈感，最後綜合上述各方面的探索，直接把最具抽象神韻的中國草書，增筆或減筆地搬進畫面，在線條的運行、色彩的變化和結構的排列上，閃爍、跳躍在底蘊神祕而深沉的黑色背景上，從而獲得了一種仿如進入宇宙星空的廣闊而深邃的空間感，和運行在這一深邃空間的歷史感。李錫奇對於中國書法的造形手段，不僅是照搬和利用，而是進行解構和重構。書法只是李錫奇的一種造形元素，通過對字形解構和對筆劃的重構才形成李錫奇超越書法的造形語言，成為李錫奇的獨特創造。

當李錫奇的造形手段從具象走向抽象，他作品的內涵也由有題走向無題。我們無意也無須對作品的有題或無題去作價值判斷，這是隨著不同藝術家的不同創作而作出的不同個性選擇。題材和主題，是藝術家對現實的回饋，有些時候是十分重要的。但對於某一些藝術家或某一類藝術作品，過分暴露作者意圖的標題，有時候反倒容易造成對欣賞者的框限。李錫奇早期一些作品，如本文屢次提及的《失落的阿房宮》和《落寞的秦淮河》等，都是有題的。好的畫題、有意味的畫題是對畫面的深入，誘導讀者透過畫面表層深入作品的精神內蘊，這當然是重要和有意義的。但反過來說，如果需要依賴畫題才能深入作品的內蘊，那麼作品的形式本身不是還缺少一點什麼嗎？何況，標題有時還可能造成對讀者的誤導和強加。李錫奇在「民間賭具系列」中，曾經創作了一幅帶有一點裝置意味的作品，他把兩粒放大的骰子疊在一起，上面一粒削去一角，題曰《戒賭》。這固然極具反諷的趣味，讓欣賞者黯然一笑。但它是不是也同時限定了欣賞者的思維，而不能由這削去一角的骰子上聯想到更多呢？標題創作有時是十分必要的，特別是那些敏感反映現實的作品，這類作品的意圖正是需要對欣賞者的思維進行啟發和引導。但在另一類作品中，有時又是累贅的，它限制欣賞者參預藝術家創作的主動性。李錫奇後期的作品基本上是無題的。藝術家所要傳達的情緒和語言，都在作品的全部形式之中。不是一般的內容決定形式，而是形式決定內容，甚是形式就是內容，形式就是風格，形式就是藝術家的全部言說。

與李錫奇從具象走向抽象、從有題走向無題的創作歷程同步發生的，還有他作品傳統的繪畫性逐步衰減，工藝性和行動性逐步增強。版畫創作本來就帶有工藝性的特徵。不過，傳統的版畫工藝是以表現繪畫性為目的的，作為繪畫的輔助手段而存在的。李錫奇早期的版畫創作，儘管在拓印等技藝上有許多自己獨特的創造，但基本上沒有脫離傳統版畫工藝的輔助地位。只是越到後期，才越表現出這種工藝的獨立性。工藝往往成為李錫奇現代畫藝術最重要的造形手段。離開了這一手段，李錫奇特殊的造形語言便不復存在，或大大減色。早期的如降落傘布的織物拓印，畫面的語言（形象、構圖、紋理）既來自作為材料媒介的織物，也來自「拓印」這一工藝本身，工藝的過程，也即是創作的過程。在畫家朦朧的理念引導下，畫面效果隨著工藝的進行帶有極大的偶然性和隨意性。此後的「大書法系列」和「漆畫系列」，不管是用噴槍作畫的絢麗的壓克力材料，還是傳統大漆堆疊而生異變的黑色肌理，工藝性與繪畫性往往並肩而生，甚至是決定繪畫語言的先決條件。

繪畫本來是一種瞬間的靜止的藝術，它與詩的區別首先在於詩的存在是時間的，而繪畫的存在是空間的。這是古典美學家所曾深刻闡述過的命題。但現代繪畫對傳統的突破，很重要的一方面是對時間的強調，它已不再只是靜止的欣賞的藝術，而是行動的過程的藝術。李錫奇曾經參加過一次裝置藝術大展，他從佛教寺廟的燭光香火得到靈感，以一千支白色臘燭排列成佛號的「卍」字，從燃燒到最後熄滅，使之呈現為一種極具莊嚴感的過程。神聖的莊嚴感的獲得和它註定帶有悲劇意味的寂滅，是一個時間的過程。在這一過程中，藝術的欣賞由靜止的觀摩轉變為動態的體驗，讀者也由被動感染轉為主動參與。當然，行為藝術在一些正統論者眼裏是一個另類，但李錫奇卻把這一「另類」的藝術精神，灌輸到自己的「正統」創作之中。一九六九年李錫奇獲得日本青年藝術家評論獎的那幅題為《本位》的十聯作，是以圓的造形為基本定位，隨著空間的逐漸壓縮而逐步讓位於方的造形的一統天下，在這一方圓變化中造成讀者一系列的「視覺事件」。論者曾以其畫面的變化，認為李錫奇這一作品，「營造了東方哲學中方圓時空轉位的神祕觀念」[4]；但這一「視覺事件」的發生，這種獨特的感受，及其對作品獨特的東方哲學神祕蘊涵的穎悟，只有在讀者對作品（十聯作）進行連續閱讀的過程中才能出現。作品需要讀者參與的「行動性」是很明顯的。瞬間的單幅繪畫的意義已經大大削弱，只有組合在整體中它才具有價值。行動性在衰減或解構傳統靜止的繪畫性上，具有決定作用。

從具象到抽象、從有題到無題、從繪畫到「不」繪畫，李錫奇整個藝術歷程，是一種對於傳統繪畫和繪畫性的超越的過程。可以把這個過程概括為由有言走向無言。猶如為中國傳統美學所肯認的「大音稀聲」、「大象無形」，是在「稀聲」和「無形」中才獲得「大聲」和「大形」。李錫奇也同樣在他「無言」的藝術中，獲得一種「大言」。他讓材料說話，由工藝主導，把形式作為主體在這種無言的「大言」裏，以融合民族傳統的現代精神，與讀者溝通和對話。

「本位」的變奏：從符號到形式

「本位」是李錫奇的一個重要觀念。早在六十年代後期，李錫奇就把曾經獲得國際聲譽的「方圓變奏」和以民間賭具為主體進行變化的作品，統稱為「本位」系列。二十多年以後，李錫奇又把他在傳統漆畫的工藝基礎上，以書法筆墨為符號，融合在民間匾額和春聯形式之中的一系列作品稱為「後本位」、「再本位」。可見，「本位」在李錫奇的藝術觀念中，是一個「關鍵字」。那麼，什麼是「本位」？李錫奇在一次回答電視記者的訪問中曾說：「作為藝術觀念的『本位』，可以有多重內涵和解釋。但對我說來，最重要的是民族的本位、傳統的本位。」在這個意義上，我們也可以把李錫奇四十多年的藝術歷程，看作是他堅守在民族和傳統的「本位」上，所進行的現代的變奏。「本位」是李錫奇藝術的「傳統」出發點，也是他藝術的「現代」支撐點。

當然，觀念的體現必須輔以具體的藝術手段，落實在藝術家的藝術實踐中。我以為，在李錫奇於傳統本位進行現代變奏的藝術實踐中，有三個因素是至為重要的：

首先是富於人文蘊涵的造形符號。自「阿房宮」失落以後，李錫奇就很少再以具體的事件和物象（無論是歷史的還是現實的），作為自己作品描繪的直接物件，而是選用來自傳統和民間的造形符號，來表達自己對歷史和現實的感悟和回饋。這些我們習以為常的符號，進入李錫奇的作品之中，便成為另一種超越自身符號意義的富於人文蘊涵的造形語言。這些符號的選取，主要來自兩個方面，一是民間的、民俗的，二是傳統的、文人的。六十年代中期的賭具系列，走的是民間或民俗的路線。這些被台灣藝術史家蕭瓊瑞稱為「既是『傳統』又是『現代』，既是『生活』也是『藝術』，既是『設計』也是『繪畫』」[5]的作品，和稍後創作的接受中國廟宇彩繪「岔口－面暈」技法和色彩影響的平面方圓造形，都曾受到西方普普藝術和歐普藝術的靈感啟悟，但由於他所選取的作為造形語言的符號，是純粹來自中國傳統或民間，因此，無論對於西方的現代藝術家，還是不諳西方現代藝術的中國讀者，都由其人文內涵和表現方式而肯認它是「中國的」或「中國化」了的。在這裏，「賭具」已不再是賭具，它作為賭賻工具的實用價值已經退去，而成為一種潛在著民間情感和儀式的符號，以其自身的幾何造形和韻律化的圓點排列，在藝術家的重新造形和排列中作為一種新的造形語言和手段，呈現出中國本位的特殊人文蘊涵和美。

七十年代以來，從「月之祭」開始，經歷「時光行」和「生命的動感」，最後達到以「頓悟」和「臨界點」為代表的持續二十年以書法的變奏進行創作的「大書法」系列，走的則是傳統的文人化的路線。書法是中國歷史上最偉大的創造之一，其作為表情達意的實用工具，在書寫的過程中常常宣洩著書寫者或委婉或激越的情感，從而獲得了超越其實用意義的獨立的藝術價值。書法的藝術既來自字體本身的間架結構，也來自書寫者帶著情感的筆鋒運行，還來自中國文房四寶這特有的材質媒介在書寫過程中所產生的或枯澀或濡滿的暈渲效果。這是中國最早創造的歷數千年而生生不息的抽象藝術。李錫奇敏銳地從中國書法藝術找到其與西方現代藝術相通的脈息。他以古代書家本身就有極高造詣的書法作品作為素材和符號，進一步去其筆劃組合中的意義，僅取字形的局部和筆劃運行的韻律，以後現代的「拼貼」精神進行重新排列組合，籍助傳統的或現代的工藝手段，予以呈現。這樣，李錫奇的「大書法」系列，既是書法，又非書法。書法只是作為一種來自傳統的文化符號，為李錫奇的現代精神所吸納和發揮。閃耀在底蘊深沉的畫面上的這些斑斕線條，給予觀賞者的感動，既是傳統的，也是現代的，既是西方的，更是中國的。李錫奇這一時期作品之所以被視為他藝術人生的一個高峰，就因為他在這些作品中既把握了歷史，也擁有現在，既開闊了空間的廣度，也走向時間的深度。無疑，運用富有傳統人文蘊涵的符號進行變化，起著重要的作用。

其次是對於繪畫手段中傳統的材質媒介的選擇和改造。作為一種藝術手段，常常不甚為人注意的繪畫材料，是形成作者獨特風格的仲介。傳統的中國畫如果沒有傳統的筆墨紙硯，就無法表現出中國畫的獨特品性。十分關注自己繪畫工藝性的李錫奇最早敏感地意識到這點。如蕭瓊瑞所說：「李錫奇任何一次風格的突破或成熟，都是源於創作媒材的改變，『讓材料說話』的本領，是李錫奇令人折服的秉賦。」[6]他對材質媒介的探索，最初表現在由傳統版畫發展而來的拓印技巧。較早的鏤空式透版技法，和取代透版技法的紙版直接拓印，以及七十年代由「月之祭」和「時光行」為代表的照像絹印技術，這些拓印技法的更新，都使他在精緻、細膩的色彩漸層變化和金屬光芒的藝術效果上形成了自己鮮明的版畫風格。七十年代中期，他從美國訪問回來，便開始學用噴槍作畫。在「頓悟」和「臨界點」系列中，他運用西方的科技手段和化學顏料，以現代的形式對傳統書法進行重新詮釋。在噴槍一層一層的製作下，草書的線條斑斕地飛動起來，猶如敦煌壁畫中飛天的彩帶，舒展地翔舞於深邃的太空之中。持續二十年的「大書法」系列，才在這一技術和材料的變革中走向最後的完美。九十年代以後，面臨完美了的「大書法」之「臨界點」困惑的李錫奇，從大陸的訪問中發現另一種更具傳統意蘊的材料：漆畫。這是他在湖北參觀時受啟於兩千年前出土的楚文化漆器的感悟，而後在漆畫的故鄉福州找到具體製作工藝的又一次飛躍。生漆的深度堆疊而產生皺紋的自然肌理，在傳統漆畫的製作工藝中是被視為瑕疵而需全部磨光洗平，因此傳統的漆畫又被稱為「磨漆畫」。然而李錫奇所要的正是這些帶有原始野性的自然肌理。他再一次讓材料「說話」，配以甲骨文、鐘鼎文、道教符簽、圖騰符號等抽象造形符號，在生漆深邃的鬱黑之中，去敘說他的「遠古的記憶」和「記憶的傳說」[7]。可以說九十年代以後李錫奇歷次展覽的成功，一定程度上應當歸功於他對於「生漆」這一材料的重新「發現」和運用。沒有「大漆」這一材料的「發現」，就沒有李錫奇九十年代這一新的藝術歷程。也正是在對傳統材質的重新發現與探索中，李錫奇所十分看重並極力追尋的傳統本位，才得到進一步的體現。材料——尤其是傳統材料的更新，是李錫奇實現自己融傳統於現代的藝術目標的重要仲介。

第三，對於傳統形式和民間儀式的借鑒。李錫奇的藝術表現出明顯的階段性、系列性。他的每一階段的系列性作品，幾乎都是從對某一個傳統形式和民間儀式的借鑒和改造而成為一個時期的標誌。六十年代的「民間賭具」系列，結合廟宇彩繪的平面方圓造形系列是如此，千燭點燃的卍字佛號裝置藝術也是如此。七十年代以後持續二十年的多系列發展的「大書法」造形，更是如此。尤其值得特別指出的是九十年代後期的「漆畫」系列，已經超越了前期無論是「賭具」還是「書法」，僅以其作為符號的藝術習慣，更進一步地從整體地對傳統形式和民間儀式的借鑒和更新中，獲得另一種全新的藝術生命。這就是被李錫奇稱為「後本位」和「再本位」的幾次新展。在這些多幅聯作的大型作品裏，雖也有書法（筆墨線條）或其他的符號痕跡，但整體的形式則更多借鑒於中國傳統或民間的匾額、對聯、春聯、佛幡等。色彩是民間匾額、對聯中常見的大喜大慶的黑、紅、金的強烈對比。所謂「俗到盡頭便是雅」，這些看來俗氣的大紅大黑和高貴的金色，納入在藝術家簡約的條幅式或橫匾式的大幅構圖中，呈現出另一種融傳統於現代，立現代於傳統的特殊韻味。你很難具體分解哪一部分是對傳統的運用和變奏，而是整個作品的形式存在，多元複合地傳達出這種傳統的現代變奏。觀念絕對是現代的，但呈現卻又是十足傳統的。正是在這種傳統與現代既對峙又統一的整合中，以整體的形式，顯示了李錫奇作品傳統本位的現代精神。

藝術對於李錫奇來說是一個永無終結的歷程。傳統的人文本位使李錫奇獲得了一個基本的定位和立足點，但現代的藝術精神則又使他時時處在重新出發的變易不居之中。這一對矛盾的無盡迴圈，締造了李錫奇的藝術，「畫壇的變調鳥」才不斷有新的歌聲奉獻給這個世界。

二〇〇一年十一月

原載李錫奇畫冊《歷史．本位．李錫奇》

註釋：

1. 李錫奇的祖母和姊姊，為駐守金門的逃兵所槍殺。詳閱楊樹清：〈悲情李金珍〉，載《金門影像記事》，稻田出版社，一九九九年一月。
2. 語出楚戈。詳見楚戈：〈符號語言的任意性基礎——李錫奇作品的後現代精神〉，載李錫奇創作評論集《回音之旅》，賢志文教基金會。
3. 參見蕭瓊瑞：〈眾神復活——深究李錫奇的藝術行動〉，載李錫奇創作評論集《回音之旅》，賢志文教基金會。
4. 杜十三：〈起承轉合三十年——評李錫奇創作歷程〉，載李錫奇創作評論集《回音之旅》，賢志文教基金會。
5. 參見蕭瓊瑞：〈眾神復活——深究李錫奇的藝術行動〉，載李錫奇創作評論集《回音之旅》，賢志文教基金會。
6. 同上。
7. 「遠古的記憶」和「記憶的傳說」是李錫奇於一九九二年和一九九三年舉辦的最初兩次漆畫系列的個展。

〔附錄〕

向時間的歷史深度延伸

——談李錫奇《遠古的記憶》新作

李錫奇一走上創作道路，便表現出他對於現代藝術一以貫之的執著追求。這種追求是力圖將藝術的現代精神，融解在他從傳統蛻變出來的造形手段之中，以形成新的藝術語言和詮釋，從而反轉來造成對傳統的巨大衝突、瓦解和更新。

在此之前我一直無緣讀到李錫奇的繪畫原作，不過從他以往部分作品的複製品（大多是他為展覽而編印的畫冊，有些只是很小的黑白照片）中，仍能強烈感受到他透過現代藝術手段所傳遞出來的一個中國畫家的精神本位和時代心緒。我這裏想特別強調李錫奇最初引起畫壇注意的兩幅作品：《失落的阿房宮》（一九五八）和《落寞的秦淮河》（一九五八）。隱藏在粗黑線條交錯而成的平面構圖背後，是恢宏然而斑駁的東方宮殿建築的輪廓。畫面整體的現代形式感，和在現代形式包容下的具有東方情調的歷史滄桑感，二者構成衝突和張力。猶如畫題所點明的，恢宏的阿房宮的「失落」和喧赫的秦淮河的「落寞」，是兩種審美情感的衝突和對峙，也是東方和西方、具象和抽象兩種藝術觀念和造形手段的衝突和對峙。我一直驚異作者怎麼會在這看似超然的現代形式中，一下子就抓住最能反映當時社會情態和溝通中國人心魂的那種歷史滄桑感和落寞心緒？須知此時作者才二十歲，剛從台北師範藝術專科畢業，在一所小學任教。我只能說這是生活在那個大動盪年代中一個中國人精神本位的自然投射。幾十年來，李錫奇就是從這一作為中國畫家的精神本位出發，去觀照、消融、吸收西方的現代觀念，溝通傳統，使借鑒自西方的現代藝術獲得東方的精神與生命。

這或許是一個從自發到自覺的創造過程。不能說李錫奇浪跡西方現代藝術的每一份成果都是成功並且具有同樣價值的，但他的每步成功或不甚成功的探求中，都含有這樣一份值得肯定的努力。他曾經以民間賭具骰子和牌九的圓點排列，來溝通西方普普藝術的通俗性；也嘗試從中國寺廟和宮殿建築圖案的色彩佈局所獲得的啟悟，來表現歐普風格的色彩變奏。在獲得東京國際青年藝術聯展「評論家獎」的作品《本位》中，則企圖以圓的造形為定位，融合逐漸縮小的方形空間為變位，以造成一系列的視覺事件，用來營造東方哲學中方圓時空轉化的神祕觀念（杜十三〈起承轉合的藝術〉）。當然最有代表性的成功實踐是一九七二年以後，他從傳統書法藝術獲得的「頓悟」而進入的一個「畫字的時代」。中國書法本身就是一種十分強調主觀情感和性靈的抽象的符號藝術，與中國傳統繪畫所尊崇的具象性，是兩種不同的造形體系，在本質上與現代抽象藝術有著某種相通之處。從漢字到書法，是從理性的符號系統到感性的情緒系統的轉化。由象形於自然山川提煉而成的點撇捺橫，通過這些符號的組合而傳達意義；然而書法過程中起承轉合的節奏韻律，筆觸氣勢的跌宕流蕩，則完全浸透著書家的情緒心態。李錫奇進一步摒棄字義的干擾，只在筆劃的構成和筆勢的流動中，淋漓盡致地來展開自己的創造空間。從「月之祭」系列那楷書部首的排列與圓月對峙，所形成的社會與自然或相融洽或相緊逼的象徵，到「時光行」系列那連綿糾結橫向運行的筆觸，猶如在深邃蒼穹中鏗鏘、亮麗的時光帶子，借此寄寓生命與歲月在宇宙行進的絢麗與空茫；而「生命的動感」系列則取筆勢線條的奔突流瀉來表現生命的激情；在「頓悟——向懷素致敬」系列中，奔放的激情又從閃爍於深黑底色的七彩線條的抑揚頓挫中，內斂為實現於深沉歷史背景上的生命火花……在將近二十年的漫長時間裏，李錫奇幾乎都環繞在中國書法這一傳統的特殊造形手段中，探索自己的無窮創造，使這個看似狹窄險峻的有限藝術空間，被他走成最富中國精神的現代藝術的坦途。

在李錫奇這一系列創造中，我感到造形語言和材料媒介是他溝通傳統與現代，形成自己獨特風格的兩大要素。被稱為「畫壇變調鳥」的他，每一次風格的轉變，幾乎都出於這兩大要素更新。從牌九、宮殿圖案的色彩變奏、方圓變位到書法，從版畫、織物拓印、陶繪到壓克力噴畫，每一次變化都使我們感到，他在造形語言中越來越接近傳統文化的核心，而在材料媒介上卻越來越使傳統手段走向現代。在深層意義上，他也越來越掙脫具體事件的框限，而把主題寓蘊在生命與自然、時間與空間的對位與轉化上。（「月之祭」是一個特殊的例子，為人類登月壯舉所震撼，因而深疚中國人精神故鄉——月亮的幻滅而創作的這組作品，雖有一個具體事件作背景，但畫家仍然將他的感情和思考放在一個巨大的社會與自然對峙的宇宙空間進行）。他也很少再用標題創作，他作品的主題大多都融解在作品的形式之中。這使他的後期創作，形式本身就成為內容。

一九八九年，李錫奇把他這一年的創作題名為「臨界點」。這是仍然以傳統書法為造形手段卻比「頓悟」更繁複的又一個系列。但從題名中卻透露出了畫家希望突破的困惑和決心。

一年以後，他和夫人《創世紀》女詩人古月一道參加了福建作家協會舉辦的「海峽詩歌節」。詩歌節期間，他抽空參加了當地美術家的一些活動。在一次參觀磨漆畫的展覽中，他突然發現這一源自民間的磨漆畫工藝，可能就是他尋求突破的一種新的媒介材料和繪畫語言。詩人節過後不久，他立即攜帶畫稿由台北再度來閩，在此間一些朋友的協助下開始新的探索。如此半年，他頻繁往返於閩台之間達八、九次之多。這就是我們今天看到的這批總題為「遠古的記憶」的新作。

我是在這一偶然的機緣中認識並熟悉李錫奇的。我常常覺得，他作為朋友的豪爽熱情的詩人氣質，和作為現代畫家的清醒明晰的藝術理性，往往十分矛盾而又和諧地統一在他的作品中。從藝術品格上講，他是更適合於詩的、直覺的、激情迸發式的，而不是屬於散文的、陳述的、平和舒緩的。他是一切傳統藝術、原始藝術和民間藝術的崇拜者，但同時又是它們的叛逆者。他的理性是表現在他怎樣去叛逆傳統，而不是怎樣去保守傳統。傳統的守舊只能造成傳統的重複，只有傳統的叛逆才可能帶來傳統的更新。這是個富於詩人氣質的現代藝術家可貴的品格。

在這批新作中，李錫奇的造形語言進一步向中國書法的源頭探進。他大量運用甲骨文、鐘鼎文和民間道教符籙的符號以及某些彩陶的圖案，在不講法理（其實正是一種法理）的排列、組合、變形中，使整個畫面的意蘊向著古樸、原始和野性的歷史深處延伸，這是李錫奇的創造。其主要特徵在於把平面的、功能性的中國書法藝術，作為一種獨立的生命象徵，從而拓展了生命存在的那個燦爛炫麗的宇宙空間；那麼這批新作則在生命的回溯中強調了時間的歷史深度。當然這種變化並不是偶然的，時空變位始終是李錫奇創作中最重要的意念。幾乎他的所有重要作品，都不同的程度接觸到這一主題。只不過前此的創作更重在擴展宇宙的空間感，而最近的新作則更強調表現歷史的時間感。

李錫奇最初的設想是借助磨漆畫這一新的材料媒介來探討新的繪畫語言。不過，傳統磨漆工藝多少帶有幾分匠氣的十分光潔、細膩的風格，顯然不是他所追求的效果。在繁瑣複雜的工藝過程中，他發現在磨漆工藝中本來十分忌諱的過多生漆的堆疊而產生的皺紋肌理，卻別有一種如釉變一樣料想不到的天然、原始和野性的韻味，既變化萬千又渾然天成，很適合表達他透過甲骨文等造形語言所尋求的歷史深沉感和神祕感。於是他大膽摒棄了民間磨漆工藝的傳統規範，化頹斑為新奇，成為一種新的語言。這樣，我們從李錫奇的這批新作中看到，由於材料媒介的特性，作品的風格也由過去的纖細、華麗、輕靈轉向古樸、沉凝和厚重，形式與內容和諧地統一起來，使李錫奇進入了一個新的藝術境界。

李錫奇的創作，一向以氣勢攝人，廣闊的藝術空間使人有如進入蒼茫穹廬。這批作品由於歷史深度的加深和材料質地上厚重感的增強，在氣勢的恢宏上，當會有更突出的表現。

原載李錫奇畫冊《遠古的記憶》

又載《藝術家》雜誌一九九一年八月一日

〔附錄〕

藝術創新的「通」與「變」

——記李錫奇新作《記憶的傳說》系列

現代藝術以其對傳統規範的反叛為出發點，因此，創新是現代藝術最具特徵性的標識；然而，「新」是一個有著時效性的相對概念，沒有絕對、永恆的「新」。「新」向「舊」的轉化，是無可迴避的時間的必然。於是，現代藝術在反叛傳統規範之後，便必然要導致對已成「規範」了的現代傳統的再反叛。對藝術家自己來說，也即要不斷走出那個由他自己創造、卻又反轉來成為束縛自己的「規範」，否則，他就很難永保自己藝術生命的前衛色彩。這樣，現代藝術便不能不永遠處在一種「變」的過程中。「變」是現代藝術的生命，當然，「變」不是毫無根柢、盲無方向的從零出發，它以其所反叛的傳統為背景，是站在傳統的基礎上，將傳統精神貫穿其中的更高層次上的創新，此所謂「通」。「通」而「變」，現代藝術的創新精神即深蘊其中。

去年，李錫奇推出他的九一年系列「遠古的記憶」時，我有幸對他三十多年的現代畫創作，做一個粗略的考察。我深深感到，在李錫奇的藝術道路上，融貫著的便是這樣一種「通」和「變」的精神。他總是十分重視從傳統或民間的藝術中，發現和把握它們的現代意蘊，然後以系列化的作品不斷深化自己的發現和轉換自己的藝術把握方式，從而在對傳統進行現代的多種方式的轉化中，形成自己獨特的審美意識和變中求新的藝術個性。我曾說過：「李錫奇一走上創作道路，便表現出他對於現代藝術一以貫之的執著追求。這種追求是力圖將藝術的現代精神，融解在他從傳統蛻變出來的造形手段之中，以形成新的藝術語言和詮釋，從而反轉來造成對傳統的巨大衝擊、瓦解和創新。」[1]這一概括所要表達的，亦即這樣一種「通」、「變」精神。

這一創作追求在李錫奇最初，或許是不自覺的，是他作為一個中國藝術家精神本位的自然投射。而到後來，我認為是自一九七二年的「月之祭」系列開始，則逐漸走向自覺了。這一時期他進入了以中國傳統書法藝術為基本造形手段的創作。評論者稱這是李錫奇的一個「畫字的時代」。[2]中國書法表意的符號系統：從象形、象徵到抽象，和中國書法藝術的書寫方式：從繁簡結構的排列組合所呈現的形式美到線條流動疏密疾徐所傾注的書寫者感情，都與現代繪畫藝術有許多相似和相通之處。李錫奇正是在他所發現的傳統書法和現代繪畫語言相似和相通的契合點上，來進行自己的藝術探索。他從民族古老的藝術發現現代的生命，也使自己的現代探索獲得傳統的背景。二十年來，李錫奇一直在這一緣自書法藝術的造形手段上淨化著自己的發現和創造。他從「月之祭」系列（一九七二年）對楷書部首的迻移出發，經過「時光行」

（一九七五年）和「生命的動感」（一九八三年）對行書線條橫向運行連綿糾纏的過渡，到「頓悟——向懷素致敬」系列（一九八五年）、「回憶」系列（一九八六年）、「臨界點」系列（一九八八年）對草書的幻化達到高潮。二十年孜孜不倦的樂此不疲，而且是在一個相當狹窄險峻的空間，開拓出一條藝術大道。此中當然可能存在某種危險，即可能為自己發現和熱衷的規範和境界，陷入可怕的重複；而重複則意味著藝術創新力的缺失。然而李錫奇恰恰相反，遊刃有餘地把這狹窄的藝術空間，拓展成一片淋漓盡致的藝術天地。而且每推出一個新系列，都帶給台灣藝壇一陣驚喜，這實在是一個最有興味且值得深究的現象。

此中奧妙即為「通」和「變」的辯證法則在他創作上的體現。所謂「通」，對李錫奇來說，包含兩層意思：一是對傳統的融通，即從傳統中發掘現代意蘊而作為創作的依憑；二是在自己創作上的貫通，即將所體味到的這一「融通」精神，以相互聯繫而不斷深入的創作，顯示出一以貫之的審美追求和藝術個性。然而，如果僅止於此，「通」而不「變」，只是對於傳統的複製和自己的固守。現代藝術不竭的創造活動就在於「變」，它同樣也在兩個層面體現出價值：一是對於傳統的「變」，使自己的每一創作都不是簡單的重複，而是在新的層面或深度上的創造。前者對李錫奇自不待言，他全部創作的意圖，首先都在尋求傳統與現代的融通與更新。而後者尤使我感動的是，李錫奇數十年的創作，總處在對自己不斷的否定與更新的變動中，即使過了知命之年，有了一定的聲譽之後，仍然不改初衷。縱然是同一個大範疇——如他用了二十年時間仍在繼續深入的「畫字」，每推出一個新的系列，無論在造形語言、手段或材料上，都是一次變化，既相聯繫又各不相同，這才成為一個新的生命。「變」，對一個成名的藝術家來說，不僅需要勇氣，而且是對他藝術創造力的考驗。李錫奇的藝術就在於他的敢於「變」和善於「變」，為此他才不負於「藝術變調鳥」的稱號。

《遠古的記憶》在造形語言上，基本上還是李錫奇「畫字的時代」的延續；但在材料的媒介上，則無疑是又一次新變的開始。一方面，李錫奇在造形語言上把對傳統書法的借用向它的源頭探進，在甲骨、鐘鼎文，仍至彩陶圖案和民間道教符籙的符號排列組合中，使畫面的意蘊向著古樸、原始和野性的歷史深處延伸；但它並未離開「畫字」這一基本形態，因此仍和以往作品保持一定的連續性。另一方面，李錫奇在向甲骨文、鐘鼎文、彩陶圖案和道教符籙等更具原始性的造形符號借用時，便也逐漸擺脫了歷代文人加工創造的藝術的文人氣，更多地直接走向自然及其原初的符號形態。傳統書法基本上是一種線條的藝術，李錫奇的創作更也主要是從線條的運行中來寄託感情和生命。進入《遠古的記憶》後，畫面的造形已較多地由線轉向面，文人氣的精緻纖巧，也更多地為原始的粗獷和古樸所代替。在材料媒介的使用上，民間漆畫工藝的更新，也有助於這一創作意圖的實現。這一變化或許尚屬開始，但近期的創作已向我們提供了這樣的資訊。

九二新作《記憶的傳說》是繼續《遠古的記憶》的發展。作者仍然追求畫面肌理的斑駁效果所造成的歷史滄桑感。古老藝術品的斑駁效果，本是時間的偉大創作，在斑駁上所凝聚的是歲月的傷痕。作者運用現代手段在畫面上創造的斑駁感，寄寓的卻是現代人的歷史幽思和滄桑感慨。這讓我們想起李錫奇早期木刻《失落的阿房宮》等那些作品一脈相承的主題。在造形手段上，傳統的水墨在棉紙上獲得的豐富暈渲表現，施以民間漆畫某些工藝性的製作，使這些作品的意蘊從相對的渾厚、古樸，在一定程度上轉向對於活潑、生動的自然的接近。製作工藝的由繁入簡，在風格上也由傳統的古雅、厚樸和凝重，走向融合現代的瀟灑、輕靈的氣質，更加強調出傳統和現代、文人和民間、自然和雕琢的衝突與融合的主題。

愈是民族的，才愈是世界的。李錫奇的作品正是以他融入民族傳統精神的現代意識，才在歷次展覽中顯示出獨特色彩。我想，在他赴美舉辦的展覽中，這批作品必將以它融自民族傳統的東方情調和現代意蘊，受到域外業界和觀眾的關注和歡迎。

原載李錫奇一九九二年展覽《記憶的傳說》畫冊

註釋：

1. 〈向時間的歷史深度延伸——評李錫奇新作《遠古的記憶》〉，見李錫奇畫冊序言，又載《藝術家》雜誌，一九九一年八月號。
2. 見楚戈為李錫奇一九八六年在台北環亞藝術中心的個展所作的序言。

文學叢書 484

色焰的盛宴——李錫奇的藝術和人生

作　　者　劉登翰
總 編 輯　初安民
圖片提供　李錫奇
責任編輯　施淑清　宋敏菁
美術編輯　黃昶憲
校　　對　施淑清　黃義雄

發 行 人　張書銘
出　　版　INK印刻文學生活雜誌出版有限公司
新北市中和區建一路249號8樓
電話：02-22281626
傳眞：02-22281598
e-mail : ink.book@msa.hinet.net
網　　址　舒讀網http : //www.sudu.cc

法律顧問　巨鼎博達法律事務所
施竣中律師
總 代 理　成陽出版股份有限公司
電話：03-3589000（代表號）
傳眞：03-3556521
郵政劃撥　19000691 成陽出版股份有限公司
印　　刷　海王印刷事業股份有限公司

港澳總經銷　泛華發行代理有限公司
地　　址　香港新界將軍澳工業邨駿昌街7號2樓
電　　話　852-27982220
傳　　眞　852-27965471
網　　址　www.gccd.com.hk

出版日期　2016年 4 月　初版
ISBN　978-986-387-093-7（平裝）
定價　360元

國家圖書館出版品預行編目資料

色焰的盛宴—李錫奇的藝術和人生 / 劉登翰 著；
--初版，--新北市中和區：INK印刻文學，
2016. 04 面；公分.（文學叢書；484）
ISBN 978-986-387-093-7（平裝）
1.李錫奇 2.畫家 3.臺灣傳記
940.9933　105004528